# 风雅湘西

江月卫 著

北方文艺出版社

图书在版编目（CIP）数据

风雅湘西 / 江月卫著. —— 哈尔滨：北方文艺出版社，2019.3
ISBN 978-7-5317-4289-0

Ⅰ.①风… Ⅱ.①江… Ⅲ.①散文集–中国–当代 Ⅳ.①I267

中国版本图书馆CIP数据核字（2018）第114097号

## 风雅湘西
Fengya Xiangxi

| | |
|---|---|
| 作　者／江月卫 | |
| 责任编辑／王　丹 | 装帧设计／芩默设计 |
| 出版发行／北方文艺出版社 | 网　址／www.bfwy.com |
| 邮　编／150080 | 经　销／新华书店 |
| 地　址／哈尔滨市南岗区林兴街3号 | 发行电话／（0451）85951921　85951915 |
| 印　刷／三河市腾飞印务有限公司 | 开　本／660mm×960mm　1/16 |
| 字　数／191千 | 印　张／16 |
| 版　次／2019年3月第1版 | 印　次／2019年3月第1次印刷 |
| 书　号／ISBN 978-7-5317-4289-0 | 定　价／49.80元 |

## 有味的人

### （代序）

江月卫，网名"湘西蛮子"，但领导喜欢叫他"江胖子"。究其原因，那是几十年前的旧事了。据说有一次，有领导来考察，招待所的同事把他的名字念成了"江肥"，领导听到后就笑——肥就是胖，"江胖子"因此而来。领导只叫了声江胖子，哪想到别人也跟着叫，他就成江胖子了。

"那时候我哪有这么胖？都是让领导给喊胖的！"成了胖子后，江月卫经常摸着将军肚摇头，"这年头啊，领导说什么都准……"至于网名"湘西蛮子"，他还真蛮！有天晚饭后散步，见几个染黄头发的小青年正在问一个中年妇女要李子。他大喝道："搞什么？给我放下！"见江月卫穿着短裤和拖鞋，几个小青年互相使了个眼色想教训他。江月卫顺势一蹲，抓起卖李子的扁担在头上一舞，小青年们吓得飞跑。江月卫丢下扁担，拍了拍手说："我是学过本地拳的，你们这些小子不想活了。"卖李子的硬要装一袋送给江月卫，他却只拿了一颗放到嘴里尝了尝，说："不错！甜。"

那一年，我的小说《青春的手枪》获奖，得了三万多元奖金，从北京回来后，到馆子里请朋友吃大餐，可是中途去结账时，老板却说有个胖子结过了。

我对江月卫说:"我喊吃饭,怎么变成你请客了?"哪想他一本正经地笑道:"你这人,以为获奖是你一个人的事呀,你到北京领奖,是我们县文化界的大事,文化局局长应该请!"他知道,我一个人在县城租房子住,靠稿费养家糊口不容易。

大凡胖子都会吃,会吃的人自然就会做菜。江月卫就是最好的例证,他没事时就逛农贸市场,见到有什么好吃的,他就会买回来精心加工,然后再叫上朋友喝酒。久而久之,便有传闻说江月卫爱在家里请客。一次,江月卫酒后大发感慨:"哪个不晓得进馆子,可是我那几个工资吃得了几餐!我还要养家糊口呢!文联又是个穷单位,难道还要揩单位的油水?"

一次,县文联的几个朋友到市里办事,江月卫喊他们到家里吃饭。光着膀子炒菜的江月卫指挥他老婆说:"贵客来了,上二号坛的酒!"

他老婆是个实在人,说:"你就一个坛子,什么二号坛一号坛的?"

大家哄然大笑,他自个儿也大笑道:"你这个蠢人,那个装酒的坛子叫二号坛!"

说到喝酒,我又想起一件事,那还是在好多年前,江月卫在波洲镇当党委书记,长沙一帮朋友去看他,他豪情万丈地对办公室的同事说:"上我们波洲最高接待用酒!"办公室的同事拿来了十块钱一瓶的沱牌酒。长沙的朋友以为上错了,又不好说,见江月卫拿着酒瓶就开,才知道他不是在开玩笑。

在我的朋友圈里,江月卫喝酒应该是排在前面的,他不光能喝,还肯喝。朋友们在一起吃饭总会提到他,说江月卫不来气氛不够,来了酒又不够。在我看来,江月卫能喝,可能与他爱出汗有关,不管是夏天还是冬天,他只要上桌就开始冒汗,一餐饭下来,他流出的汗比喝到肚里的酒还多。他说自己这辈子是牛变的，连吃饭都累。我们则怀疑他的酒是不是喝到肚里了，是不是喝到嘴里就从头上变成汗冒出来了。他则哈哈笑着说："你们也试试吧！"

他老婆常批评他说："你自诩没有酒瘾，一个人是从不端杯的，但想喝酒了，就会到处喊人来吃饭，然后又找借口说，'来客人肯定要喝几杯'。"他老婆说得一点儿没错，江月卫哪里都有朋友。文学圈子里的就不说了，他当市作协主席肯定有一帮文学圈子里的朋友。可江月卫结交的一些朋友一般人根本想不到，比如做菜籽生意的老张，杀猪卖肉的小李，收破烂的老夏，搞装修的老周，还有算命的老杨……老话讲"物以类聚，人以群分"，真不知江月卫属于哪一类人。但江月卫有一个特点是大家公认的：有味儿、好玩。他说，人生草草，何必何事都要分个高低，什么都要弄个子丑寅卯？

可能是因为有这些朋友吧，他的写作题材是广泛的，工作也如玩耍般顺利。比如，他在麻阳扶贫的时候，一位村民不肯拆猪栏，使修了三年多的村级公路堵在那里通不了。江月卫在这位村民前手指头一弯，说："你这个猪栏喂猪不是很顺，喂的肥猪没有哪头没吃过药打过针，如果改个朝向……改了朝向后，不仅可以让出公路用地，而且只要把新猪栏建在通风处，猪肯定少生病甚至不生病。"江月卫在这里便得了个"风水先生"的雅号。

江月卫的老家在新晃林冲乡一个叫栗山村的苗家山寨，我到过几次，他家的老屋还真是块风水宝地呢。堂屋门口正对着文笔峰，案台清晰可见。江月卫有四个兄妹，哥哥江恒文章写得好，调到省城工作了，两个姐姐早就出嫁了，他自己也是当地的"一支笔"，在文化部门工作，家里只剩老父亲。前几年他回老家修了一栋砖房，很多人都感到不解。后来他跟我说："那是没办法，老人家住不惯城里，只好给他再修一栋房子，环境好一点儿，寨子里的人也好过去陪他喝酒，帮我照顾他。"他调到市里工作后，离家更远了，但每到周末都会回老家看望父亲，请寨子里的人喝酒。即便现在，老父亲不在了，他也经常回去。寨子里老人去世，或者年轻人结婚、搬新居什么的，他都会回来。他说，父亲不在了，但房子还在，还指望邻里乡亲帮忙看房子。

江月卫的事情还多着呢。前几天，我到市印刷厂编排县文联的杂志，江月卫又叫了一帮朋友到他家里喝酒。他老婆向我们透露了江月卫多年前的秘密："你们别以为江月卫幽默，其实他是个老实人，谈恋爱那阵儿，贾平凹的《废都》正火，有时约会找不到话说了，他就给我念《废都》，连标点符号都没落下……"他老婆说这事的时候，他不置可否，端起酒杯笑呵呵地问我："蒲钰，你信吗？"

我笑着说："信信信！"

江月卫就是这么有味的人。

蒲　钰[*]<br>2017年6月

---

　　[*]　蒲钰，中国作家协会会员，怀化市作协副主席，新晃县作协主席，出版《出门在外》《天歌》《龙虎镇》等十余部长篇小说，其中长篇小说《脑袋开笑》被改编为三十三集电视剧《边城汉子》，在全国二十多家省级电视台播出。

# 目 录

## 现场

| | |
|---|---|
| 喊寨的人 | 003 |
| 温、良、恭、俭、让 | 007 |
| 守望乡村 | 011 |
| 爱笑的人 | 016 |
| 农民父亲当"导演" | 020 |
| 爹在城里唱山歌 | 024 |
| 扎在雪峰山间的情愫 | 028 |
| 等待丰收的喜讯 | 033 |
| 四叔触电 | 039 |
| 生活的美味 | 042 |
| 侗家"独立制片人"杨世泽 | 046 |
| 装修工 | 049 |
| 修空调 | 057 |
| 买房记 | 060 |
| 用声音点亮侗寨 | 064 |
| 城市中央 | 071 |
| 走过山背 | 077 |

水稻长在景区里　　　　　　　　080

贡溪乡场　　　　　　　　　　　084

融安看戏　　　　　　　　　　　090

## 记忆

新晃侗乡饮食三题　　　　　　　097

难忘乡镇筒子楼　　　　　　　　106

远去的新晃牛旅社　　　　　　　109

一些事　　　　　　　　　　　　114

今天，我正式从文化局退役　　　118

坚持就有收获　　　　　　　　　121

我的单位叫文联　　　　　　　　125

咬出一个月亮　　　　　　　　　130

窗台上的腊肉　　　　　　　　　132

月地瓦　　　　　　　　　　　　137

永远的家　　　　　　　　　　　142

又见老邢　　　　　　　　　　　148

重访石羊洞　　　　　　　　　　152

三角粑　　　　　　　　　　　　162

孤独的小冯　　　　　　　　　　164

有情有义的梅山汉子　　　　　　167

悠游龙溪口　　　　　　　　　　172

| | |
|---|---|
| 站起来跑的火车 | 175 |
| 木黄长桌席 | 180 |
| 水井 | 185 |
| 麻辣烫 | 188 |
| 在城市里体味苗侗风情 | 196 |

## 联想

| | |
|---|---|
| 我从你家门前过 | 201 |
| 山歌 | 206 |
| 名字里的暗号 | 212 |
| 打猎失联了 | 220 |
| 新晃，我的胞衣地 | 228 |
| 花鞋垫 | 232 |
| 眼前全是父老乡亲的影像 | 235 |
| 吊脚楼里的音符 | 238 |
| 班辈 | 241 |

| | |
|---|---|
| 路怎么走（代后记） | 243 |

# 现场三

## 喊寨的人

大杨绝对是个夜猫子,因为他的工作基本上在深夜进行。

大杨与村支书是亲戚。他在寨子里谋到了喊寨的活儿。中央八项规定出台后,有人拿此事做文章,说大杨向村支书行贿。大杨说:"一个撵鬼的事,还要行贿?你们来喊两天试试!"村寨里除了大杨,没人愿意做这事。

每天晚上,正当人们准备入睡的时候,大杨的锣声便响起了,与之相伴的是不紧不慢破锣似的声音:"关好门窗——防火防盗——"

有的人揉着惺忪的睡眼翻个身骂道:"自家睡不着,还不让别人睡。"正在缠绵的年轻夫妻随着锣鼓激情四起,没想到大杨却停了下来。女人骂道:"该死的大杨,该敲时你不敲,去死吧!"同时还掐男人一把,导致男人也恨大杨。大杨没有老婆,没有经历过男女事,娶不到老婆的人,在侗家山寨是没有地位的。可大杨并不在意这些,只将一面锣在夜晚敲得闪闪发光。

那些行歌坐夜的青年男女一点也没有回避大杨,而是大声说:"大杨,你到张寡妇的门前去敲敲,看她给你开门不。"大杨恶狠狠地敲了几下锣以示回击。有些调皮的青年男女趁着黑夜,将一块干硬的牛粪丢在大杨的头上,或者在路中央牵一根麻绳,让大杨摔个狗吃屎。但无论是晴天还是下雨,每天晚上依然能听到大杨敲锣喊话的声音。

一天晚上，大杨刚出门，便听到对门山上"哗"的响了一声。依大杨的判断，肯定是有人偷树。他想静观一下，但烟瘾来了，忍不住点燃了一支烟。黑暗中火星一闪一闪的，把远处的强盗吓得半死，以为是鬼火，跑回家虚脱得差点儿死去。后来强盗知道是大杨，便放话要他"小心点儿"，可一年多时间过去了，没人动他一根汗毛。大杨的锣是敲给大家听的，只要听到锣声有问题，自然有人来帮他。

那一年春节刚过，独坡乡的新丰和骆团两个自然村寨发生火灾。两个村同处一个大团寨，七十余栋木质结构的吊脚楼从下午三点烧到六点半，虽然无人员伤亡，但损失惨重。通道境内古建筑沉淀了侗族的民族文化，代表侗族建筑的高水准。该县曾讨论通过"湖南通道侗族古建筑群"申报世界非物质文化遗产的文本，现在正向有关部门申报。整个侗寨的房屋被毁，对申报工作是一个沉重的打击。从这以后，大杨的工作让人重视起来，工资由以前的每月六十元涨到一百二十元。大杨满足地笑了，露出那缺了两颗门牙的一排黄牙。

那两颗门牙是一次喊夜时摔在路坎下碰掉的，锣也摔成了两半。大杨捉了自家唯一的一只大公鸡送给隔壁村子的铜匠，铜匠才把他的破锣"缝上"了，但牙却没法"缝"。此后，锣声和他的嗓音一样变得有些嘶哑，村民反而说，这样般配了。

大杨从来没有离开过村子，就算白天看不到他人，晚上也能听到声音，他的存在是与黑夜相伴的。可有一天，他那破锣和那破锣嗓子突然中断了。

大杨住院了。

"大杨住院了？得了什么病？"

村民只是口头关心大杨,并没有人到医院去看望他。村支书去看望,也是因为没有找到替代他喊寨的新人。

"当我是个喊寨的老人吗?我衣袖上戴有'值勤'的袖套。我一个前扑就把他摁倒在地,只是力气不及往年了……"躺在病床上的大杨说起这事就来了劲儿,牙齿咬得咯咯响。看着大杨手上和脚上的绷带,村支书一句话也说不出来。

医生说:"大杨断了三根肋骨,还有多处软组织挫伤,可能要卧床一个月才能行走。"

大杨说:"今后喊夜的时候,还得带一根棍子,如果当时有棍子,就不会吃亏了。"

村支书说:"强盗跑了就跑了,反正没偷到东西,你年纪大了,抓不住就放手,要学会保护自己。"

大杨摇着头说:"这事不要再说了,说起来丢人!"

大杨住院期间,村支书只能亲自出马。村支书的声音完全没有在群众大会上的洪亮,锣声也有一下没一下的,失去了以往的自信。开始时村民还以为大杨生病了才把锣敲成了这样,一个多月后,正当村民适应了村支书的敲法时,大杨又亲自上阵了。锣声自如而明快,没有一丝一毫的慌乱。

年终时,政府要表彰大杨为先进个人,要给他披红戴花。大杨却不肯去领,说:"被打断了三根肋骨,休息了一个多月才能下床,没脸见人。先进个人给警察或军人还差不多,我一个糟老头子,还敢享受这待遇?"后来,政府的人拿着鞭炮到大杨门口放,还将大红花送到他家里,他推让,政府的人就将大红花挂在他堂屋的神龛上。

无所事事时，大杨就坐在大门槛上感怀："老了，要不然那小子跑得掉？呸！"嘀咕完毕，大杨阴沉的脸好了许多，还露出一丝胜利的笑容。大家只是听，听得烦了，便询问他年轻时怎么不娶老婆？大杨没有回答，只是嘿嘿地笑着，又露出那排残缺发黄的牙，一张脸皱成生虫的橘子皮。

最近，村支书又给了大杨一个新活儿——关爱员。大杨自己都需要人关爱，还能关爱别人？

这是政府的新业务，考虑到现在外出打工的人多，村寨中只剩下留守老人，所以一个村寨要有一名关爱员。关爱员每天在村里遛一圈儿，一家家喊一遍，确保留守老人一切安好。大杨成了村子里最忙碌的人，白天上门这儿喊喊，那儿瞧瞧，晚上又敲着锣满村走。

有人跟他打招呼："大杨，你挺忙的！"大杨满足地笑了，又露出那排缺了门牙的黄牙。

人一生所追求的，无非出人头地。对于大杨来说，他想要的也只不过是一个不被蔑视的"大我"罢了，这是侗家人的性格：喊寨，要喊出名声来；做人，更应做出名分来。

## 温、良、恭、俭、让

不管是在长沙，还是在我工作的怀化，说到我，必然要提到邓宏顺先生，就像说到弟弟就要说到哥哥一样。因为我所有的"官衔"都是邓先生"让"给我的。连我老婆都这么说。

那年，邓先生从文联副主席的岗位退居二线，我接任他当了文联的副主席。2016年5月，本来市作协还有一年多才换届，时任市作协主席的邓先生却提出，省作协换届了，为了便于工作，市作协提前换届。于是，我当上了市作协主席。因此，现在和别人说起我这个作协主席时，大多数人会问我的前任，这必然会把邓先生牵扯出来。

我是认识邓先生之后才看他的作品的。那是一个秋日的下午，我到市里办事，市委宣传部的一位朋友请我吃饭，说我是文人，得请几位文人来陪我。邓先生便成了陪客之人。邓先生将他的长篇小说《红魂灵》和中篇小说集《回望乡村》签名送给我了，还给我讲《当代》《十月》等一些知名刊物，鼓励我投稿。

邓先生走后，我悄悄问宣传部的朋友："他是干什么的？"

宣传部的朋友很惊讶："你还不晓得啊？他是市文联的副主席兼作协主

席，发表了好多小说呢。"

那时的我不知道文联是什么单位。当时我在新晃一个镇上当党委书记，偶尔写点小散文，发在市里的党报副刊，很少看文学期刊。这次聚会让我记住了"邓宏顺"三个字。他给我的感觉是稳重谦和，没什么架子，更没有狂妄与酸腐气息。

我在邓先生的作品集中读了中篇小说《食堂》《饭事》《有儿为官》等，所讲的故事大多是我熟悉的事，我便喜欢上了他的文字。到市里工作后，和邓先生接触多了，才知道他曾在乡镇当过领导，也在县里的宣传部做过副职，到市里工作那年也正好四十岁。那时我正着手学写小说。可笑的是，我的第一个短篇小说被编辑选中，我以为自己是天才，离成名指日可待了，没想到此后的五六年，一篇小说也没有发表。

我怀疑是不是"圈子"的问题，发了一篇自我感觉良好的短篇小说到邓先生的邮箱里，要他推荐发表。几天后他约我散步，从裤兜里拿出那篇短篇小说的打印稿，是按杂志对开排版的，上面用红笔画满了圈圈和杠杠。

我对自己是绝对的自信，因为之前一位报社的编辑像邓先生这样给我改过一则新闻稿后，我便掌握了新闻的写作方法，之后许多报刊都用过我的新闻稿。我想，小说的套路也不过如此吧！

接过邓先生递给我的稿件，我傻了，被他画掉了三分之二。邓先生说："你这个稿子的题材还可以，只是写得不够集中，范围太宽了……"我知道，邓先生是顾及我的面子，所以才这么说，如果只是稍微不足，稿子怎么会被画成这样呢？

我俩一路走一路聊，他就现实主义和浪漫主义的一些问题给我面授机宜。

他最后笑道:"我这样给别人改稿是不多的哦!呵呵……"

我想向邓先生说的是,您给我改的这份稿件我一直珍藏着,这也是唯一一份别人给我在稿纸上修改的文学稿件。

我进入市作协的队伍后,经常随邓先生到一些县里去与文学爱好者交流。邓先生的讲话总是压轴的。他的语言很精练,说完总是会看见大家意犹未尽的模样,于是饭桌变成课桌,酒杯变成粉笔。

说到邓先生的酒量,我应该算是有发言权的。和邓先生一起喝过许多次酒,但从没见他醉过。说这话可能没人相信,因为很多人知道我的酒量在怀化的文人圈里也算得上是一霸,邓先生的酒量比我大?我这里说的不是喝得多与少的问题。因为,邓先生不醉是不贪杯,和他做人一样稳稳当当。不喝不是他的风格,不醉是他的人格。一次,几个文友边喝边聊,谈到高兴处,邓先生提出所有人都斟满。我担心他会醉,没想到他一点儿事没有,而我却晕了,走起来东摇西晃的。邓先生见状,忙把我扶下楼梯。此后,关于喝酒这事,我在邓先生面前再也不敢狂言。

邓先生曾就文学与政治、文学与人生、个人与集体、创作与良心等十多个问题与我们当地的文学爱好者进行交流,解除了一些人的疑惑。正因为他喜欢用比较的方式研究问题,所以他的作品都是深挖问题的根源,有高度、有深度、有广度。比如说农村,他发现在神龛上摆着电视机、电话机,旁边还摆着香案,这是非常常见的现象,他却从中领悟到现代文明对农村有不可抗拒的魅力,同时浓厚的迷信色彩在老百姓心中又有深刻的影响。他抛出这一论点后立刻引起许多从来不关注农村的作者的思考,也开始关注农村题材的创作。

邓先生常对我说:"文联好,特别适合搞创作的人待。在文联工作就像读函授的大学,只要你努力,每天都有进步。"文联确实适合像邓先生这样耐得住寂寞的人。屁股不冷笔头又怎么热得起来呢?以邓先生为榜样,我也常常这样鼓励、安慰和警醒自己。但总觉得进步不大,可能与我的愚钝有关吧!屈指算来,邓先生在文联已工作了二十年,按学制计算他应该是双博士毕业了。确实,他不仅小说写得好,书法也顶呱呱!

作品如人品。邓先生的写作肯定是上乘的,要不然他怎么会当上省作协的副主席,还有"中篇小说之王"的称号呢。如此一来,我的压力就大了,当然,动力也更大,因为有邓先生的提携与帮助,我就有信心了。

我老婆时时提醒我,说:"邓先生什么都让给你了,你要晓得感恩。"

我说:"我是在帮邓先生,邓先生要感谢我才是!"我老婆一脸疑惑,我告诉她:"我分担了邓先生肩上的担子,他才有更多的精力搞创作,现在他跑到雪峰山躲起来写他的雪峰山人物系列小说,最近写的第一个中篇《一百块大洋》就被《小说选刊》选了。"

我老婆说:"你还好意思说你帮人家,你吹吧,反正吹牛又不用上税。"

## 守望乡村

得知我要写向本贵老师,有人便提醒我,文字要严肃点,不能像你写小说那样嘻嘻哈哈的,因为向老师是一个严肃的人。向老师严不严肃,我不敢妄加评价,但他不怒自威的长相大家是公认的。大家只要想想就能明白,他二十来岁就当生产队队长,年纪轻轻的娃儿要管着整个生产队吃、喝、拉、撒、睡的事,不严肃点谁听你的?特别是那些年轻媳妇看到向老师帅哥一个,不拿来开几句玩笑逗乐一番才怪咧!向老师只有板着脸装出一脸的严肃才能对付得了这些家伙。年长月久,他可能就养成这种习惯了吧!现在向老师每次见到我就问:"小江,最近写了什么大作?"因为成绩平平,听到向老师这句问话我就害怕。他给我的印象和大家是一样的:向老师一本正经的,很严肃!

我还清楚地记得,那是他担任市作协主席的时候,组织全市的作者开笔会,他在会上也是一脸严肃地说:"大家要写文章帮宣传哦,吃了人家的住了人家的,不写文章,下次哪还会有人出钱给我们搞活动?"唉!真是巧妇难为无米之炊。那时,财政没给市作协一分钱,凭着他的面子,到处求爷爷告奶奶,哪个县里开大会或者搞大型活动的时候,他便找到当地的官员求着人家要求搭着一起开个文学笔会,把全市的重要作者喊来,请全国各大名刊的编辑老师来讲课。讲句良心话，这样的笔会没有个二十万元是拿不下来的，不给人家写写文章宣传宣传真还说不过去。向老师不光对写稿的人严肃，对请来的杂志编辑也严肃，开口闭口就是要给我们的作者发稿咧！不晓得这些编辑反感不，我想，即使反感也不好说什么，毕竟是他请来的客人。后来还真的就发了当地一些新人的作品，现在这些新人还多少成了气候。

这个世界上，有些事是很奇怪的，很没有道理的。也许它们的发生和存在就是道理。比如有的人天天和你在一起，但却让你觉得你们从来就不曾相识，而有的人，见面也就两三次，却让你觉得生下来就和他天天在一起。其实我与向老师第一次见面是在2003年，那时加入省作协要到市作协盖章。我当时在一个镇上当党委书记，天天在村子里转，很少到市里来，再加上市文联在新街背后的小巷子里，我找了老半天也找不到，向老师等了我老半天也不见我来，急得要命。骂我怎么这么笨，找个文联都找不到。见面后心急火燎地给我盖章签字，然后就催我快点儿，晚了就没车回县城了。他一边盖章一边鼓励我："你这条件加入省作协没问题，别加入了省作协就不写东西了哦！"那年头办什么事都得讲点儿关系有所表示，我给向老师送了两条烟，他看都不看一眼就特严肃地推了过来："干什么？别把官场那一套带到作家队伍中来。拿回去！"这是我办事送礼被拒还又办成的第一次。

从这之后就再没和向老师有过什么联系，直到2006年秋天我在新晃县文化局当局长，此时正忙于筹备县庆五十周年文艺活动方面的事，突然接到向老师打来的电话，电话那头一开腔就是："我找你找得好苦啊，你知道你的电话号码是哪个告诉我的吗，是王××。"我听了一会儿才听明白是沅陵口音，但还是想不起是谁。他说的王××是我们的县委书记，我猜想这个人肯定不简单。

他电话里说："有个去毛泽东文学院学习的名额，你去不？"我猛然一惊：有这等好事？听出来了，是向老师的声音。头脑里快速地搜寻：去毛泽东文学院学习？我没要求过啊！毛泽东文学院在哪里……见我没有吱声，向老师又说道："毛泽东文学院在省作协，那里有食堂，自己买餐票吃饭，别的什么住宿啊、上课啊，什么钱也不要……"我真想去，但这时候我哪抽得开身。我犹豫着，扭扭捏捏地说道："这时候，这时候……""没空是吧，没空就算了！"说完向老师就把电话挂了。直到2009年我调到怀化后才开始与向老师常有联系。

大凡写作家的印象记总要写写他的创作成就。我还真没这资格，怀化学院成立了向本贵研究所，专门研究向老师作品的这伙人才有资格谈他的作品。我和向老师在一起的时候，大都谈的是我的创作。比如，哪篇题材怎么样，哪篇要如何结尾等。基本上都是向老师对我的指导。在一次与向老师的交谈中，我向他表露自己的苦恼，说写了好多小说都发表不了。向老师却说："你已经很不错了，我是五十岁才开始正式发作品咧！"我知道向老师说的是假话，但他这话却给了我很大的安慰。意思是要我别急，慢慢来。他怎么可能五十岁才开始发表作品呢？他二十岁高中毕业，因"文化大革命"停止了高考，在生产队当队长，后来还学会了木匠。后因热爱文学，发表了一些作品，成了乡文化站的文化辅导员。快四十岁的时候成了县文化馆的文学专干。四十五岁那年调到《雪峰》杂志社做编辑，后来又做了编辑部主任、副主编，最后做到了社长。五十五岁成了怀化文联的专业作家。市一级设专业作家，这在怀化还是首创。后来向老师又做了中国作协全国委员会委员、湖南省文联副主席等职。向老师的职务升迁与他的创作成就是息息相关的，对于一个看起来很严肃的人，既不善于拍马屁，又不喜欢讲奉承话，不靠自己的硬本事，哪个会垂青呢？

我一直对作家毕恭毕敬，但是向老师却说，自己的写作没有什么高尚的，只是做自己感兴趣的事情。向老师说："这世道公平得很，因为我喜欢文学，所以我才写作，而且写作成就了我。"有的人喜欢当官，当上了官是他的本分，当不上的觉得是老天对他不公，和这些人比起来，向老师阳光得多。他说，在生活中，他的兴趣很广，也尝试过各种实现自我的可能，但是归根结底，他认为文学最能让他的灵魂安身立命。写作带来的快乐，是其他的快乐所不能取代和屏蔽的，这就是这么多年来他没有离弃写作的根本原因。

在和向老师聊天的时候，我问他："你写了一辈子的农村题材，哪有那么多可写的哦，何况你离开了农村这么多年？"向老师笑了笑没有回答，也许觉得我问的这个问题过于幼稚。是的，三十八年的农村生活经历使他对生活在社会底层的老百姓有了非常深刻的了解。虽然向老师进了城，但他的心没有进城，时时牵挂着农村的乡亲，对他们的所思所想非常关切。当过生产队队长的他，所创作的作品真实地再现了底层百姓的现实生活。他说："关注普通民众的生存状态，书写普通民众的苦难，倾诉他们的所思、所求、所想，揭露社会的丑陋和各种不公，应该是作家义不容辞的责任所在，这样的作品也应归于'主旋律'的范畴。"基于这样的责任感，在向老师的小说中，把关注的目光始终对准底层、对准农民、对准百姓。从另一个角度看，我觉得向老师的作品，更多的是体现了一种人性的深度。

向老师的印象记写完了，想找他本人审核一下，但怎么也联系不上他。打了五天的电话才断断续续接上，他说他在官庄与老百姓聊天，我没听清，以为是在广州，因为他儿子在广州工作，老伴儿在广州带孙子。他纠正说，不是广州，是沅陵的官庄。我说："你怎么又跑沅陵乡下去了？"他说："我不来乡村又怎么写乡村呢？"

向老师接地气、扎根基层什么的奉承话我就不说了。我想说的是，向老师虽然七十岁的人了，但腰杆挺直，不胖不瘦的标准身材，一口洁白的牙齿还能嚼得动锅巴，不知情的人总以为他才五十岁出头，他不经常在农村跑能有这身体吗？

## 爱笑的人

和蒲钰聊天,他总是笑声在前,瘆话在后。印证这个说法,可以从由他的长篇小说改编的电视连续剧《边城汉子》中找到答案。有人说这个电视剧有些黄,有的人却认为那是充满野性的美。全国二十多个省级电视台都播放了,网上也能搜到。你们看了就知道了,我和他太熟了,不便发言。他的多部长篇小说都有男女之事的描写,他说这是人的本能,不能违反规律,理由充足得让你无法反驳。其实,创作中最难的就是性的描写,写过头了属于扫黄打非的对象,出版社不敢出,写不到位读者又不答应。有人曾拿着他的小说找到他,问那些男女之事的描写是真的不,他笑而不答。事后他对我说,这些人真傻。我说,那是最好的读者。

从外表上看,怎么也看不出蒲钰是写文章的,虎头虎脑的身材,略显微胖的黑脸,如海边的渔民一样,不显山不露水,每天都乐呵呵的,特别是那双粗大有力的手,用来砍柴倒是蛮适合,用来敲键盘就有些不太协调。他说,这手还真不是敲键盘的,一年总要敲坏一两个。握手细端详,双眼皮下的眸子却挺有神采,闪现着文人该有的精明和独到。见我笑他,他反驳说:"你那样子也不像文人,五大三粗,和打手有什么区别!"之后,我俩见面彼此拍拍虎背熊腰，心知肚明，不再谈及身材。

当下，一些二十世纪八十年代就出名了的作家都改行做生意或搞书法去了，可蒲钰作为一个农民还能静静地坐下来搞文学创作，真让人难以理解。特别是看到蒲钰那爽朗的笑声和憨厚的模样，总让人觉得全世界是那样宁静和谐。这也许就是在当下纷繁复杂的社会里，他还能坚持创作的原因吧。他说，写作越来越难，因为现在读者都聪明，他们的要求很刁钻，编辑也不得不提高要求，作者的水平上不去，作品就出不来，即便是作品出来了，没人看也没用啊！可想而知，近年来蒲钰先后创作的十余部长篇小说，全是拿版税走市场出版的路，是多么不易啊。

蒲钰虽然待在城里专门写小说，也不是天天都写得出，他说，有时一上午只是把一个标点符号拿掉，下午又给补上。他还多次跟我说过，他打算放弃写作，在街头摆个菜摊子。我相信他说的是实话，但我感觉他去摆菜摊是要亏本的，因为他不懂得经营。就拿他写小说来说吧，县领导问他要一本来读读，他直直地说："我手边没有，当当网和卓越网上有卖的，新华书店也有卖的，你们自己去买吧。"他还说，领导哪有时间看小说，送给他们真是浪费。最让人不理解的是十年前，他待在老家新晃县米贝乡碧李桥村写小说，县领导听说后，带话要他进城见一面，他不来，他说："他当他的领导，我写我的小说，没有什么相干。"蒲钰讲的是大实话，想想，卖菜这种既要讲假话又要耍秤的活儿，蒲钰哪是做这种事的料儿。当然，蒲钰这种实诚还是得到很多人的拥护，要不然他不可能当上市人大代表。

热爱文学的人都有些这样那样的传奇经历，蒲钰也是如此。蒲钰讲得最多的是两个地方：一个地方是长沙，那是在二十世纪九十年代，他和一帮文学爱好者在编一本民办文学刊物，他负责在家编稿，还有几位兄弟负责跑发行拉赞助。由于市场不景气，他们时常连饭钱都没有。有时，一伙人为了混一餐饭吃，连公交车都舍不得坐，走十多站路去找朋友，可遇不到朋友又走回来，回来后躺在床上，连做饭的力气都没有了。另一个地方是东莞，蒲钰在那里写纪实稿、写诗。一位朋友每个月赞助他三百元，那时我们工作人员每月的工资也就五百来块。他花五十元租了一间工棚，剩下的他还要供一个比他更穷的老乡吃饭，因为这个老乡一直没找到工作。那会儿，他每天都要寄一份稿件出去，靠稿费维持生活。有时没钱买邮票，他就不贴邮票把地址反写，信就退到了编辑手里去了，或者找张邮戳不明显的废邮票贴上。他说，长这么大唯一做的坏事就是这件了。他精确地算过，一枚邮票最多能寄七页稿纸，多了就会超重，每次投稿都是七页纸。一年下来，蒲钰在东莞已是小有名气的打工作家了。就在他踌躇满志准备大干一场的时候，一场暴雨冲垮了他租住的工棚。还好，人没事，他从瓦砾中爬出来，带着满身伤痛和一沓淋湿的稿纸头也不回地离开了东莞。现在他有一个愿望，就是能得到一位好心人的帮助，出版他的个人诗集。如果不是生活所迫，他还会一直写诗的。即使现在，他也偶尔写写诗歌。虽然这么多年辗转了很多地方，发表过的那些诗稿他都一直带在身边，有的丢掉了也还能找到，因为中学生教材或中学生课外读物里有收录。

　　那年蒲钰的一部长篇小说卖影视改编权得了二十万元，非要请我们几个文友在他家吃一餐，我们一行四人去了。他老婆是广西人，弄了几道地地道道的广西菜，我们喝得东倒西歪的。他也醉得站都站不起来。后来，再一起吃饭，蒲钰总会说："酒不喝了，戒了，血压高。"但又自觉地把杯子伸过来说，"几个老朋友不喝一杯也不行啊，平常我是不喝的。"三杯下肚后，大家便一块儿吹牛，关于文学的，关于国家大事的……大家都心忧天下，愤世嫉俗，然后作鸟兽散。蒲钰给我印象最深的细节是不停地念叨"醉了醉了"，然后步伐稳稳地回家。

蒲钰时不时在QQ里给我留个言，哪里需要什么稿件，哪里有征文比赛什么的。我懒得打字，拨一个电话过去，那边就会传来他爽朗的笑声，然后又听到他的瘩话：这年头写小说太难了……过了一段时间又见他在征稿QQ群里发布他的最新长篇小说完稿了。

那天，省作协要我通知蒲钰参加长篇小说培训班，我打电话给他，顺带问他最近在写些什么。他说和他弟弟在晒太阳，讨论一个小说的创作计划。那时正是清明刚过，天气还有些凉意。我说："你的心情真好啊。"他说："农人们正备耕，我也在准备这一年的写作计划。"然后又是他的笑声。

如今刚进入不惑之年的蒲钰，正是创作的黄金时期，我相信他今后将会有更多的优秀作品呈献给大家。我们翘首以待吧！

## 农民父亲当"导演"

父亲手执DV，等在村口的花阶路上，指挥着村民们："注意了，再来一次，再不行就明天再录！"穿着侗族服饰的四婶和大姑共撑着一把红花伞从花阶路的一个拐弯处唱着山歌走来："一马不行百马忧／一人上瘾全家哭／你看那些吸毒鬼／全身瘦得皮包骨……"

"样子还挺专业的！"我说。

"我们不打牌不打麻将，玩玩这个！"父亲突然发现我的到来，有些不好意思。父亲手中的DV是春节的时候我送给他的，是不用磁带的那种家用货，可父亲却用它录制了好多作品。父亲将录制好的碟子一一放给我看：坤二爷接孙媳妇的录像、佑公公八十大寿的录像、情歌对唱的录像、身世感叹歌对唱的录像。他现在正在录制的是劝世歌对唱。

在我们湘西农村，唱山歌是老百姓最喜欢的娱乐方式，人人都会唱山歌，特别是年轻人，谈情说爱都是用唱山歌来表达的。有一种说法叫"歌养心，饭养身"，人们把唱歌当作生活中不可缺少的一部分。还是在我上二三年级的时候，父亲一个人边做木匠活边哼一首山歌，我至今还清楚记得：哥有麻子妹莫嫌／莫嫌麻子不值钱／好比中秋吃月饼／外面麻来里面甜……

父亲今年七十三岁，可他一直生活在农村老家，他说，现在的农村用的是自来水，走的是水泥路，看的是彩电，电灯、电话、洗衣机、冰箱什么都有，就连火锅都是用电的，和城里没什么两样。再说，和他一起长大的那些儿时的伙伴都还在村子里，他一个人进城去没伴儿。好在父亲身子还硬朗，也就依了他。我就在县城工作，离乡下老家也就三十几公里路程，现在的路全修成水泥路了，回家一趟挺方便的。双休日，我总会开着车带上几个朋友回老家去玩玩。

两年前的一个双休日，我的车刚开进村子，就听到山歌从对面的大山飘过来："你真丢人八辈丑／四海茫茫只要有钱即丈夫／卖了下口供上口／本钱长在全家老少托你福……"这是侗族箭歌啊，我正好要整理申报为非物质文化遗产。我慢慢地开着车，一边欣赏路边的风景，一边听着歌。原来，这歌声是从我家传出去的，是父亲在放歌碟。

几张新碟放在影碟机上，我翻看了一下，发现碟子有山歌也有流行歌曲，还有几张故事片。我问父亲买这些做什么，父亲说现在生活好了，吃穿不愁，闲暇时，村里的老伙计们聚在一起就琢磨着学点好听的新歌。父亲说："我们这些老家伙虽然没有年轻人唱得好，但我们还爱唱哟！听着这些歌啊，又回到了年轻时代。"

"我在文化局工作，天天与碟子打交道。你要什么样的碟子我都买得到！"我说，"不过，刚才你放的那侗族箭歌倒是没有！"

"哦！对对对，下次回来给我带点碟子！"父亲这才如同大梦初醒，"那箭歌是你光兴公新编的，前几天到赶狗窝坳的时候录的！"

"再编一些吧，下次我找摄影师来给你录制。还付你们工资！"我说。

"好，好，好！"父亲兴奋得马上就要给光兴公打电话。

"你莫这样急，要编得好，经过我认可了才能来录！"我马上给热情高涨的父亲泼点冷水。

侗族箭歌是讽刺性极强的山歌，它采用了文学中的明喻、暗喻、夸张、借代等修辞手法，极尽伤人之能事，与真刀真枪对峙无异，不具有一定的文学素养是编不出的。父亲和光兴公用了两个多月的时间，编了三百多首侗族箭歌。我从中筛选八十多首编印成册，并录制二十多首，作为申报非物质文化遗产的素材。他俩编写时并没有署名哪首是哪个写的，我完全是凭质量选歌。父亲看他的歌被选了五十多首，笑得口水都流出来了。父亲说，他最得意的那首要排在前面，说完他就唱了起来：当初你妈捡错你／毛手毛脚人都不捡捡胞衣／只想得了一包昧／狗屁不通枉来世上走一回……

录制那天，父亲反复问摄像师手中那摄像机要多少钱，摄像师说要二十多万元，父亲摸了摸机子，叹了口气。我在旁边看到了说："这是专业的，那种业余的只要两三千块钱。"

"给我买一台，我自己有钱！"父亲显得很激动。吃饭的时候，父亲问了一些关于摄像的问题，摄像师都细致地做解释。我看影响吃饭进度，便说："大学里要学四年，不是两三句话就给你说得清楚的！更何况你年纪这么大了……"

"我年纪大了？你吃饭吃得我多，喝酒喝得我赢？"说到父亲年纪大，他有些生气，一大杯酒被他"嗞"地一口喝了。

自从父亲有了DV后，村子里的大人小孩被他指挥得上上下下的，因为他们都想在电视里看到自己的模样。我家里每天都挤满了人，围着电视机评说着：

"小弟王,你那脸黑得像炭了!""贱狗,你长得有点儿像韩庚哩,可惜你不会唱歌,只有搞劳动生产的命哦!""黑牛,你看你那样子"……点评有些粗野,同时还伴随着骂声和笑声,把我家的房子都吼得快要抬起来了。父亲很得意,他说,他看到湖南卫视征集用DV拍摄的新闻,他也想去试一试。说完,他将一个磨得发黄的笔记本打开,戴上老花眼镜说:"你看这些题材行不行,'狗妹从农转非到非转农''自来水进侗家山寨''懒得戴表'……"

看着父亲的高兴劲儿,我不忍心打击他的积极性。我知道,他说的这些事全国别的地方早已实现,已经不是什么新闻了。可是,这一点一滴的变化,对生活在湘西大山农村的父亲来说都是新闻啊!

## 爹在城里唱山歌

每天吃过晚饭,父亲就穿戴整齐地出门了,往县城大桥的桥头堡去。七月流火,吃过晚饭后,大家都往县城大桥那个方向去散步,因桥下有水,桥上有风,桥头堡是个纳凉的好地方。见父亲那样子,我说晚上散步还这么讲究,随意穿短裤汗衫还凉快些。父亲没有回答我,只是笑了笑。

那天,我在桥头堡附近的一个宾馆接待上级领导,发现了父亲的秘密:父亲和一帮老人在桥头堡唱山歌。

我们侗乡有"歌的海洋,舞的故乡"之称,是一个"歌养心,饭养身"的少数民族。干活累了,唱几句山歌就来了力气。遇到什么烦心事了,唱几句山歌心情就舒畅了。想和阿哥阿妹交朋结友,唱几句山歌来表达自己的心意……可以说孩子们是听着山歌长大的。如今我还清楚记得五岁那年父亲教我的第一首山歌:

哥有麻子妹莫嫌

莫嫌麻子不值钱

就像中秋吃月饼

外面麻来里面甜

……

每每遇上传统节日,如三月三、六月六、七月十四等,青年男女都会玩山赶坳。在坳会上两男青年并排站着,表情自然地唱开了。回应的两个姑娘共打着一把遮阳花伞,把脸遮住。男的唱完女的接上。音调悠扬,时急时缓,有时高亢,有时低沉。就这样,你来我往地唱到太阳落山。分手时,男女之间互换定情物,并约好下次见面的时间和地点,这就是侗乡典型的以歌为媒、以歌传情的恋爱方式。山歌歌词讲究修辞,比喻深刻,特别是押脚韵,偶数句句末字韵母相同,以押调为主,押韵为辅,讲究对仗。读过古书的父亲,对山歌可以算得上痴迷。他有两个大大的红壳子笔记本,密密麻麻记的全是山歌。我曾偷偷抄过几首至今还记得:

男:千里砍柴来烧瓦

万里挑水来润花

好瓦要盖阴阳路

好花莫送别人拿!

……

女:哥放心

小妹不是那号人

风吹云动天不动

大树摇尾不摇根

如今我也有句话

　　当面讲来你听清

　　南瓜有心却无嘴

　　铜壶有嘴又无心

　　葫芦落水半浮起

　　劝哥莫学这种人!

　　……

男：真又真

　　弟是真连无二心

　　姐是一把天平秤

　　不信拿我心去称!

　　……

　　因母亲早已过世，在父亲生了一场大病后，我不依父亲一个人待在乡下的选择，强行接他到城里来和我一起生活。万般无奈的父亲随我来到了城里，先前的两三个月吧，他如猫抓心一样待不住，老吵着要回乡下老家去。我劝他出去走走，到公园里散散步。父亲不听我的，说公园有什么看的，那里的山水当得乡下老家的好？见父亲这么固执，我只得双休日陪他到公园转转。那天，在公园里听到有山歌声。父亲喜出望外，转着脑袋找声音的来处。我开始还以为是哪个在放歌碟，因为这几年有人喜欢将山歌录制成歌碟来卖。在一棵大树下，我们发现是几个老年人在唱山歌。

　　父亲被山歌镇住了！他说，听到山歌声，感到十分亲热，就像回到了老家那样踏实。父亲立马就融入山歌之中，不一会儿就和那些老年人成了朋友。

从此以后，父亲能够在城里待下来了，而且比我还忙碌。每天我上班他出门，我下班他回家，吃过晚饭后我没事了他还要出去"加班"。几年来，他和他的山歌班子收集和编撰了一些山歌集，还玩出了收入。如公安部门请他们编撰《戒毒山歌集》《戒赌山歌集》等，妇联和文明办请他们编撰《教女山歌集》《教子山歌集》等。他们不光编撰歌本，还教年轻人唱。为了能提起年轻人对侗族山歌的兴趣，他们还选了一些"伤"人的山歌来教大家。如：

那晚约妹妹不起

夜半敲窗把妹催

你娘骂我是强盗

我是偷人不偷衣

……

如今，父亲在城里编撰、演唱山歌有了固定的班子，而且地点也是固定的，白天在公园唱，吃完晚饭在桥头堡唱。父亲没再提出回乡下了，偶尔回乡下有事，待上一天，他就会及时回城，山歌班子里不能少他，他们称他为"歌师"咧！他说，"歌师"一定要做好表率！

## 扎在雪峰山间的情愫

我素有乡村情结，与我出身农村有关，更与我工作在基层有关。相对于灯红酒绿的摩天大楼，我更喜欢村寨。我喜欢村寨那素朴壮阔的落日，更喜欢牛羊归来的叮当铃声，还有那并不忧伤的老树昏鸦。乡村那幽深、古朴、宁静，那沉沉的厚重，让我的心灵有所归依。

真没想到，我的这种情愫他也有。每次见到，他总是穿着那件略显陈旧的花格子衣服，与他数亿元的身价并不相称。他语声朗然，尽管他尽量用普通话与我交谈，但仍旧夹杂着浓重的溆浦腔调。那颗痣给他那张沧桑的脸添加了一份神秘，一笑，洁白的牙齿更衬出他的古铜色皮肤。准确地说，他的笑带有一丝悲悯。他仿佛当县官似的，景区里村民们的日子过得怎么样，都牵挂在他的心中。他叫陈黎明。

巍巍雪峰山耸立在湖南与广西交界处。1945年5月，在中国的抗日战场上，中国军队在雪峰山上，发动了对日军的全面反攻，最终以日军彻底溃败而告终。怀化人叫它父亲山，这是怀化人对雪峰山的崇拜。在这座山的西南侧，有个叫穿岩山的地方，就是陈黎明精心打造的一个旅游景点。这里是当年知青下乡时的一个茶场。两年前，陈黎明第一次来到这里的时候，杂草丛生，公路不通，是一个"鬼都要打死人"的地方，如今被他打造成了枫香瑶寨，成为旅游胜地。在这古色古香的木屋，陈列着农耕物件，承载着满满的历史和文化。

我用手机随手拍了"瓦盆"晒在朋友圈里要大家猜，呵呵，答案五花八门。看来，我们传播传统的农耕文化已是责任重大。

统溪河两岸的悬崖绝壁上，悬挂着古人修筑的茶马古道。雪峰山的野生茶叶经这条古道贩往西北高原，甚至销往欧洲。而在20世纪的30年代至40年代，先是贺龙率领红二、红六方面军从这条古道上完成万里长征，奔赴延安，人们把古道称为"红军路"。后是雪峰山会战期间中国军队从这条古道上开赴龙潭前线，人们把这条古道称为"抗战路"。把"两路"合在一起，那就是"胜利路"。陈黎明当过兵，扛过枪，虽然已离开军营多年，但军人的气节与情怀始终在他的胸膛里激荡。为了宣传好雪峰山的抗战精神，同时为了更好地继承和弘扬红军长征精神，把先辈留给我们的宝贵精神财富一代一代传下去，陈黎明把已被荒草湮没的茶马古道整修成红色革命传统教育和爱国主义教育基地的生动样板。

枫香瑶寨的天池弯月一样挂在山间。天池拥有着现代化的元素，也是现代人所追逐的，男男女女穿着泳装，沉浸在阳光浴和山泉浴里，那种惬意，只有体会过的人才能说得出来。来这儿休闲旅游的人需提前两个月预订房间。不过，没房间住也没关系，陈黎明早已为你准备好了，他在枫香瑶寨旁的雁鹅界为你准备了支帐篷的地方，这里的清风、明月、古村、流水、鸟鸣，一切都属于你，还为你省下了住宿费。

从枫香瑶寨驱车一个多小时，就到了龙潭阳雀坡古村落。古村始建于清朝乾隆年间，六座大宅院，栋栋老房屋，一色的灰墙青瓦，古门天井，画壁飞檐。古村至今还保存了水车、花轿、钱锉等历史文物以及草把子龙灯、地方婚俗等多项非物质文化遗产。置身于这样的村寨中，时间是停滞的，岁月也是凝固的，让你穿越到几百年前，与古人对话。

"仁者乐山，智者乐水。"这高山上怪石嶙峋，树木葱葱，流水潺潺，真是山水兼得，仁智双收。陈黎明的理念是，原生态的就是宝贵的，哪怕是一棵树一块岩石都是稀有的，是独一无二的，只要把原生态的东西注入新的血液，就能焕发出新的生机，就能够与时俱进为我所用。于是，陈黎明把离这里两个小时车程的山背梯田开发成了景区。山背梯田纵横7.5公里，上下1500级，面积达1.5万亩。那春天的嫩绿，夏天的绚丽，秋天的金黄，重重叠叠，如诗如画，即便在冬日，那"山舞银蛇，原驰蜡象"的雪域风光，也是难得一见的壮美奇观。

一个人富了不算富，要大家都富了才叫富。陈黎明为了让景区的村民们人人有事做，个个不失业，便将年轻人安排来他的公司做事，每月发三千元到五千元不等的工资。可那些年老体衰的，一没技术，二没文化，三没体力怎么办？给过路客倒杯茶水的能力还有吧！罗西凤如今已是六十三岁的老人了，万万没想到这辈子还能坐在家里拿工资。她家住在路边，她的工作就是为过路的行人免费倒茶水。这样的例子太多了，打扫卫生的张志，守停车场的张贻祥……问起他们的生活现状，总是答非所问地说出心里话，陈总好啊，搭帮陈总过上了好日子，没有陈总，就没有我们的今天。

其实，在很多年前，无论是在部队还是在上大学期间，陈黎明都在琢磨着怎样实现"立足家乡，面向世界"的人生理念。他选择最熟悉的祖祖辈辈、世世代代走的路——养猪。1996年，陈黎明离开国企，带领一群下岗职工进军养殖业，开始了艰辛的创业之路。好不容易才跳出农门吃上皇粮，又来养猪？他的满腔热忱和美好愿望并不被人们理解，甚至还有冷嘲热讽。这时，只有信念在支撑着他。

养猪来不得半点儿虚假，必须脚踏实地地干，因为每头猪每天都张着嘴要吃的。他学老百姓那样老老实实地养，但这样养，只能过日子，赚不了钱。于是他买来《生猪配种》《科学养猪》《猪病大全》等书籍，在陈黎明睡觉的房间里，我发现书架最上面那排全是养猪的书，虽然如今完全可以丢弃了，但还整整齐齐摆在那。陈黎明说，如今没事时还常翻翻咧，就是这些"哑巴教师"

帮我走到今天的。

陈黎明邀约了一批乡亲，统一购猪崽，统一标准喂养，统一销售。二十年来，在陈黎明的带领下，这伙人从穿起草鞋开山挖塘开始，迈着艰辛的步伐，立足怀化，扎根本土，精准定位畜牧业和饲料生产发展方向，稳扎稳打，不断扩张发展，就这样慢慢地把规模搞大了，市场也就更大了。他创办的湖南大康牧业成为湖南省值排名第一的农业上市公司，也是怀化本土第一家上市股份公司。

如今，这伙人又追随他来到雪峰山上，成了新的创业者。陈黎明上山后的第一件事是研究雪峰山文化，在他看来，当年日本鬼子之所以打不过雪峰山，就是因为生活在雪峰山下的人民不怕死、不怕难，誓死抗战，这种精神值得研究，值得发扬。他便邀约几个文朋诗友成立了雪峰文化研究会，挖掘整理雪峰文化，同时还创办刊物《雪峰文化》，几年来，刊物发表的文章先后有数十篇被核心期刊转载。知情人告诉我，这地方并不是他的老家，但与他有着血浓于水的关系，因为当年他的父亲在这地方工作过。父亲未酬的事业他来完成——老百姓还没有脱贫。陈黎明便一项一项地来，新修便道，硬化公路，为老百姓修缮房屋，帮助老百姓开办农家乐，等等。

也有人等着看陈黎明的笑话，心想：你折腾吧，把你养猪好不容易赚得的几个钱折腾完了就收手了！在一些人看来，明明摆着好多能赚钱的商机，比如开发房地产市场、加工本地的土特产等，可陈黎明一项也看不上，他想的是更远、更大、更宏伟的目标，他要用那些独特的民族文化，用自己超前的理念带领父老乡亲走向更高、更远、更美好的生活。陈黎明知道，成就一番事业不是一天两天就能办到，也不是讲讲大话喊喊口号就能实现的，只有沉下来，需要做准备，需要积累经验。于是，他"草鞋无样，边打边像"，便有了山背梯田、枫香瑶寨、阳雀坡古村落、穿岩山庄，有了雁鹅界、蒲安冲、诗溪江情侣谷等旅游景点，有了雪峰文化研究会、雪峰动力传媒公司、花瑶艺术团等文化实体。络绎不绝的游客，有冲着景点去的，但更多的是冲着陈黎明本人去的。一位从重庆慕名而来的老板，看到陈黎明将一个没有任何资源的山头开发成旅游景点，佩服之中还有取经的想法，陈黎明一点儿也没有保留自己的创意：眼光必须是全面的，把景区的父老乡亲都考虑进去了，就一定能够获得成功！

陈黎明的善举得到了政府的充分肯定，2016年年底，第三届"湖南慈善奖"给陈黎明的颁奖词是这样写的：

> 陈黎明，湖南溆浦人，原为上市公司大康牧业董事长，现为湖南雪峰山生态文化旅游有限责任公司掌门人。慈心永恒，善举济民，是陈黎明一生的追求。荣誉记录了他二十年来扎根雪峰山，慈善惠民的历史足迹。他累计用于扶贫帮困的资金就达7000多万元，其中为溆浦县统溪河乡125户贫困户、火灾户、因病返贫户和困难大学生先后送去救济金达500余万元。2011年2月16日，捐赠30万元给湖南农大品学兼优的贫困学子设立了"瑛明奖学金"，支助贫困学生完成大学学业。为了山区农民脱贫致富奔小康，陈黎明在"输血"的同时，积极帮助贫困农民"造血"。他帮助60多个扶贫村修建了32所学校、21座桥梁、200多公里进村公路，共投入资金3700万元，受益群众达20多万人。

那山，那水，那古朴的村舍成就你我，让人感动，让人陶醉。愿陈黎明的事业像明灯一样，在致富路上永远领航！

## 等待丰收的喜讯

谷穗一枝枝向着天空,在风中摇曳着,像和天空中的云彩对话。隔着一条田埂,邻家的杂交水稻已是乖巧地低下了头,株株壮实,粒粒饱满。对比起来,姚茂洪真是看在眼里,慌在心里。家族里的叔伯兄弟当着姚茂洪的面虽然没说什么,但他们的眼神,早已深深地扎在他的心里。

大伯说,今年这季可能冤枉做了。

三叔笑了笑,话里有话地说,庄稼不好只一季……

二爷说,他也种过常规品种,但没种过长得这么差的常规品种。

……

姚茂洪不敢看他们的眼睛,轻声说,等吧,可能奇迹会出现的。姚茂洪只能这样安慰,他也没有种过,准确地说,他连田都没有种过,更别说种这种侗藏红米稻了,其实他心里一点儿数都没有。

结穗不多,对于稻子来说是致命的打击。在姚茂洪看来,侗藏红米稻老土医都用得上,肯定有它的价值,肯定能卖得掉。但作为教师的他,哪个会听他的呢?他只能发动家族里的人先试。家族里的人世代种田,只出了姚茂洪这么个读书人,还是人民教师,肯定是见过世面的,他说的肯定对。在姚茂洪的鼓动下，家族里这家几亩那家几亩，一下子就种上了二十来亩。如果没有收成，他们这一年吃饭怎么办？别说劳动成本，仅花在上面的汗水和心血也全白费了。

还是父亲理解他，反而宽慰姚茂洪说，好好观察吧，收获一些经验也行，也算是一个教训。

姚茂洪扯了两把禾苗，拿到乡政府农技站询问。农技站的技术员看了看禾苗说，这是常规品种吧，还在结穗咧，应该有收成，比杂交稻要成熟得晚些。

乡政府的农技员大都是半路出家，没有经过专业培训，姚茂洪是不大敢相信的，但农技员这话又给了他一丝安慰。他心想："如果是这样的话，那也只能等了。"

接下来，姚茂洪每天一个电话打给父亲，要他到田里观察。那是2003年，手机还没有拍照功能，父亲只能口述。

老话讲"见馅四十天，出齐一个月"，这都见馅快二十天了，还出得吊儿郎当，怕是没什么收成了。

过了两天，父亲又给姚茂洪打来电话说，侗藏红米稻比杂交稻早出穗几天，但现在杂交稻都长籽了，侗藏红米稻穗还没出齐咧。莫不是真的有问题？

那天，姚茂洪的女儿腹泻，村子里一位老土医给他女儿推拿一番后，给了几粒红米要他炒熟了敷在女儿肚脐眼儿上。

那是姚茂洪第一次见到红米，开始他还以为是用药水染红的，后来才发现那是真正的红米。

小时候，他听大人们唱过"红米饭南瓜汤"，红米是在井冈山才有，莫不是从那里买来的？老土医说，是祖上留下来的品种自己种的，因为只是药用，他只种了几分地。姚茂洪便从那里拿了一些种子，找到县长汇报，说这东西有特色，应该有市场。

县长也是第一次看到这东西，问他，这东西既然用来治病，是不是有毒？姚茂洪一下子语塞了，按传统思维，稻子是用来吃的，不可能有毒，但又没把握，不敢乱在县长面前许诺。县长说："你拿去找权威部门检测一下。"

于是，姚茂洪找到北京的权威机构进行化验，证实红米不仅没毒，而且含有大量的硒、锌、钙、镁、磷、铁等微量元素，含有丰富的植物蛋白及调理肠胃的膳食纤维，富含$B_1$、$B_2$、$B_6$等多种维生素和18种人体必需的氨基酸。

后来，姚茂洪找到"中国杂交水稻之父"袁隆平院士，向他汇报了侗藏红米稻的情况。袁院士对姚茂洪说：古老的侗藏红米稻是侗乡传统好大米，今后要进一步研究它的生长习性，挖掘它的内在价值，让它真正成为造福一方的营养米和吉祥米。

其实，红米在新晃侗乡古已有之。20世纪70年代杂交稻出世以前，新晃种植的常规稻谷品种较多，口感较好的就有"麻雀谷""珍珠矮"等多个品种，但最特别的要数既能护身又代表吉祥的"红谷子"。此稻米深红不艳、光鲜油亮、清秀细长，侗家先民常以此作为避邪用品佩戴在小孩身上代代传承，作为吉祥食品在侗乡山寨世代珍藏。

相传，侗族先民有一天发现孩子被魔鬼抓走，急忙燃起火把四处寻找。魔鬼怕红色、怕火焰，不久被众人的火把团团围住，丢下孩子仓皇逃进山洞中。人们抱起被丢在洞口的孩子时，发现孩子仍活着，手里抓有一束稻谷，剥开稻谷一看，稻米是红色的。侗民认为，这是飞天红鸟所衔的五彩九穗谷中掉下的红谷子，是护身红谷子，吉祥红谷子，所以魔鬼没敢咬死孩子，保住了孩子的性命。从那以后，侗家先民将孩子手中的红谷子保存起来年年栽种，并视为小孩的避邪用品代代传承，作为吉祥食品世世珍藏……

姚茂洪决定试种这种侗藏红米稻。

电话里沉默好一会儿后，姚茂洪才轻声说道，事到如今，也只能顺其自然了，或许老天保佑，奇迹会出现的。这也许是姚茂洪真实的想法，但对于整个家族里的人来说，算得上是安慰吗？即便是，也是空洞的。对于一个种地的人来说，没有什么比地里没有收成的打击更大了。父亲在电话那头停了好一会儿，才轻声说道："但愿如此。"

接下来的日子，姚茂洪和他的家人们只能默默祈祷了。

还莫说庄稼人，就是知识分子遇到了挫折也会相信神灵，也会把希望寄托在祈祷上。但面对大自然，面对上天，比如干旱、洪涝、虫灾、病害，任何祈祷都是徒劳的，一切都得按自然规律办事。儿孙自有儿孙福，草木也自有草木命，该有的自然会来，没有的任你怎么努力也白搭。此时，真的也只能听天由命了。姚茂洪没有忘记，那是他还在上小学的时候，那一年出奇干旱，他陪着父亲守在田埂上放水，寨子后面的那口山塘，村民们一直坚守到最后，才开始放水灌田，已经开裂的责任田，每亩只能灌溉一个小时。村支书这时是绝对的权威，看着那块用了三十多年的上海牌手表，一秒钟也不能超过。这时父亲是绝对的虔诚，目光中充满着渴望，哪怕村支书慢喊一秒钟，让田里多进几瓢水也是万分感激。一天前，姚茂洪曾和姐姐拿着脸盆在小小的水塘里一盆一盆地舀水入渠，为久旱的稻田送去甘露。但还是没有救着田里的禾苗，秋收时，父亲点火烧了那一丘枯萎的稻穗。

长大了，姚茂洪明白了春种秋收，收获的不只是稻谷本身，劳作的过程就是一种收获。哪怕是这一年颗粒未收，对于一个庄稼人来说，也意义非凡。他也没忘记大人们冒着大雨一株株地插着秧苗的情景，父亲还告诉他"栽秧莫怕雨，打谷莫歇凉"。然而，这样不分昼夜地劳作，最后得到的结果却不能与付出画等号。

秋天来了，姚茂洪选育的侗藏红米终于成熟了，亩产虽然只有八百斤，但售价每公斤四十元，是传统杂交水稻价格的十多倍。侗藏红米稻根系长、植根深，因而耐旱，利于山区种植，这也是侗藏红米结穗早而成熟晚的原因。

为了让侗藏红米稻有一个好的发展，姚茂洪组建了专业合作社进行宣传推广，有好多人家跟着种了起来，种植面积达百余亩。姚茂洪免费为这些种植户提供农药、种子、化肥，还签订了统一管理、统一收购合同。正在这时，一位自称很有钱的芷江尹老板参与进来了，这对正苦于缺少流动资金的姚茂洪来说是天大的喜事。这下子，红米稻种植面积扩大到了四千亩，姚茂洪仍旧依照合作社的模式，免费为种植户提供农药、种子、化肥。正当他筹划下一步如何发展和等待收获的时候，尹老板却被公安机关带走了，因为他涉嫌非法集资。原来这个尹老板是个外强中干的假老板，他看中的是姚茂洪手中侗藏红米稻的项目。尹老板被关起来了，但他们免费发出去的农药、种子、化肥不可能再收回来，姚茂洪盘算了一下，这次他一共亏了一百六十多万元。姚茂洪不敢对任何人说，连他老婆都不敢说，这时他已从教师的岗位调到了县农业局工作了，每个月也就三千来块钱的工资，与一百六十多万元比，姚茂洪就是两辈子也还不清这么多账。

开弓没有回头箭，现实逼着姚茂洪没有退路。姚茂洪便采取缩小规模、稳扎稳打、稳步发展的办法。经过近三年的努力，不仅还清了欠账，还将规模稳定到了种植面积两千多亩的水平，销售也遍布了全国十多个省市。与此同时，他用侗藏红米开发的产品也逐渐多了起来，比如，甜酒、米酒、饮品等。更令人欣慰的是，侗藏红米还被农业部授为"中国重要农业文化遗产"……

我们等待着，等待这个依靠千万百姓，惠及千万百姓的普通水稻——侗藏红米稻走得更稳、更远。

我们等待丰收的喜讯。

## 四叔触电

2012年秋天，四叔去了趟深圳，花六千块钱买了台DV。他一天到晚摆弄着：录正在哭闹的一岁多的孙子，摄来串门的坤二爷，照专心砌墙的炳大哥，然后回放让大家看。四婶以为睡在床上的孙子哭了，跑到房间看到孙子睡得正香，才知上了四叔的当，嗔怪着骂四叔吊儿郎当的，六十岁的人了还没个正经，逗乐了正在堂屋扯白的屋上坎下的一伙人。寨子里哪家有什么红白喜事，四叔总要去录一录，比如，打三朝、起新屋、结婚、升学以及"老"了人……然后制成光碟送给主人家。主人家看到自家在电视里的热闹场面乐颠了。

随着拍摄水平的逐步提高，四叔拍摄的内容也越来越丰富。四月初八是姑娘节赶狗窝坳，四叔老早就准备好了他的DV，在坳会上录了姑娘小伙的情歌对唱，四叔整理剪辑并刻录成光碟拿到集市上去卖。四叔拿着净赚的八十多块钱在四婶面前拍了拍说："我这不是玩是在赚钱，如果硬要讲我是玩，我玩都能赚钱，你说我水平高吗？"四婶想说你那六千块钱不知猴年马月才赚得回来，但见四叔一脸得意的样子，话到嘴边又忍住了。

可能是受到这事的启发吧，四叔越玩名堂越多起来，他找来一本《侗族山歌集锦》，要寨子里的几位青年男女穿着苗侗服装照着上面的唱。这一曲是情歌对唱，有相会、相连、相思、情变等十多个剧情，四叔要他们在村子里的花阶路上走来走去，边走边唱配镜头。四叔既是导演又是摄像还兼场记。由于没有表演经验，唱歌的人总达不到四叔想要的效果，四叔一会儿示范，一会儿指挥。看着四叔流着大汗忙前忙后的样子，有人对四婶说："你帮帮你老公啊！"

四婶抱着孙子乜斜了一眼正在拍摄的四叔说："我帮他，他吃饱了没事做，一天到晚搞这些无头无脑的事。"

有人便接过四婶的话说，现在吃不愁穿不愁，又不要挑土开荒，也不要买田买土，不搞点儿这些好玩的又做哪样？天天在家里坐还要坐出病来！

四婶无话回答，转过头哄怀里的孙子说，给妈妈打个电话，跟妈妈讲她们寄的钱收到了——四婶的儿子儿媳在深圳打工。

这一次四叔算是猛赚了一笔，因为他录制的《侗族情歌对唱》被县文化馆收藏了，一次性给了他五千块钱的奖励。当然，他不可能一个人吃独食，二一添作五平均分给了参与者，自己只得了其中的一份。

县文化馆接着又给四叔交了个任务，要他将天井寨的傩戏"咚咚推"录下来，那是国家级非物质文化遗产。四叔便趁师傅们表演时认认真真地录了好几遍。春节、清明外出打工的年轻人回来，四叔便将这录像放出来要大家跟着学。表演者过世三年了，他的后人们每次看到这个录像都会流泪，弄得四叔很尴尬，但四叔又自以为是地安慰说："还能看到你爹的录像，我想看我爹的录像是不可能了。"有四叔摄的像，大家跟着录像学，使得现在天井寨会跳"咚咚推"的人越来越多起来。

前两年，市里的电视台举办"改革开放三十五周年"DV拍摄大赛，四叔参加了。四叔的参赛标题是《我的拍摄故事》，讲的是他在天井寨拍摄的新闻在县电视台播出的事，如：《红红火火的山寨超市》《吴毓生三建车库》《张美娥在城里唱山歌》《村村寨寨通了水泥公路》《侗家山寨用上自来水》……

四叔有些遗憾，说他没得奖。我有些替四叔惋惜，也许这些东西在别人眼里算不上新闻，但对生活在湘西大山里的四叔来说，应该是他感受到变化最大的事情。好在四叔并没有灰心，他信心满满地对我说，等到"改革开放四十周年DV拍摄大赛"时一定要拿到奖。因此从现在开始他就着手选题和拍摄。不过现在挺忙的，他正在拍微电影。

我开玩笑说："有没有适合我演的角色？"四叔眼看着DV镜头回答："都是讲天井寨的事，演员当然是我们天井寨的人了。"我说我也是天井寨人咧。四叔向我挥了挥手说："去去去，别吵我，你现在是城里人了。"

看着四叔专注的样子，想着四婶看他时的表情，我不自觉地摇头笑了起来。

## 生活的美味

说到洪江，总会有人问是洪江市还是洪江区。说到黔阳古城，就没有人再问了，知道这是洪江市的市区所在地。在一个雨润风酥的日子，我陪孙健忠和谭士珍两位老作家来到了黔阳古城。

因两位老作家年岁已高，睡眠较少，一大早就起来了。我只好揉着惺忪的眼睛跟着他们一路闲逛。我们是沿着黔阳古城这个牌坊进去的，街道干净整洁，没有车鸣，也没有人声，在如此静谧的清晨，古城仿若与世隔绝。那些做生意的揭开店门，也是轻手轻脚的，生怕吵醒这个早晨。这是严谨而古老的街道经过梳理之后留给人们的自由。街道上，偶尔有人经过，甩着懒散的胳膊、踢着松懈的腿，一副晨练的架势。天空差不多快明朗起来，白色的云好像被风推搡着一点点地游移。最忙碌的可能是那些燕子了，飞来飞去的。两位老人像去参加祷告的信徒，走得很急，但一会儿又停了下来，谭老用他手中的拐杖这里指指，那里点点，孙老随着拐杖的起落不停地点头。

就这样，跟着两位老人走走停停时，我记住了这里的标语，这里的城墙，这里的巷道，还有这里的石板路。我拿着手机拍照，感受着生活留给我的美好，定格在历史的呼吸里，停留在岁月的风雨中。尽管时间到了八点，但路人仍不多,只有老者,穿得朴素、简单,拎着羽毛球拍,或提着收音机。

这里是中正门,进门后宽阔得能并行七八个人,且台阶极为平缓,像是人生某个阶段的一种刻意的铺垫。随着缓缓的台阶拾级而上时,我遽然闻到从四面溢出的质朴且低调的花香——是的,这里城中有花,花中有城。在这里,眼前是一幅幅美丽的画卷,有格子、窗子,有方块、线条,有圆、弧,有动、静,有慵懒,亦有紧迫,亦不乏自信与得意。在这里,似乎可以将时间定格,直至冬去春来。

古城基本上是由巷构成的,黔阳古城也不例外。有一位老师曾说:"巷,是城市建筑艺术中一篇飘逸恬淡的散文,是一幅古雅的图画。"我走过许多古城的巷,有的充满沧桑,像历史随笔;有的是简陋的,屋檐上长满青苔;有的则时尚华丽,充满现代气息。而眼前的巷,是那样的从容淡定,在这样的清晨,它似乎还沉湎于梦中没有醒来。

我站在巷子的交叉口,正想着往哪里去的时候,一位穿着细花睡衣的妇人"哐"的一声推开了木质的窗户,那株古树的枝丫顽皮地在妇人的脸上拂了一下,妇人不知说了一句什么,或许是跟这个清晨问好吧!每一家的门前都生长着许多植物,那交错的枝丫结着细碎的黄色的小花,有的竟伸到半空,再探头探脑地拐回屋里。

走着走着,看到了路边的一口大锅。不仔细看,还以为是一口炭窖咧!容得几十号人。解读成了谭老的专利。谭老是新化人,讲话有些难懂,但孙老说的他能听懂,这就是多年交往的见证。我也只好不懂装懂了。谭老说,南方的春天来得有些羞涩,虽然到了阴历三月三,还没有一丝暖意。但山上的那些野花野草,却已开始露出笑脸。最显眼的就是荠菜了,无论是田埂还是土丘上,都有荠菜的身影。荠菜不仅最先到来，等候与春天相约，更重要的是，荠菜还有一个叫人喜欢的名字"聚财"。黔阳古城的人把"荠菜"读成"聚财"。

三月初，第一批荠菜刚刚成熟，储存了整个冬季的能量，加之初春天气还比较寒冷，生长慢，所以荠菜的药用价值最高。荠菜的药性平和，能维持人体的寒热平衡。能祛寒，却又不会引起内火；能祛热，却又不会导致寒凉伤身。春天吃点荠菜，可以预防各种流行病，还可以缓解过敏症状。婴儿积食了，用带籽的老荠菜煮水喝就能调节，而且长大以后还不容易得胃病。老年人吃荠菜，可以降血压、利尿，还能预防白内障。

三月三这天，有些人家把荠菜放在锅里与鸡蛋一起煮，只吃鸡蛋，不吃荠菜。黔阳古城人三月三吃荠菜蛋的习俗由来已久。据清代同治年间的《黔阳县志》记载，唐肃宗上元元年（760）庚子七月二十八，唐朝著名的太监高力士因受李辅国陷害，被流放黔阳古城。次年三月初三，高力士去与黔阳古城一江之隔的鳌山寺进香，见郊外荒芜的田园长满了荠菜。深知荠菜营养价值的高力士将荠菜采摘后与鸡蛋同煮，供古城与周边百姓享用。他还写了一首题为《感巫洲荠菜》的诗："两京作斤卖，五溪无人采。夷夏虽有殊，气味都不改。"从那时起，吃荠菜蛋的风俗在黔阳古城开始流传，至今已有上千年的历史。民间传说，荠菜可以祛风避邪；医学说，荠菜可以补气血，防蚊虫叮咬。

荠菜生长在荒郊野岭，不需要施肥，也不需要薅草，它本身就是一种野菜，没人去管它，也没人去疼它，自然生长。冬天干枯了，来年的开春又生机勃勃地生长起来。

饥荒年代，荠菜被看成救命草，家家都挖来充饥。有老人担心，荠菜在黔阳古城会绝种，没想到，第二年又一株株地长了出来，被黔阳古城人称为"铁杆庄稼"。如今生活富裕了，吃荠菜的花样也变多了，有拿来当茶喝的，有放在食物里一起吃的。最典型的就是和鸡蛋一起煮着吃。吃法不同，香味各异。

农历三月初三还是我国古老的传统节日——上巳节。上巳节在中国古代又被称为"女儿节"，这一天，美丽的洪江女子，服饰亮丽，头戴荠花，手提花篮，笑语晏晏，构成了三月三的另一道风景。到了晚上，人们还要用荠菜水洗澡。

近年来，来黔阳古城参观旅游的人多了，特色美食尝过之后，最忘不了的还是荠菜煮蛋。洪江市委市政府便因势利导，于2015年农历三月三组织了世界上最大的荠菜煮鸡蛋活动，来自香港的世界纪录协会现场进行了认证，此次荠菜煮鸡蛋，耗费33公斤荠菜，共有9333只鸡蛋装在30个竹桶中，放在直径3.3米的大铁锅中同煮，锅还在路边。

我们一路走一路谈笑，从赤着脚打羽毛球的人身边经过，他们玩得很投入，没有注意到我们。园林工人正在清扫枯枝败叶，那是季节留下的痕迹，是对岁月的一种纪念。我们踩着石板路，路边有一个碧绿的池子，其实这是一口井，叫"状元井"。

阳光从云层中钻出来，照到屋面上，屋面成了一幅古朴的画，画里写满了历史烟云。这画被晨雾中吹竹笛的人看见了，被跑步的年轻人看见了，被周围矗立的楼群看见了，被整个古城看见了。

这是生活的味道。

## 侗家"独立制片人"杨世泽

见到杨世泽的时候，他正在为一个婚庆光碟的后期忙碌。得知我在文化部门工作，杨世泽有些不好意思起来："我这是草根，比不上你专业的哦！"客套几句后，又扯到制作光碟的话题上来，杨世泽摇了摇头："搞不过来，我现在带了五六个徒弟，还是忙不过来。"

我有些不解："新晃一个二十几万人口的小县，哪有这么多业务？"

"唉！现在啊！"杨世泽敲了一下回车键，"新晃的老百姓特别喜欢，一堂好事下来，制成五六张光碟是常事！"

我心里嘀咕：难怪是草根，哪能像记流水账那么录？便问道："不会吧？"

杨世泽笑了笑："过好事，有蛮多内容咧，比如唱山歌，唱他个三天两夜，你看要录制成好多张碟子不？"

新晃人为何对山歌这样热爱呢？杨世泽说，新晃人生活在大山里，娱乐活动相对贫乏，唱山歌就是一种娱乐，不费钱、米，人人都会。再说，侗族山歌是随口编唱，可抒发自己的真情实感。有人说，生了病，只要唱山歌就好了，其实，山歌并没有那么神奇，只是唱起山歌，就被歌迷住了，忘了病痛。

杨世泽今年六十三岁，是土生土长的新晃侗家人，五十五岁从新晃民宗局提前离岗后就开始录制光碟，这么多年来，除了给百姓家庭录制婚庆、生日光碟外，还录制侗族民间故事、情歌对唱等光碟。杨世泽说，他比较得意的是六集爱情故事光碟《飞凤连情》，五集爱情故事光碟《龙凤双镯》，那都是八年前录制的，现在还有人找他要。故事剧《梦中缘》《情天恨海》被北京的一位民俗专家收藏。在录制情歌对唱《忆往情深》《缘尽青松林》时，为了确保质量，他亲自上阵当主角，由老伴儿拍摄。老伴儿不会使用摄像机，他就把机子放在三脚架上，打开开关，要老伴掌握臂手，只要看到他在镜头的中间就行。说到这儿，杨世泽哈哈地笑了起来。

"老伴儿这么支持你？"我问。

"支持，绝对支持，对于侗族山歌，老伴儿比我还喜欢。"杨世泽有些兴奋。

借着这个话题，我问道："你老伴儿也是你唱山歌唱来的吧？"

杨世泽点了点头："算是自由恋爱吧！"

杨世泽的老伴儿也是侗族，他俩在侗家的玩山赶坳中以山歌传情，从相识相知相爱到结婚。由于爱好兴趣一致，几十年来，两人恩恩爱爱，从没吵过嘴红过脸。杨世泽的摄像机换了三次，现在用的是两万多块钱一台的专业机，电脑换了四次，现在电脑里的声卡都是三千多元的。

新晃侗乡有"歌的海洋"之称，有"歌养心，饭养身"之说。侗家人无论走到哪里，都将歌声带到那里，不管是山上砍柴，还是土坎割草，都是一边干活一边唱山歌。就是在这样的环境里，杨世泽从小耳濡目染，十三岁就学会了唱山歌。杨世泽说，看似不起眼的侗族山歌，却给他的人生带来了许多帮助。他说，他只上了六年半的学，韵律就是从唱山歌中学来的。他在南海舰队当兵的时候，因为经常上台表演唱山歌，得到了部队领导的重视，免除了很多重活。他在修湘黔铁路的时候，因为会唱山歌当上了宣传干事，免受肩挑背驮之苦。铁路修完后，因文艺才能出众，被县里招工，进了市管会，吃上了国家粮。这一切都是侗族山歌牵的线搭的桥。

杨世泽唱了一辈子山歌，研究了一辈子山歌。他发现，侗族山歌唱腔有二十多种，有的清晰度高，有的伴音较重，但每种唱腔没有相似之处，是全世界独一无二的。杨世泽说，现在侗家年轻人大都外出打工，会唱山歌的人越来越少，要使侗族山歌发展传承，不是他一个人能做到的。现在他已将大部分侗族山歌唱腔整理录音保存下来。说到这儿，杨世泽打开电脑，找出一段视频，那是他不久前送给全县中小学校的光碟，名字叫"北侗民歌学习光碟"。

据新晃教育局的朋友告诉我，目前，新晃正着手开展侗族山歌进校园工作。看来，杨世泽的山歌传承梦真的不再是梦。

## 装 修 工

### 一

说到装修，肯定是指装修房子，这是近年来新出现的活儿。我在20世纪90年代中期，买到了第一套房子。这时，单位的福利分房已经结束了，这房子是全额集资的，但土地是政府划拨的，因此在分的时候按工龄、职位来确定楼层，我分到了最顶层。顶层是最差的，但能得到房子，心里还是乐呵呵的。父亲立马在老家给我备了许多木料，他说门窗还有柜子，怎么能不需要木料呢？那时，水电工是水电工，瓦工是瓦工，木工是木工，属于各顾各，还没有抱团成一家，更没有什么装修公司之类的，也没设计图纸，只能"草鞋无样，边做边像"。装修的过程中经常改来改去的，浪费了不少材料。首先是水电工，其次是瓦工，最后是木工，木工完了又是水电工收尾。一套房子得费很多工夫，从谈价到买材料，到监工，不知要操多少心呢！

我常常想，如果我没有工作，是不是也搞装修。因为我父亲是木匠，我们村子里大多数人都是子承父业，我也应该如此。

在父亲看来，装修又不搞榫头什么的，那是再简单不过的。我父亲最看不起的就是木匠师傅用钉子了，"钉子师傅"是对木匠师傅的挖苦，背上这个名，是找不到活儿的。村子里全是吊脚楼，但整个楼宇建起来不用一钉一铆。如果说吊脚楼简单的话，那鼓楼就复杂了，通体全是本质结构，也不用一钉一铆，由于结构严密坚固，可达数百年不朽不斜。可这是装修，不是建鼓楼，不需要百年的坚固，要的是美观。不耐用没关系，还没等到用坏，就会被拆除的，因为过时了，主人家会换新的。父亲感叹社会发展变化太快。他说，如果他再年轻十岁，他也要进城搞装修。反正瞌睡少，晚上至少要做到十一二点钟，一组家具一下子就可以做好。父亲其实是位大木匠，大木匠是老家人的说法，就是起木房子的师傅。近些年来，起木房子的人家越来越少了，连门窗都不用木料了，父亲这个大木匠便失业了，但嘴硬的父亲说："怎么可能失业，我不晓得改行搞装修啊！"

父亲七弯八拐找到一位远房亲戚的儿子帮我装修，还没等我答应，这位亲戚便将木匠工具拉来了。亲戚也不含糊，说："虽然是亲戚，该照顾就照顾，该收的还是要收，因为我是靠手艺吃饭。"听起来也有道理，我便确定让他给我装修。我们议定包工不包料。

我和水电工说好了价钱，他按我指定的点挖了墙埋了电线和水管。电线和水管是我自己按水电工的要求买的。这项工作简单，三天就完成了。插座、开关和水龙头要等整个装修完成后才能安装，因此，余款等到最后再结算。

我那做木工的远房亲戚进场了，还带了一个年轻小伙子，二十岁出头，应该是他的徒弟。我提醒他说："我们是亲戚，你要好好搞，搞砸了不好讲话咧！"他知道了我话里的意思，说徒弟只是打下手儿，关键地方还是他亲自动手。我们这里最反感的是徒弟伢子做事，一句老话叫"带会徒弟，饿死师傅"，徒弟肯定比师傅差。谁愿意要手艺差的人来做事呢？

亲戚做工精细，技术不错，就是手脚太慢了。徒弟姓张，小张动作快，却毛糙，锯过的边角，也懒得多刨多砂几下。可他口算既快又准，计算的木板木条需用量，与实际相差无几，还会利用边角余料，为我节省材料。他常常给我出点子，比如说：买材料要去偏街商店买，价格便宜些；水电工结束，工钱未付完，留点尾款，万一电线短路、水管漏水，他不返工，就用尾款请人……

每次和小张见面，他都有说不完的话。装修完半年的样子，烈日炎炎的七月，我匆匆从街上走过，突然一个声音从侧面传来："江哥，吃根冰棒吧！"我这才发现是小张在旁边的冷饮店里，拿着一根冰棒硬要塞给我。

盛情难却，我接了小张的冰棒。

## 二

五六年后，我再次见到小张，是在调到怀化工作后。那天我在餐馆接待一位领导时，小张也在那里吃饭。我一下子没有认出他，他戴着一副眼镜，比以前胖了许多，穿着也洋气了不少。他喊我，我愣了一下。他自我介绍道："我姓张，当年给你装修房子那个！"我问他在干吗？他说，还是干老本行。还问我在怀化买了房子没有，如果要装修找他，价格肯定是最优惠的。

这时，我正好在怀化买了房子还没装修，觉得找谁都是找，找熟人好办事，便把装修的事托付给了小张。我有了第一次装修的经验后，便对细节监管得详细些，有些事我就放手不管了。比如买材料，我基本要货比三家，可面对偌大的建材市场，真不知往哪里迈脚。这时，小张便替我做主，向我推荐了一家，说那里是直接加工的，价格便宜，质量可靠。我想也是，现在什么都是厂家直销，直接到板材厂买应该便宜些。在小张的建议下，我选择了这家。对于选哪种装修材料我当然是听小张的了，他说好我还能说什么呢？更何况他还当着我的面跟卖板材的老板讨价还价。最后，小张抛出了最后通牒："卖就卖，不卖我们走了，这东西就值这个价！"

我内心充满感激，心想，小张真是好人，不仅耽误活儿来陪我买，还像自己买货一样讨价还价。一转眼，满满一车板材装好了。离开时，我看出了破绽，板材厂老板不停向小张眨眼睛，差不多把眼泪都眨出来了，可小张装出一点儿也不晓得的样子，还一直告诉卖家说："老板，我们走了。"那意思是告诉卖家"我走了，回扣等会儿回来拿"。

人家拿回扣，我也没办法，我反正到哪儿买都是这个价，好在服务还是到位的。三个装卸师傅往屋里扛板材，好在我的楼层不高，转弯的地方只有两道。见装卸师傅大汗淋漓，我给他们一人买了一瓶冰水，我们之间的话就多了起来。其中一个是来自本市辰溪县的，已有两年多时间了，现在他们六个人组成一个装卸组，赚了钱平均分。

我问："你们为什么要六个人组成一个组呢？"

他们说："遇上大件的，单个吃不消，人多力量大嘛！"

我又问："你们都是一个地方的？"

"不是，都是来到这里做事才认识的。"

我说："你们出来了，家里的地哪个种？"

一个汉子抹了抹嘴上的胡子说："可惜哦，田荒在那里可惜啊，回去种又划不来。"

我说:"怎么划不来呢?祖祖辈辈不都是种田的吗?"

汉子摇了摇头说:"划不来,你想想,我们在这里随便做一天,一个人就有三百多块钱,在田里刨食,一亩田一季下来也就两三千块钱,还当不了我做一个月哩。"停了几秒钟后又自个儿摇头叹息,"可惜哩,大片大片的田荒在那儿!"

装修过一套房后,对于第二套房就没那么激动了,再说我的时间也有限,不可能天天守着他们,只是把要求跟他们说了后就隔三岔五去看一下。一天下午,我到装修现场转了转,发现水电工师傅来了,在和木工师傅打扑克,小张面前放了一堆十块二十块的钞票。一个多月后,我出了趟远差,回来发现没有任何进展,连装修的电锯都搬走了。我打电话给小张,他说有个门面急着开业,结束就回来,只要几天时间。反正我不急着住,也不催他们。在后来的接触过程中,小张知道我是一个单位负责人后,就百般讨好,先是要和我一起开装修公司,说他不会使用电脑,只要我出出面,一切都由他负责。

我说:"我没时间。"

他说:"你上班反正没多少事,在办公室看看电脑就可以了。"

第二天他还印了一盒名片,起名"金鑫装修公司",把我的名字印在名片上,是董事长。最终因我的热情不高而没有将业务发展下去,还是小张一人在做。

后来,小张来过我家两次,送过二十多个土鸡蛋和一只土鸡,求我帮助介绍业务,我按价付了钱。我和小张毕竟不是同类人,除了有装修的事想到他外,别的也就无关联了,更何况我又不是天天有装修的活要干,也就少了联系，他请我吃饭，我没去，后来也就没再联系，到最后连他的手机号码都被我删掉了。

## 三

那天我正在阳台上摆弄花草，门铃响了。我一边问是哪位，一边去开门。走到门边，便听到门外在说："是，他还住在这里。"

打开门，我一惊，是小张。他比以前更加胖了，白了，短发依然很硬，名牌西装，皮鞋贼亮，后面还跟着一个时髦女人。十来年了，天壤之别了。

小张哈哈地笑着说："还认得我吧！"

我说："怎么不认得呢？你烧成灰我都认得。"

小张从身后女人的手里接过一个塑料鞋套把自己的皮鞋套上，一边问候我说："老乡还好吧！"然后说，"我离火化还早了点咧！"

我为刚才的那句话过意不去，改口说："再怎么变，家乡的口音没有变。"

小张却不以为然地说："我路过这里，上来碰碰运气，还以为你又换了新居。"

我说："哪换得起哦，每个月那点儿死工资，吃饭都困难。"但我还是客气地说道，"真要换房，还要劳驾你帮我搞装修咧！"

他说："没问题，保证不赚你一分钱。"他直奔客厅，缓缓扫视一圈后说，"哎呀，十多年了，还是老样子。"

我说："证明你手艺过硬，十多年了，一点儿也没坏。"

他放低语气，非常认真地说道："家乡的领导啊，换个新房吧，像你这种身份的人，谁还住这种房子，你看门口的电线像蜘蛛网。换套新房吧，钱不够，我借给你，不要利息。"

"多谢了！"停了一会儿，我认真地说道，"证明你有眼光，这么多年了，装修还没有过时，我觉得好用啊！"

他哈哈笑了，说："家乡领导啊，现在装修比这个更漂亮了，你还没有看到更好的咧！"

我说："我满足了，装修太豪华了，难打扫卫生。"

他拿出一支烟夹在手里没有点，说："这年头住套好房子也不算什么，你怕人家发现你有钱是吧？按你的收入，你有套好房子也是说得过去的。我跟你说，我不是炫耀，我在河西买了一套别墅，三百多平方米。有人骂我是暴发户，有人说要打土豪，我不怕，我的钱来得正当，该交税就交税，该消费就消费。"

我脸有些发烧，声音也低了许多，说："向张老乡学习！"

"家乡领导啊，你实在不想换，也该重新装修，这样式早过时了。重新装修我负责，老办法，你负责材料，我负责人工，保证不赚你一分钱，十年之内不落潮流。怎么样？"

我问道："现在工人工资怕要三四百元一天了吧？"

"一分工钱不收你的，给家乡领导撑个面子，帮忙搞！"

"多谢啦，张老乡，我没打算重新装修，觉得现在很好啊！"

他停了一会儿说："别墅正在装修，我入住那天，请家乡领导光临指导。你看了，包你改变主意。"

我淡淡地说:"如果有空,届时前去恭贺乔迁。"

小张的手机响了,他看了一会儿说:"家乡领导,对不起,司机说,车停久了,交警要罚款。好,哪天请你和夫人一起吃个便饭。"

送他们到门边,他转身握住我的手说:"你是帮过我的,我记得,莫把我当外人啊。"

我不知如何回答,脑海冒出一个问号——我什么时候把他当自己人了?

人靠衣装马靠鞍,房子打扮一下也不是什么坏事,在我们农村娶老婆有看屋这么一个程序,姑娘对一个人的了解先从房子开始,如果一个家庭房子都搞不好,别的事肯定是做不好的。起房是一生中最重要的一件事情,家里有几个儿子就要起几栋房,如果姑娘来看屋,你家房子都没有一栋,那是要大打折扣的,在那个"父母之命、媒妁之言"的年代,没有房子可能这门亲要黄。当老的没给儿子建一栋房,是一件很没面子的事。即便是在这个"大众创业、万众创新"的年代,婚姻也还讲究有车有房。

贾平凹曾说:"有房子不能算家,有妻子儿女却没有房,也不算有家。"在我看来,有了房子有了家并不一定就快乐,也不一定是避风港。烦恼了回到家就不烦了吗?我曾把父亲的床换成席梦思,可他却怎么也睡不好。他说:"床好不一定就睡得好。"真的是应了流行的那句话:"能买来床,买不来睡眠;能买来食物,买不来胃口;能买来学位,买不来学问。"

房子是用来住的,不是用来炒的。我套用这句话,房子是用来住的,不是用来看的。好不好看不要紧,好住就行了。不过,今天我想说的是,朋友是交出来的,不是想成为朋友就是朋友。

## 修 空 调

每年也就天气最热的这几个月用一下空调，到了冬天，基本上用火箱，根本不用空调，空调却坏了。虽然从外表上看还很新，但坏了就是坏了，开不了机了。内机上往日显示温度的地方显示了"E6"字样。当年一起买的两台，另一台还好好的。真的是中了"买电器买运气"的那句老话。坏了还有什么办法呢？找维修店啊！我的空调也算老牌子了，售后服务也是很健全的，怀化这个地级市里应该有专门的维修店。

这天是星期六，我正好在家休息，决定找师傅来修一下。我外出吃早餐的时候，早餐店旁有一家电器维修店，我顺便问了一下"师傅会修空调不"？回答说"会会会"。我想，空调买了五年，早已过了保修期，找哪里的师傅修都要付钱，找离家近的师傅看看也省事，万一之后有什么问题也好再找。可师傅的热情并没有与他的水平相等。他看了看说："你这是变频的，我没修过，如果是老式的我还会修。"

于是，我从网上查到售后服务电话，接电话的人很热情，说24小时内有维修师傅会跟我联系的。反正是星期六，我也没有出去，就等吧。因为天太热，一上午没心思做事，对着电视无聊，直到中午才在躺椅上睡去。刚睡着，手机里来了一个陌生电话，我有午睡的习惯，最恨这时有人吵我，手机一般调为静音，今天因为有师傅要来修空调，我没调静音。接了，是一个声音甜美的女性，问我要不要贷款，我正要骂人，想想没必要对一个不相识的人发火。正在这时，又一个陌生电话打进来了，看看是怀化的号码，接了，真的是维修空调的师傅来电。

空调维修师傅看着我开机，又打开外挂机看了看说："你这机子很麻烦，有可能是电脑板坏了，换一块电脑板要一千多块钱咧，还不包括维修费。"

我说："这空调买是买了几年，但没怎么用咧。"

师傅说："不用不等于不坏，电器这东西，不用反而容易坏。"

我说："坏了就要修啊，该换什么零件就换吧。"

师傅说："不一定有配件。停了一会儿又说道，现在买一台新的，一千多块钱也买得到。"

我说："我这么新的空调不可能不要了，当初花三千多块钱买的哩，哪里坏就修哪里吧。"

师傅说："我回去看有没有配件，再和你联系。"

我说："你们专修店都没有，别的哪里还有？没有配件就进一个吧。"

这一过就过了两个星期。又到了星期六，我再次打专修店的电话，说之前来了一个师傅的情况。专修店的人说，我们这里没有你的档案，在哪里买的，就找哪里的师傅来修。

我翻箱倒柜地找，终于找到了空调的保修单，虽然过了保修期，但上面还有联系电话。我打了过去，对方给了我一个电话。对方说，师傅很忙，明天或者后天派人来给你修。等到周四的晚上八点，终于有一个陌生电话说，他是空调维修师傅。

师傅看了看空调说:"应该是信号线坏了,维修要八十块钱,你这空调要清洗一下,需要一百二十块钱,因为灰尘太多了,影响制冷。"

师傅还挺体谅人的,来了个整数两百元,省得我去找零钱。我说,修吧。心想我又不懂,你讲怎么修就怎么修,讲多少钱就多少钱吧,至少你比上次来的那个要好,他还建议我换台新的哩。不换的话,维修费要一千多块钱,你比他便宜多了。

师傅接了一根水管,给空调的外挂机冲了冲,把内挂与外挂连接线中的一根铜线裁断,再把连接外挂机的那节换掉后连上内挂机上剩下的那节,空调就能正常使用了,费时还不到半小时。

事后想想,这空调维修的事真说不清,多少钱才是合理的呢?但想起炎炎烈日里,汗流满面的维修师傅整个上身悬在窗外使劲,莫说两百元,就是再加两百元也不算多哦。

## 买 房 记

在县城工作了二十年，突然调到市里工作，一切还得从头来，首先面临的问题是住房。起初单位给我在招待所安排了个单间，让我先住下，因为我是长期工作，而不是临时出差住几天，这样花单位的钱睡得着吗？我住了一夜，睡不着，第二天就退了，好在单位有一个单身宿舍，我就住那儿吧，反正我只一个人在市里，也是单身。

按理说买房也不是什么大问题。这年头哪里都在建房，我们村那些外出打工的十个有九个都说是在外面搞建筑。你说没房买那才怪！但是我县城的房子不卖，真的没那么多钱买。可也不能老待在单位的单身宿舍里啊，那是单位人员午休的地方！

打听了一番后，得知普通住房均价都在两千元一平方米左右，就莫说更贵的电梯房了。晚上睡在床上细细算了一笔账，发现租房也划不来，租套两室一厅的，一个月没四五百块钱是拿不下来的，一个月的租房费够我的生活费了。花几万块钱买个二手房吧，一来可缓解资金上的压力，二来有时间慢慢选个长久住的地方。这几年城市发展太快，变化也太大，房子究竟买在哪，真的是一下子还把握不准。

我每天吃过晚饭就去看桥下那些广告。征婚的、卖枪的、卖迷魂药的、放高利贷的……我拨通了一个卖房广告上的电话号码，是一个中介，十分热情，使我真正享受到顾客是上帝的待遇。按约定的地点，见了面又去看了房。我说房子不怎么样。他说几万块钱的房子在市中心又能怎么样？我觉得他说得有理，就和他达成一个基本价格。然后和他协议，房价再往下压，压出的部分，我俩各按百分之五十分享。因为当时是晚上，我决定第二天白天再去看一次房，然后签合同。

第二天，我再去看房的时候，隔壁家主人主动过来和我打招呼，说她的房子要卖！我问多少钱？她出的价和昨晚与中介谈的一样，且她的房子才装修，我看她的房产证时，她还主动说房子里哪些东西留给我！我心里一盘算，比中介那套合算，便和她签了购买协议，还交了定金。

我到房产部门去办过户手续。那天下午下着大雨，是一位朋友开车送我去的。先是在一楼大厅。那时刚上班，大厅里只有稀稀拉拉几个人，我看柜台里有一个人，便向他喊了一声。一位睡在大厅沙发上的小伙子坐起来，看了我拿去的证件后说："上楼去打字室打上你的名字，贴在这儿复印！"我想再问。他说："你去，打字员知道怎么办。"我按这位小伙子说的办了。来到二楼，二楼柜台里有好多人，我不知问哪位好，便试着问了一位。

他说："你到旁边那儿花十块钱买合同。"说完他用手朝旁边一指，我按他指的方向过去，十块钱买了好几本合同，然后我又按着柜台上贴着的样式填了，考虑到卖方不在场，我就办到这里为止了。

我第二次去房产局的时候，卖房的夫妇也去了。那天上午下着小雨，我们直接到了二楼的柜台前，一位女同志看了房产证，还问了我房子的具体位置，然后算了一下，便给我写了一个条子，说到火车站附近的什么什么地方交税。我便打的去了，共交了五百二十五块钱的税款，收了我一本合同。我看快十一点了，急急打的回到房产局，把交税的条子交到二楼给我开条子的那位女同志手里。女同志正忙，要我给旁边的一位。那位同志看了后，要我到七楼查档案盖章。我到了七楼，查档案的女同志说要四十元查档费，正当我掏钱的时候，她却说："你这个房子暂不能过户。"我问为什么？她说领导说暂不能过。

我知道多说没用，就不说了。有人要我到法制科咨询。法制科的一位同志要我在那儿等一下，他到档案室问问。回来说，是不能办。我说不能办怎么不早说，我税都交了。法制科的这位同志要我到二楼问问。我又到二楼，要我去查档案的那位男同志在电脑里查了查，说真的不能办。我说我税都交了怎么办。他说可以退的。这时，快到十二点了，我只好回去。

我找到房产局一位领导，也是我的朋友，向他说了事情的经过，他找来一位科室负责人了解情况，我这才知道这房子涉案。

原来办房产证的几个人办到牢房里去了。我说这证件是真的吗？他们说是真的，是房产局发的没错。我说是真的怎么不能办？他们说发这个证有问题。我说我作为一个消费者，不可能去调查这个证是怎么来的，这证是怎么来的，你们房产部门都得负责。他们说办证那几个人坐了牢，已经付出了代价。我说那是你们内部的事，与我没有关系。他们说，你怎么说都没用，反正不能办。

我找到二楼柜台说："既然不能办，你们给我出个手续，我到税务局把交了的税款退给我算了。"二楼的马上与税务部门联系，对方在电话里说，当月的税款已入库不能退，但对方又说他再请示一下领导。二楼的那位年轻人还很负责，要我把电话号码留给他，说有消息就通知我。可是两个星期过去了，一直没有消息。

　　昨天，我在楼下散步，看到A4纸贴的一则告示，告示说市民买房要注意，要看到建筑商在建房时办的"三证"才能买。我当即设置了一个反问：发这"三证"的部门平时都干了些什么？没有证为什么让他建呢？更何况一栋房子也不是一天两天能建成的，也不是关在家里建的。

## 用声音点亮侗寨

从喧嚣的城市来到这个依山傍水的侗家山寨,如同进入了真空。偶尔的鸡鸣狗吠,越发使村子显得静谧。山坳的一棵大树上,挂着一个高音喇叭。早上六点,喇叭里准时播放着中央人民广播电台的节目,偶尔插播带侗味的女播音员的声音,给山寨平添了热闹的气氛。

这天是农历六月六,是新晃侗乡的传统节日,作为民俗文化工作者,我有幸被邀请参加这里的节日活动。一大早,许多村民还在梦中,村里的广播就开始播音:"各位农民朋友,从明天起,一连三天都会下雨,赶快起来栽苕……"声音久久地盘旋在村子的上空。第二天,我离开村子的时候,果然天降大雨。其实,播音的小芳并不神,头天晚上,她就收听了省电台的天气预报节目。

1992年,我大学毕业分配到湖南省最边远的新晃侗族自治县广播站当编辑,同时负责整个广播站的组稿工作,有幸认识了老田。那时,老田四十来岁,是村里的广播管理员,每天早上六点半准时转播中央台的《新闻和报纸摘要》,中午十二点播放中央台《午间半小时》,晚上七点是《新闻联播》,在这中间,他还根据实际情况,穿插一些自编自导的节目。

那是1985年夏天,乡里举办通讯员培训班,老田参加了为期一天的培训。从此,老田就有稿件在县乡广播站里播出。老田觉得不过瘾,他在村子里也搞起了自办节目。根据农村实际，因陋就简，自己编排了一些节目，如《法在身边》《科技致富》《邻里之间》等。刚开始那几天，老田还像中央人民广播电台的播音员一样吊着腔子念稿子，但村民们说听不懂，还是讲本地话好。于是，老田干脆用侗话播音。一次，乡里的领导到村里检查工作，听到了老田的侗话广播，便提醒道："考虑到大众化，还是用普通话吧！反正村子里的人都听得懂普通话。"

老田给我们投稿，基本上都被采用，不是因为他和我熟悉，主要是他的稿件有特色，比如村子里张三家的母猪生了八个猪崽儿，有五个是花的，有两个全黑，还有一个全白。这样的新闻在县广播站播出，还是挺受老百姓欢迎的。老田不光写他们村里的事，邻村的事他也写。一次，他写了一条消息说，邻村出了车祸，死了四个人。我觉得这条新闻有价值，就采用了。县交警队找来了，说是假新闻。我翻出老田的稿子给他们看，他们说看不看都是假的，出了车祸他们怎么不知道呢？后来，我与老田见面时狠狠地批评了他。老田很不服气，说他还帮忙料理死者的后事，怎么会是假的呢？老田写得最好的一条新闻，至今我还记得，题目叫《老杨为何不杀年猪》，不杀年猪，是因为老杨要卖了年猪，资助村里的两名贫困学生上学，这则稿件获了当年的优稿奖。

新晃侗乡家家户户有广播，不是一天两天的事了，那是在大集体的时候就有了的，生产队通知开会、安排生产劳动、传达上级政策都用广播。实行家庭联产承包责任制后，不需要生产队队长安排生产了，村里的广播不响了，乡村一下子冷寂下来。

听了几十年广播的村民感到很不习惯。"乡村没了广播，农民就像瞎子一抹黑"。老田初中只读了一个学期，一直跟着广播学习文化知识，听广播是他每天的必修课。他主动找到生产队队长:"这广播能不能由我来管理?"生产队队长有些疑惑:"为什么?又没有一分钱的报酬!""我不要报酬!"老田拍着胸脯说。生产队队长看那台老式的三用机值不了几个钱,就答应了老田。看着老田兴高采烈地搬着三用机走的时候,队长又不放心地交代了一句:"不能出事哦!"

起先那一两年,老田和队长一样,只是转播些中央人民广播电台的新闻,后来,随着家家户户电视机的普及,听广播的人家慢慢少了。老田便卖了一头架子猪,动用了一些存款,买回了一捆铁丝。每天一收工,他就扛起铁丝和线杆开始架广播线。狗窝坳海拔1200多米,四处是悬崖峭壁,老田历时一个多月,终于架通了覆盖朝阳寨、坝木坪、香炉几个组近十公里的广播线路。老田给较为分散的五个自然村寨的高处各安装一个高音喇叭,每到播音时间,村民不管是在地里干活,还是行走在路上,都能听到广播。

那时,村子里还没有通电,放广播全部用的是干电池,1号电池一次上六联,不到一个星期就得更换。家里的鸡蛋原本用来换油盐的,老田却用它来买电池,买六联电池得卖二十四个鸡蛋,为此,家里常常缺油少盐。十多年,老田用过的废电池有五千多节,足足装了几大箩筐,有几百公斤重。

1990年,村子里终于通了电,但山区的电不稳定,经常停电,老田的广播时常会突然变"哑巴"。老田想:如果有一台"停电宝"蓄电池,即使停电了,也能保证正常播音,那该多好。但是,一台"停电宝"得八百多元。于是,他一咬牙卖掉两百多公斤小麦和油菜籽,但钱还是没凑够,于是,他又卖掉了家中唯一的一头肥猪,终于,他如愿以偿拥有了一台"停电宝"。

二十年来,老田办广播站,不仅没得到一分钱报酬,反而赔了两万多元。

为了让村民每天能准时听上广播，老田从不出远门。有时临时外出，就先将机器调试好，让老伴儿代播，还反复叮嘱：可千万别误了事！就连生病，他也坚持不住院，病重时，就让老伴儿把医生请到家里看病。如此这般，村子里的广播每天三次响起，从没停过，一直响到现在。

那是1996年冬天，村民周仁半夜起来上厕所，发现牛圈里的牛不见了，马上找到老田，老田马上打开广播报警："村民们请注意，几个小偷把周仁家的牛偷走了，现在还没跑远，大家快把门灯打开，起来捉贼。"刚才还是一片漆黑的山村，瞬间灯火通明，村民纷纷起床，围堵着村子的出口。小偷见状傻了眼，连忙丢下牛逃跑了。丢失的牛找到了，但一个多月后，老田架在后山上的一个高音喇叭却被人偷走了。类似的紧急广播，二十年来，老田也记不得到底播了多少次。

2000年夏天，村民春生和秋香因稻田灌溉发生纠纷，村干部上门调解无效。中午，老田来了一段播音："俗话说，远亲不如近邻，邻里之间发生点小矛盾，也谈不上什么冤仇，需要相互体谅……"老田用广播说事，但不点双方的名。二人听到广播后感到很羞愧，主动相互承认错误，和好如初。二十年来，村子里八百多户人家，很少有人吵架，也没发生刑事案件，村民们都说："这有老田的一份功劳。"

那天，二狗、黑牛、铁炮几个玩斗地主，老田在广播里喊开了："狗妹两口子打起来了，快来劝架啊！"二狗他们几个甩下手中的扑克，飞快地跑向狗妹家劝架。见有人来了，狗妹两口子便自觉地停止了吵架。狗妹两口子吵架的事，经广播一播，全村人都知道了。大人们经过他们面前的时候，总会来一句"有什么好吵的，忍忍就过了"。小孩子见了他们，则用怪怪的眼神看老半天，使得狗妹很不好意思。

　　2007年12月，整个南方遭受雪灾，老田依然坚持每天准时起床播音，但他发现声音送不出去了。他知道，一定是大雪压断了线路。于是，他拿起竹竿，踏着厚厚的积雪，沿线查找故障。当他来到地习坳时，发现广播线已被压断在积雪里。这是一条主线路，若不通，全村的广播就会"哑巴"。可是，前面是一条两百多米长的"夹皮沟"：一边是荆棘丛生，人滑进去会被积雪埋住；一边是百丈悬崖，掉下去后果不堪设想。他没想那么多，一手抓住树蔸，一手用力拉电线，一节一节将断线拉起来，一米、两米……手指划破了，膝盖出血了，血染红了裤腿，洁白的雪地上，留下了一条鲜红的血路……两个小时后，线路终于接通了。

　　老田的广播都是直播，有点类似于现在的中央台的《新闻联播》，没有事先录音。有时老田正在广播时，狗叫声或牛哞声也会一同从广播里播出来，有时他念错了字或者是念重复了的，也原原本本地播出来。在道丁人看来，错一点是没有关系的，做事都有做错的，何况是讲话，没有人计较那么多。

　　由于老田爱好新闻，我又是负责组稿的，因此，那时下乡组稿时喜欢到老田家去。老田家有一个比我小几岁的女儿小芳。村子里有人便开我的玩笑，说我想打小芳的主意。"打主意"是新晃人的土话，意思就是想找小芳做老婆。其实，我根本没有这想法，只是别人这么一说，我反而有些不自然起来。也许，小芳听到了一些关于这方面的议论。有一天，小芳告诉我，她要去相亲，该给人家带什么礼物呢？小芳问我，也许是给我一种暗示。我一点儿也不解风情，便直直地告诉小芳，按侗家行歌坐夜的规矩，娜蔓（侗语"姑娘"）送娜耶（侗语"小伙子"）烟，娜耶送娜蔓十二个粑，代表一年十二个月，月月想她。她没有回答我,只是笑了笑。也许她早知道了,带有另一层意思这样故意问我吧。她初中毕业,言谈举止不太像农村姑娘。下午,她真的去了,回来时,正遇上下雨前刮大风,我站在她家吊脚楼上,看见穿着红外套的她从花阶路上跑来,弓着身子,顶着大风,手里还拿着一个小包。那可能就是人家给她的礼物。她和我坐在她家的火铺上,慢声细语地向我说那男人的情况,她说"他谈吐还不错"。农村姑娘相亲,多是看人家境况,很少注重谈吐的,可见她很有些与众不同。我觉得她并不激动,眼睛久久地盯着前边,不说话,我忽然替她难过起来。她就要到那个陌生的人家去做媳妇吗?这个有文化的、秀气的姑娘,就要像所有的农村姑娘一样,在吊脚楼里守着丈夫和儿女过一辈子吗?她心里的惶惑有谁知道呢?她很相信我,大概很想和我商量商量终身大事,可我那时太傻,简直无法与她交流,现在想来,我一定是让小芳失望了。

我这次去老田家时,发现是小芳在广播。我看了好一会儿,才认出是小芳,毕竟二十年没有见了,小芳已不再是当年的小姑娘了,变得稳重与成熟。愣了几秒钟后,我先把她认了出来:"小芳!"

"你?怎么变得这么胖了!"小芳有些惊讶,农村人没有城里人那一份虚伪,说话直来直去的。我笑了笑:"老了,还不胖?"和小芳握过手后,她大方地拍了一下我的肚子:"少吃点,看你这肚子,都快要生了。"起先,村民们听到带侗味的普通话播音有些不习惯,说还是原来她爹用当地话播的好懂,可现在又说带侗味的普通话也好听。

从与小芳的交流中得知,她与她男人离婚了,现在住在娘家,和老爸一起办了一个养蛇场。听说小芳离婚了,我有些替她难过。小芳看出了我的心思,说道:"就是那次我去相亲的那个,不求上进,一天到晚,只晓得赌博,输得饭都吃不上,我哪容忍得了。""小孩呢?"我问。"在县城上高中。"看着小芳快乐的样子,关于她个人的问题,我不再多问。

小芳说,现在老爸把广播的事全交给她了,老爸只是负责把关审查。这天中午,广播里播放起了山歌,先是男声:"世上蛇蝎毒最狠,鸦片白粉毒最深;无钱吸毒去鬼混,搞得社会不安宁。"接着是女声:"不是危言来耸听,且看世上吸毒人;有的已经丧了命,有的已经进牢门……"原来是小芳用MP3录的音。

小芳告诉我,有一次,她心血来潮,学着中央人民广播电台的做法,写一个报道农村牲畜市场活跃的录音报道。通讯很快写好了,剩下的是现场录音。她找到一个卖牛的经纪人,是个有文化且能说会道的人。他看了一遍写好的讲稿,便对着小芳手里的MP3侃侃而谈,录他的讲话一点儿没费劲。接下来的更简单了,农贸市场人声鼎沸的声音就更好录了。但是小芳录下来后,觉得不像是在牲畜市场,里面没有牛哞猪叫的声音。小芳继续在牲畜市场里录,可是等了半天,只见猪叫,没有牛哞,只好无功而返。等到第二天,小芳发现她家的牛叫声,马上录下来。经她再次合成后,终于像模像样了。这则录音通讯还被市人民广播电台采用,获了当年全市好新闻一等奖!小芳打破他父亲实实在在的做法,使得他父亲羡慕她好久。她父亲说,他写了一辈子新闻,还没得到市里的奖,女儿没写几年,就得了市里的一等奖。

我说新闻不可以这样的咧!小芳说,现在知道了,可当时为自己的聪明和创造性得意了好久咧!

"你父亲不播广播了,他在干些什么呢?"我问。"他呀,忙得很哦!"小芳诡秘地一笑,压低了声音,"他呀,在学摄像。他说村里有了自己的广播,还得有自己的电视哩!"

哦,我有些惊愕!

## 城市中央

    我搬到了一个老小区，是20世纪80年代单位建的小区房，只有一个卫生间的那种。虽然房子重新进行了装修，但怎么也有不尽如人意的地方。就像二婚一样，再怎么隆重也是二婚，哪有新婚那么自如呢？这里的房主大都另买了新房，因为所处位置在城市中心，大都舍不得卖，租给别人。我这套房的主人全家调离了这个城市，否则也不会卖给我的。

    当年的建筑质量和现在的比不知差多少倍。也许那时的材料差，也许工艺不如现在，或许是几十年来饱经风雨，现在墙体已斑驳脱落，铁门也锈迹斑斑。楼梯口那个铁门别看它铁骨铮铮，只要用力一关，铁锈掉得满地都是。小区里什么人都有，什么车辆都可进出。有人开起了汗蒸馆，有人开起了麻将馆，有人开起了专治疑难杂症的店。现在住在这里的原单位的人只有我楼上那户了，因为他有病，只认得这里的房子，他在院子里逛累了，只晓得回这里的家，据院子里认得他的人讲，他在旁边的城市中央小区也买了房，但他找不到，只能让儿子、儿媳住在那里。

    住在这地方，发生的许多事情超乎了我的想象。吃晚饭了，总有人站在窗户前大呼小叫：斌斌吃饭了！于是，一条狗摇着尾巴跑来！另一家楼上的狗在那"嗯嗯"地发泄对主人的不满。对门住的两位老人家怕老鼠咬他们的被子，竟然把面包什么的放在走廊上喂老鼠。按他们的理论，老鼠吃饱了就不会咬他们的东西。一位老太太喂了两只生蛋的鸡，隔壁的嫌臭，放了老鼠药，两家人便结了仇，只要见面总会指桑骂槐。楼梯间还有用墨水喷在墙上的广告：搬家、卖枪、卖迷魂药、贷款……

住我楼下柴棚里的两口子是进城搞装修的，女人主要在家煮饭接送孩子上幼儿园，没事时也会随男人到装修工地打打下手，男人每天下午五点骑着自行车按时回来，车上的收音机马上就要到说书的时间了，这是他每天的"必修课"。说书一开始，他什么事也不干，再好的生意也要停下来。柴棚里的家具全是女人捡来的，但井井有条。墙上还贴了一张大大的画，画面是两扇开着的窗户。女人说，柴棚没有窗户，贴上不就有窗户了吗？卷闸门两边红红的对联是银行统一印制的，有存款的都可到银行去领，看来他们有了积蓄。门额的上方还挂了两个红红的绣球，给人喜气洋洋的感觉。我认真观察，发现是人寿保险公司送的，他们肯定是买了保险才得到绣球。用现在比较流行的一句话叫"钱能买得到床，却买不到睡眠；钱能买得到房，却买不到一个温馨的家"。他们一家三口挤在一间柴棚里，生活过得有滋有味，你住在装修豪华的三室两厅里，过得还好吗？

买一套房，一辈子都得耗在这里面。租房人却有更多的选择，想要大房子就住大的，想要小的就住小的。想住多久就住多久，觉得不好就拍屁股走人，没有任何后顾之忧。但租房也有租房的烦恼，房租年年涨，有的房东不讲规矩，看似好心帮你收水电费，却在水电费上做手脚，使得原本只有几毛钱一度的电变成了一块多钱，水费达到五六块钱一吨。于是，租房人有了意见又选择新的地方重租。就这样一会儿城东一会儿城西在一座城市里漂泊。看着他们搬这搬那觉得难，但想着他们不停地住新居换新环境又觉得爽。老话说家搬三次穷，意思是每搬一次家，要丢掉不少东西，可现实却不是这样，往往开始时只有两三口箱子，到了后来就得请搬家公司了。

租房也是房啊！几年前，我在麻阳锦和镇扶贫，一天我遇上住我隔壁的副镇长，他喝得醉醺醺的，我问他遇到了什么高兴事。他说烦躁，一个一面之交的朋友搬新房，人家送了请柬，不去不好，去又觉得亏了，因为自家有事，他从没来过。他点了一支烟后说，送了礼，就多喝几杯，少亏点。我笑他，说再喝点，到医院去打吊针还要亏大的。他说，这人根本就没有买房，是政府分配给他的廉租房。我暗自佩服这办酒人的"聪明"，这人肯定是一辈子也买不起房，如果他不借此机会收收礼，那他这辈子送给别人的礼都全泡了汤。住在租来的房子里和住在买来的房子里难道不一样吗？

我实在不好意思向别人说我住哪里，说某小区，名字既不响亮，人家也不知道，说了等于没说。相当于说你衣服破了个洞，你不得不脱下来全身找！我说某某公交站台后面，确实从某公交站台下车后沿那条小巷子往前走十米即到。可人家总会反问：你睡在公交站台？只有叫花子才睡在那！好在我这小区旁有栋新建的大楼叫城市中央，称得上是这个城市的高档房，有商场，有写字楼，还有QQ公寓。但往往听我说到"城市中央"，还没说到"旁边"两个字，对方就夸奖说不错不错，那里是富人区。听到这话我就有些得意起来。

门面的变化是这个城市的表情。人们爱什么、恨什么、喜好什么从门面上感受得到。在小区的入口旁边是一个小书店，我常去那里混，可是这几天关门了。据房东讲，卖书的小伙子改行卖服装去了。说完，房东带着嘲讽的口气对我说，这年头哪个还看书哦，这小伙子也是死脑筋，硬要开书店，现在还欠我一个月的租金。房东说的是大实话，我没有资格教训她，她也没有责任付出门面来拯救这个社会的读书风气。在她的门面旁有开网吧的，有开游戏厅的，还有卖成人用品的，旁边的书店能有生意吗？更何况现在网上买书折扣那么大。

老婆孩子在外地生活，我一个人待在这个城市，家里两间房就够用了，可是我还是习惯性地弄个客房，利用率不高。"利用率"是一个时髦的词组，可以说从来没用过。那是特意为乡下的客人准备的，但他们一年难得来一次，来了也是早来晚归，不在我这儿过夜。城里的朋友就更不用说了，不可能在我家住的，甚至没来过我家。有个什么事，或者想见见面聊聊天，都会选择茶楼酒楼什么的，不会到我家来。现在见面除了问"吃了吗"，可能还会问"你住哪"，就连一个单位的也没哪个到过我家，只是问我住在哪个小区。从小区可以联想到房子的大小及档次。如果你说住某某单位老小区，别人就会劝你到某某处买个新房，那里的房子好，便结束此次谈话。

现在大多数人谈论房子的时候总是在谈价格，都是经济学家的口气和做派，我一般不掺和。房价高了，我的房子价格也高，无形中我的固定资产就多了，如果价格低了，我的固定资产就少了。但高低无所谓，我又不做房产生意，我是用来住的。

有人不喜欢二手房，认为原来住的人怎么样了才卖。如果生了病离了婚会存有晦气。虽然搬走了，也打扫得干干净净的，但是总觉得那些阴晦东西扫不走，早已钻进缝隙里去了。我觉得无所谓，只要简单弄弄就可以住进去是件好事，省事省钱又省力，还不受装修气味的侵蚀，有什么不好呢？人生草草，有些事也草草，没必要在一件事情上纠缠。一个人习惯了自己的生活方式，根据自己的喜好适当改改是可以的，如果将一个旧房按新房来装修就没必要了，如果这样何不买套新房来装修呢？

小区里的垃圾箱，都是一个固定的人来翻。我不知道他的名字，大约四十岁的样子，个头不高，瘦小，说话吐字不清。每次来时，锄头搭在肩上，锄头把尾部吊着一个蛇皮袋子。衣服脏得看不出本色，走路一摇一摆的。每天来的时候，有一个女的跟着他，看不出年纪大小，因为她的脸上黑一块紫一团的永远没洗干净过。听先前住在这里的人讲，这女的并不是他的老婆，因为他们这个智商的人，民政部门不给他们办理结婚证。

他用锄头小心翼翼将垃圾刨开，认真地查找塑料、书报、破铜烂铁。那女人有时也帮他在垃圾里捡些用得着的，有时站在垃圾箱旁痴痴地看着大妈大嫂们跳广场舞。看得入迷时，她的手还不自觉地随音乐轻轻挪动。一天，他从垃圾中捡到一枝塑料花，他没有当垃圾拿去卖，而是拿在手上玩，玩了一会儿又交给她玩一会儿，那种恩爱劲儿令看见的人脸红。有一天，他从垃圾中捡到了一条花裙子，他认真翻看了半天，发现没有哪个地方破烂。他喊她：舵来（过来）！他没有喊她的名字，在我老家，农村两口子之间也是不喊名字的，一个动作或者一声招呼，都知道对方需要表达的意思。她转过身，他把那条脏兮兮的花裙子递给她。她笑了笑没有接。他声音有些大了起来：拿体（拿起）。她笑了笑，拿过裙子藏在身后，像是第一次接过情郎的礼物一样有些不好意思。

他慢慢地把垃圾翻完了，他的蛇皮袋子也鼓了起来。他坐在屋檐台阶下点燃一支烟，她温顺地坐到他身边，眼睛还看着在院子里跳广场舞的大嫂大妈们。他要她将裙子穿上，她有些扭怩，他帮忙给她穿上。她穿上裙子后，看起来有点儿像非洲的难民，整个人和裙子全是灰色，有人叫她到旁边的公共厕所里去洗一下就会更漂亮了，她不理会，最后在他的鼓励下，她去了。

她出来时，大家都不敢认了，整个人都变了，有一种现代气息。他从烟盒里摸出一个红色的发卡戴在她的头上，她长发下的脸庞便有了生气，美丽动人起来，让在场的人始料不及。她低下了头笑了，脸上还笑出了两个酒窝。

人们鼓励她跳个舞，她有些羞涩。他也说"要套（跳）就套（跳）嘛，好大的事"，得到他的鼓励后，她还真随着广场舞大妈们的音乐开心地跳了起来。

看着她跳得如痴如醉的样子，我真的感到惭愧。和他们相比，我的灵魂、我的信念麻木得只剩下冬日残阳的一丝温度。

呵呵，别人的快乐是别人的。不过，我现在也很得意，得意我住在"城市中央"，因为别人根本没耐心听之后的"旁边"二字。

## 走过山背

山背不是山的背面，是一个地名，湖南省溆浦县葛竹坪镇山背村。因三个独立山包相连，酷似酒杯杯口，据介绍，最初叫"三杯梯田"，当地流传有"先喝三杯酒，再上登天梯"之说。在雨季，三个杯口积满了天水，俨然盛满一杯杯瑶乡的糯米酒，等待着远方的客人。后来，因为这里地处虎形山背面，谐音演化成了"山背"，因"云上的梯田"而声名远播。在一个冬日暖阳的早上，我们一行人去了山背！

沿着山路盘旋，山上是一片树的海洋。眼前山高林密，大风吹过，万木倾伏，有如大海里卷起波涛。在灰蓝色的天空下，漫步于山背梯田，你会完全折服于它"田阁环绕，小桥戏水，溪水潺潺，黄叶横斜"的风韵。一股清新的空气迎面扑来，远眺叠嶂的山景，景色宜人，山水相依，树木成荫，环境幽雅。俯瞰山背梯田，水面平静的时候，就像一面明镜，映出蓝天白云的秀姿。微风吹来，水面泛起层层涟漪，像一位美丽的瑶族姑娘在抖动她的锦衣。

耳边有相机快门声，还有惊艳声："啊，太美了！"是的，真是太美了！在这海拔300多米至1500来米的山岭坡地，承载了1500多级总面积达1.5万余亩的水稻梯田。不用看，你闭着眼就能勾画出眼前的盛况，那一级级像月牙、似腰带的梯田，如明镜般向你微笑，向你招手，使你不得不慢下脚步放下行装，和它们握握手说说话。"喂，你们待在这么高的山上，哪儿来的水哦？""嗯，是吧，你忘了老话说的'山高水也高'吗？""哦，是的，我没忘记，只是没想到，这么高深的词语，那么简单就找到了答案。"

"山背景自天上来，薄雾轻纱如仙境；春似明镜夏似玉，秋看金浪冬看雪；满眼景色竞相争，一年四季各不同。"诗人们这样形容山背花瑶梯田。据记载，山背花瑶梯田开垦于北宋，发展于南宋、元、明时期，距今已有1000多年历史，21个村民小组2100多人散居在方圆7.5公里的梯田之中。在微风中，我仿佛看到了山民埋头犁地的场景，天麻麻亮，山民吆喝着牛，开始了一天的劳作。响亮的鞭子，忽闪那么几下，甩出几声脆响，惊醒了沉睡的鸟儿，地头上最多的是山雀，它们站在新翻的泥土上，啄食着虫子。偶尔也会来几只喜鹊，喳喳地叫着，好不热闹。犁地时，牛走在前面，犁铧跟在后面，山民又走在犁铧后面，脚踩犁沟，一手扶着耕犁，一手扬着鞭子，口里吼着犁田的歌谣，唯一忠实的听众是走在前面埋头拉犁的牛。当走到田尽头的时候，山民的声音拖得长长的"拍——转——"把那支古老的民谣翻唱得美丽动人。

歇息的时候，牛卧在犁头边静静反刍，山民靠在犁头上抽着旱烟，望着远处的青山……从清晨到日暮，山民也是拉犁的牛，埋首，弓腰，耕种着田地、菜畦，使犁铧闪烁着金色的光芒。一畦希望，山民耕耘了他的一生，道道犁痕已镌刻在了他的额头上，阡陌纵横……

如今，那些昔日风光的农具，那些山民使用过的农具，安详地挂在偏屋的墙上。

站在田边，呼吸着清新的空气，你会不由自主地产生一种脱离尘世的感觉。真想抛下城市的喧嚣，抛开工作的烦恼，把自己融入自然，把思想和情感交给美丽的景色，享受清澈的山泉，聆听大自然之声，感受那变幻莫测的旋律。

渐渐走近，映入眼帘的是一幅小桥碧水人家的美丽画卷，梯田间散落着红色瓦房和花瑶人的木板屋，在澎湃起伏中点缀着梯田。走近它要经过一座石拱桥，那石拱桥的建筑是非常精致的，全部是巨石堆砌而成，说是桥，还不如说是几道彩虹挂在蔚蓝的天空。桥上的几丛青苔，几棵小草，抑或是几粒小螺，悠然展示着小桥的结实和安宁。走过前人屐履磨润的青石板路，足音空跫，当是现实与历史相互碰撞的回声。

站在桥上，举起相机，美景就定格在眼前。一条黄狗突然跑来了，随后是一头牛铃叮当作响的黄牛，原来黄狗是来带路的，黄牛的后面还跟着一位大伯。这座修建于此的桥梁，虽然没有悠久的历史，也不雄伟壮观，可却非常精致漂亮。如果说，美丽乡村是一幅多彩的画卷，那横卧于此的清波碧水，则是这幅画卷最亮丽的色彩。

夜晚来临，老人用瑶话呼唤孩子归家，狗儿也汪汪地凑上几声热闹，声音在天空中盘旋，然后落在某个孩子的耳朵里，正在外玩耍的孩子"唉"地应了一声，然后一路小跑儿回家。你不要奇怪，在那儿待久了，你就会知道的，因为他们说的是瑶话，只有当地人才能听得懂。

到了晚上，乡村说不出的幽静与舒适，停止了一天的劳作，四处飘起的炊烟，让人备感亲切。这时大雾前来造访，倒上一碗老酒，坐在火塘边，慢慢啜饮，那是何等的惬意与豪迈！

## 水稻长在景区里

村庄已被重新谋篇布局，成为旅游的胜地。虽然布谷鸟在村庄只叫上几声就走了，但余音在天空萦绕了一个季节。水稻依然长在村庄，绿色仍旧是村庄的主色调，展示着村庄最鲜明的叙述。这里叫"山背"，人们喜欢加上"梯田"二字。现在成了山背梯田旅游景区。

水稻起初不叫水稻，叫秧苗。秧苗刚入水那会儿，稀稀拉拉的，立在水面也就三五片叶子，放眼望去，星星点点，这时呈现给游客的是水田的宁静。雀鸟的鸣叫，让你在这里分享大自然给予的天籁之音。也就一两周吧，一行行一排排绿色便纵横交错又秩序井然地呈现在游客眼前。太阳为它鼓掌，月光与它做伴，青蛙为它鸣曲，它们便孩子般快乐地伸展拳脚。爱搞些恶作剧的风儿想把秧苗压到水里去，可它们也只是弯弯腰一笑而过。正如老话说的，一阵风似的，一切就这么过去了。秧苗便长成了一种姿态。

在秧苗入田后的一个星期，那些杂草、稗子就开始与它们争抢天下，这时农人们便要伴着肥料一起撒一种叫除草剂的粉末。在主人的帮助下，水稻便开始了它的扩张生涯。表面上看，它们一蔸蔸一株株的，其实地底下是相互渗透的。与世界大融合一样，你中有我，我中有你。山背的水稻是不施除草剂的，瑶族老乡们头戴五彩斑斓的挑花头巾，腰系挑花彩带，下穿彩色挑花筒裙，用一种叫秧耙的工具除掉杂草，种出生态环保无公害的稻谷。稻田里呈现的是一幅色彩斑斓的水彩画，让游客忘了按下手中的快门。

当秧苗叫禾苗时，整个村庄全变成了绿色，分不清哪是田埂，哪是土路，哪是堰沟。绿色把农人们赶到了公路上、屋场边，把牛羊赶到了山涧里、荒坡上。难得空闲的农人，面对丰收的喜悦，哼起了久违的山歌："昨夜同妹打了牌，身对身来怀对怀。身对身来和妹好，怀对怀来和妹嗨。十八妹，少年乖，此牌打出故事来……"

垂涎欲滴的牛羊走过田埂时偶尔偷个腥，之后便被戴上了一个笼口，那是得见不得吃，何等的难受啊！看来，不能沾的是绝对不能沾啊，再好的引诱也要扛住。人如此，牲畜亦如此。

就在禾苗需要水的时候，雨来了。农人们不惊喜也不感激，年年如此，雨总是在这个时候造访。那些没有准备雨具的游客只能抱着相机拼命地跑，就在他们跑的时候，禾苗正在雨水中使劲地拔节，拔节的声音伴着雨声在嬉闹着、较着劲、成长着。禾苗是执拗的，生命是坚强的。不曾想到，长年生活在这里的农人们种田也能走上富路，种田也能种出风景、种出尊严。

稻花开的时候并不鲜艳，也没有多大的香味，不会引起人们的注意，只是默默地垂头在那，像犯了错的孩子，一声不哼，连一个赞美的词也难找给它们。小时候，我们生产队试种杂交水稻，由于父本和母本开花的时间不一致，队长发动全村老少去剥母本的胞衣，使其提前受粉，最后以失败告终。现在想来有些荒唐可笑，但也教给我们"违背自然规律，就只有死路一条"的道理——稻谷是要自由自在生长的，与人的成长没什么两样。

也不知道稻花是什么时候谢的,也许根本不会凋谢,就直接成为谷穗。从开花那一刻起,它一直就是低眉垂首,一副虔诚的低调姿态。连它们的授粉也就一阵风儿完成,不用蝴蝶、蜻蜓、蜜蜂工作。它们总是那样的谦顺与低调,把自己交给了稻田,交给了大自然。

田里的谷子渐渐熟了,不管秧是不是一起栽的,只要是一个品种,都一起成熟。到处是金黄金黄的,铺洒着丰收的喜悦。这是一级级长在山上的玉带梯田,收割机派不上用场,还得农人们一把一把地收割。黄金铺地,老少弯腰。割谷基本上是女人或者老人的事,打谷是青壮年男人的活。有的人家劳力少,就会先给别人帮工,然后别人又来给他家帮工,这叫"换活路"。人一多,话自然就多,说到高兴处,会听到爽朗的笑声,整个村子都充满欢声笑语。说到伤心处,晶莹的泪珠便挂在了女人的脸上,一群人都会为之伤感。换活路不仅换来农活的轻松与快乐,还能换来和睦相处。那些游客是弄不清楚这些的,看着打谷的热闹,也要亲自尝试一下,于是,收割的队伍便越来越大,不知哪位是帮工的,哪位是游客,一丘田三下两下就打完了,然后一起吃上一碗甜酒,再唱上几支瑶族山歌。

也有的夫妇俩先一起割谷,然后两人一起打谷。表面上看体现男女平等,但更主要的还是夫妻的和谐。往往打满一担谷的时候,男人挑一大挑先走,女人挑一小担慢慢跟着。还以为是男人丢下女人不管,其实是男人先把谷挑回家后,转回来接女人肩上的担子。农村人羞于表白"我爱你",这就是爱的最好见证。

劳累了一天,晚上总是要喝几杯甘醇的米酒,所有的疲倦和劳累似乎都在酒杯中烟消云散。金黄的谷子从谷穗上脱落,被装进谷仓,意味着秋天才真正收获。拍拍仓板,听到被谷子挤压得"扑扑"的沉闷声,心里只有幸福和甜美。

如今,我已"堕落"成村庄的过客。可村庄还是那座村庄,只是早已物是人非,那炊烟、那牛羊、那犁铧、那吆喝、那唤我乳名的人……只能结伴走进我泛滥的诗句,走进我那无病呻吟的杂章。

在景区里,一草一木皆风景,但哪一种风景又能胜过水稻呢?剑叶高举的水稻,厚实质朴的金黄稻穗,在秋风吹过时低垂吟唱。这不仅是画面,还是实实在在的丰收胜景。更让人震惊的是,在旅游胜地溆浦山背这1500级的梯田中,那喜获丰收的场景是如此壮观!

## 贡溪乡场

　　贡溪是新晃的一个乡,当地人读成了"共妻",那些外地人就有些妄想,想到这来一夜春宵。你错了,这里是因为水好,上贡到朝廷而得名的。

　　临路大街,都是些青砖瓦房。这些瓦房,高低相近,木质窗门,大多经日晒雨淋变成暗褐色。门脸墙上贴满了寻人启事、法院判决公告和医治疑难杂症的广告。经了风吹,这些白纸黑字撕去大半,另一半毛了边却粘得牢。贡溪的乡场成"人"字形。我们是沿着"人"字头来到乡场上的,"人"字的两只脚一只伸到了贵州,一只伸到了本县的另一个乡,在这个三岔形的地方就是乡场。因此,来这里赶场的人基本上是两个省的。老话说,坐在一块土上就是一家人,如今整个地球都叫地球村了,没必要分什么湖南和贵州。再说,这个寨子的姑娘嫁了那个寨子的小伙子,那个寨子的后生娶了这个寨子的妹子,不是称姑爷就是喊小舅,都是亲戚,分出湖南和贵州难道还要拉帮结派?没有这个必要。要分也容易,从说话的尾音里可判断哪个是来自贵州的,哪个是来自湖南的。分出来的结果也只能是称谓上的区别,哪个喊老乡,哪个喊老表。

　　如今赶集已不再像当年那么走路了,有的骑自家的摩托车,有的坐微型面的,挑担的就坐那种货车,反正没人再走上几十里路去赶集了。万一赶不上车，下一个集日再去，五天一次，没火急的事，拖个五天没什么大不了的。即便有什么紧急的东西非得要买，不是集日也有卖的，不需要凑这个热闹。

乡场离县城有几十里路程，可乡场上的货物没有比城里货物少，城里有的，这里没少一样。乡里人对品牌不买账，不看是什么牌子，只要式样好看，用手轻轻一摸，觉得上手就买了，讲的是厚实耐用。品牌对他们来说不重要，他们也没耐心去了解那么多品牌。他们知道有露水的西红柿和打了霜的白菜才好吃，那些还没到季节的水果蔬菜，除了家里来客或者是办红白喜事外，平常日子他们是不买的。不到季节的菜，颜色再好看，他们也不喜欢吃。他们也做大棚，但只是他们增收的渠道，一般自己不会食用的。他们会用一个很好的托词：舍不得吃咧！

当年的供销社已卖给了私人，现在翻修成了新的大楼，但门前那一根木头电线杆还在那，歪了身子，一辆送货的三轮车锁在上面。三轮车和当年的自行车差不多，成为现在农村的主要交通工具，可以拉点猪饲料，也可以从家里拉点大米蔬菜到市场上换个家用。秋收的时候，也可以拉谷子玉米什么的。反正现在交通发达，农村的道路宽了，哪儿都可以去。供销社卖给私人后，现在仍是商店，一个店面就卖一样货，比以前更加专业和单一了，比如卖猪饲料、卖农药化肥、卖床上用品什么的，不再像以前供销社时那么杂了。卖农药的打着个招牌叫"庄稼医院"，挺时髦的，那个卖药的因为不做农活显得年轻，从神态上看应该在六十岁以上了。现在的农药不再是大瓶装了，和打针用的那种小玻璃瓶一样大小，一亩只要一支即可。有人说，这是为了防止有些农人不按规定使用剂量才这样改的包装。

五金家电那条街，如今已转向了。往日卖锹、镐、锨、铲、斧、凿、刨、钳的，如今改卖了机械化的农用产品。如犁田机、打谷机、碾米机等。剩余的摊位摆起了怀旧产品：发黑的八仙桌、发黄的古藤椅、发亮的烟斗等，还有一些农耕文明时代的工具、器皿、老物件，比如杯、盘、碗、碟……只要是手工制作皆属上等货色，城里便有人到这里来淘这些古董，有的村民还把家里上了年纪又缺了口的青花瓷碗拿来卖。

一个手拿蛇皮口袋的老头儿在街角转了半天，自个儿嘀咕：是这里啊，到哪儿去了呢？原来他在找那家老理发店。老理发店在街角这栋破旧的平房里待了一个世纪。一张椅子、一把推子、一把刮胡刀、一面玻璃镜子，随时来都行，椅子上一坐，白围裙一披，或剪或推，师傅就给你忙活起"头等"大事来了，没有不认识那位头发花白的理发师傅的。客人来了，靠在那张翻砂制成的白色大转椅上，师傅先帮客人解开中山装外套和衬衫的第一粒扣子，把领子窝进去围上一条毛巾，再披上大布，扎好，就开始理发。客人可以舒舒服服地享受半个多钟头，说是来理发，还不如说是来享受。有时老师傅理发时有一搭没一搭地和客人说话，说着说着，客人就睡着了。老师傅需要修右脸，就把转椅往左边转个角度，把客人的右脸侧过来；要修左脸，就把椅子往右边转个角度，再把客人的左脸侧过来，客人一点儿动静都没有。举手投足间，毫厘不差，鬓毛、汗毛、胡须、眉毛，甚至鼻毛，一把剃刀外加一把剪子，老师傅就能帮你把一张脸收拾得光滑油亮。最享受的是掏耳朵，一把细细的小刮刀，他能恰到好处地伸进耳朵里，不深不浅，像个小陀螺一样，一圈一圈地转起来。似乎疼又似乎痒，酥酥的，麻麻的，酸酸的……那舒服劲儿无法言说。老师傅剪的平头像用尺子量过一样，平整得很。无论是头顶还是发墙，他剪过的地方，没有一丝不妥帖、不齐整。

年轻的路人听到老人的嘀咕搭了腔说，还在哩！老人看了看牌子说，这哪是理发店，是发廊。路人又说，如今的理发店都叫发廊了。老人透过半掩的门扉窥见，那个大转椅不见了，旁边那张长条凳也不见了，连那个铁皮桶和桶下那个洗发池也不见了。取而代之的是粉红色的塑料椅子，简陋的沙发上坐着两三个涂脂抹粉，打扮入时的少妇。没有多曼妙的身材也没有多艳丽的容颜，但脸上那夸张的妆容和嘴唇上猩红的颜色，让老人退缩了。看到老人犹犹豫豫的样子，路人笑得有些夸张。

往日在吊脚楼上的织布机如今移到街边的一个门面里，一位侗族大妈在一梭一梭地织布，引来一群人的围观与照相，她不是在参加表演赛，而是在老老实实地干活，织出来的布没有丝绸顺滑，颜色也黄里带灰，或蓝色中飘有白云朵朵，称不上时尚，更找不出现代感。动辄上千元一米布，旁观的人对买布者说，不贵！不贵！家织布的原料是全棉，纱也是手工纺的。因为都是手工的，幅宽只在一尺五到两尺。如果将纺线、打线、落线、做综、掏综等工序加起来，再到最后的织布，劳动成本确实是很高的。

街上还有染好了的家织布卖。布织出来了，还要进行印染，一万五千年前，北京周口店山顶洞人就已经开始运用红色氧化铁颜料涂绘居住的山洞。四千五百多年前的黄帝时期，人们开始利用植物染色。传说有一个姓梅的小伙子不小心摔在了泥地里，衣服变成了黄色，怎么洗也洗不掉，但是人们看到后却很喜欢，然后他就把这件事告诉一个姓葛的好朋友。后来，他俩就专门从事把布染成黄色的工作。又有一个十分偶然的机会，他们把布晾在树枝上晒干时不小心被风吹到了地上，地上正好有一堆蓼蓝草，也就是现在所说的板蓝根草，那里面有一种成分叫靛蓝，可以把布染成蓝色，等到他们发现这块布的时候，黄布已出现了青一块、蓝一块的图案。他们想到奥秘肯定在这个草上，此后两人又经过多次研究，终于把布染成了蓝色。从此，梅、葛两位先生也就成为蓝印花布的祖师爷。染成的图案有几何形，也有自然形象，粗而不呆板，多而不烦琐，给人以蓝白之美的享受，最常见的是"吉祥如意""四季平安""年年有余""福禄寿禧"等。这些图案的造型生动，简练传神，活泼流畅，相互交错，浑然一体。画也画得活灵活现，趣味盎然，表现了劳动人民朴素的感情和对美好生活的向往。

在新晃侗乡如今还流传着这样一个故事：当你要结婚的时候，蓝印花布染的床单是不洗的。等到洞房花烛夜第二天醒来的时候，赤裸的身体上会留下青蓝色的花纹。"青"同"亲"是谐音，表示夫妻亲亲爱爱、恩爱一生的美好意愿。因为蓝印花布的染料是用蓝草做的，它也能保护人的身体，比如身上痒，擦一下可能会好。如今要新郎新娘再睡这种印花布有些不大可能了，只能是哪天家里来了客人拿出来炫耀自家的眼力和家底罢了……

在那一长排的地摊上，全是卖各种小商品的，每个摊位上都摆着一个电子小喇叭，小喇叭里重复地播放着叫卖声，声音不是普通话，而是摊主自己的声音，这是摊主打的懒主意，图的是省事。在岔路口处，头戴无线麦克风的小伙子在吹嘘着他的蚊烟香，说两块钱一包，保证你一年里七个月内没蚊子。好多人围着买。我想笑但还是忍住了。这是小伙子的幽默。我想说贡溪这里又不是非洲，怎么会那么长的时间有蚊子呢？乡场上来来往往的人，没哪个像我一样注意听他的吆喝，他们是眼见为实，看的是燃着的蚊烟香下的红布上摆着的死蚊子。小伙子说，这是过路的蚊子被熏死的，这就是农人们的实在。

猪市在河滩边，以前开审判大会就在这里，河滩的一边是被水冲来的砂石堆成的一处高地，便成了审判台，当听到一声"把犯罪分子押上台来"，五花大绑的犯人便被押到这砂石堆上跪着，押人的是没穿制服的民兵，这事有些讽刺，今天这些民兵押别人，过一段说不定犯了什么事又被别人押到这里。看审判的基本上是学校里统一组织的学生，他们站着整齐的队形。那些小商小贩也会关了门来看一会儿，主要是看看他们的熟人。小偷们也来，但多是袖了手，去看台上捆绑着的人，表情漠然。也有来赶集的老百姓，他们一边看一边议论："都是斗一些小萝卜头儿，那些大贪官什么事都没有！""莫讲别个，如果你当官，你还不一样。你会去斗你的七大姑八大姨吗？"……农人们争执了一会儿就赶集去了。如今这样的审判大会没有了，但当年的印迹还在。

猪市是在露天里，场地里种植了很多杨树，便于商家扯绳搭篷，经营货物。场地是一片干涸的河滩，里面有沟洼但很少有积水，与商贩们围圈猪天然般配。猪粪比较脏，遇上大水一来就冲洗得干干净净了。卖猪的大多戴一顶软塌塌的破旧草帽，肩膀上搭一条毛巾，吸纸烟时将过滤嘴咬在嘴里，这样不影响和买主讨价还价。他们不担心别人将他们的猪偷走，将担子放下后就在猪场里来回走动，眼尖得很，看你过来了，就凑上前："老表，买猪呀？""买猪！"你答一声。他便会领你到他的猪笼前，从长相到吃货向你一一介绍，让你觉得他的猪是唯一的好猪，今天不买亏大了。交易的基本上是猪崽，大猪人家都会杀了来卖肉。一个猪笼里，有的装一头，有的装两头，最多的也就三头。现在的猪崽都喂得肥胖，大的在四五十斤，相当于当年的一头架子猪了。

贡溪鸡是有名的品牌，到新晃，说到鸡就数贡溪鸡了，可是到了贡溪街上，却没有看到卖鸡的。这就怪了，如果你要买到真正的贡溪鸡，还得有线人才行。因为货物太紧缺，供不应求。乡场上摆的鸡基本上是外地人用车子拉到那里去卖的，本地人是不会买的。那些知道内情的人也不会买。只有那些知道一点儿又不知道一点儿的，才会上当。

## 融安看戏

"长安文场"这四个字，任你怎么想也不会和戏扯上，更想不到还如此美妙。这次到广西融安采风，有幸亲眼看见长安文场，确实使人眼睛一亮。

演出是在陈丽雯家的门口进行的。今年七十二岁的陈丽雯是长安文场爱好者，在她家的大门上方挂有一块匾额大小的喷绘，上有"长安文场音乐沙龙"几个隶书红字，红字上方的黑字为行书，那是对长安文场高度概括的两句话：怡情悦智的民间艺术，动人心魄的绝妙旋律。匾额的下方是一块两个巴掌大的银色铁皮，上面写的是"欢迎文艺爱好者踊跃参加"，看样子是后来钉上去的，按理说这几个字应该喷绘在匾额上，字可能是电脑打印出来的黑体，因为每个字都一样工整规矩，可见他们对长安文场是相当尊重的。

陈丽雯的家在融安县城的长安镇和平街202号，大门口的小方桌上，摆着当地人喝的油茶。在这里吃一盅茶，相当于来人来客喝一杯白开水一样随便，不管认得认不得，来者都是客，都会劝你吃上一盅。这种油茶主要原料有生菜、生葱、鲜豆角、饭豆、菜芽、油炸花生、糯米油果等。茶叶是专门的大茶叶，这种煮出来的茶水香味浓醇。先将油茶米放入碗中，再泡茶水，佐料任客人随意挑选，喜欢哪样，就挑哪样。过去有"茶三酒四"的规矩，如今随意了，吃多少碗，随客人自便，吃够为止。

　　方桌上的茶水壶边有一个天蓝色的电扇，应该是20世纪80年代产的，质量很好。我那当干部的亲戚家也有一个这样的电扇，一模一样的，在那凭票供应的年代，那是家庭比较殷实的人家才买得起的，生活宽裕了，才有心情学唱长安文场，从电扇可以看到这是个宽裕的人家。吃茶吃够了，就往前跨两步，在门前的那块坪坝里唱起长安文场，那些伴奏的，依旧待在大门口，只要转个身子就行了，凳子都不用挪一下。陈丽雯的搭档是蒋耀芳，今年八十岁，他俩一起唱了大半辈子的长安文场。每次唱戏，都少不了他俩。演出当天，因蒋耀芳老人中午喝了酒，不能登场，陈丽雯少了搭档也不能登场，只得去打扬琴。不过在酒桌上倒是听到他俩的对唱，虽然年纪一大把了，但唱词里还用粗话、痞话搞笑或歌颂现实，或许这就是长安文场的精妙之处吧！我没有去深究。

你看那融江两岸风光美

山青水秀人杰地灵

人称家乡蓬莱境

古镇骑楼引游人

你看那金桔满坡绿翠

丰收喜庆旖旎好风光

物产丰富享盛名

……

　　据了解，长安文场是一百多年前江浙一带的民间小调（又称时调）传入桂北一带后衍变而成的一种说唱艺术。半个多世纪以来，长安文场在继承中发展，深受老百姓的喜爱，现已被列入广西非物质文化遗产的保护名单。长安文场的演唱形式为数人坐唱，有生、旦、净、丑等行当之分，根据唱本中的人物来决定演唱人数，每人扮演一个角色。每个演唱者还要兼操一件伴奏乐器，主奏乐器为扬琴，另有琵琶、三弦、二胡、笛子、云板、碟子等。也有化妆、穿戏装演唱的，叫"文场挂衣"。20世纪五六十年代以后，随着长安文场进入剧场走上舞台，表演形式出现了站唱，即演唱者一人手执云板或碟子击节演唱，以及配以小乐队伴奏的有歌唱和舞蹈相结合的走唱。

长安文场的音调委婉缠绵，柔和抒情，音乐分为大调、小调、码头调、过场音乐四个部分。大调有越调、丝弦、南词、滩簧，俗称"四大调"。越调擅长表现欢乐，滩簧宜于表达怨怒，丝弦长于寄托哀思，南词则适用于哭诉。除南词外，越调、丝弦、滩簧各有派生曲调，叫"垛字"或"垛子""课子调"。垛字节奏明朗，灵活性大，往往在唱词过长唱段过多而情绪又需变化时用。小调有《叠断桥》《剪剪花》《寄生草》等近50首。由于小调数量多，各有特色，加上大量衬词、衬腔可运用，使小调色彩显得更鲜明，更生动活泼。多用来演唱描述一事一物的抒情小段子，有时也在以越调为主的大调曲本中穿插使用。大调唱词多为七言、十言上下句，小调多为长短句，押韵和四声平仄以桂林方言为准，唱时讲究字正腔圆。每个声腔曲调各有特点，擅长表达喜怒哀乐种种不同情感，总的特点是柔和细腻而又含蓄。

我在文化部门工作多年，看过的戏不少。有雅的，就是那些说起来文绉绉的，歌颂这样那样的，舞台也光鲜亮丽的，但这种戏没有多少戏份，看时热闹，过后就忘记了。有俗的，没有舞美，也没有音响，演员只注重演出效果，什么服装道具的不太在意，比如刀啊枪啊什么的，随便找根棍棒或扁担，一点儿也不装饰。找一个稍宽一点儿的平地做舞台，凳子是几个岩石或者席地而坐。观众也不分什么台前幕后，只要能看得着，哪怕只能看到演员的背影也行。有的妇女还奶着孩子，有的还端着碗吃饭。看到妙处，不光叫好，还仰头大笑，笑得唇裂齿露，全然不顾。在融安看长安文场，比雅的要俗，比俗的要雅。他们化着精致的妆容、穿戏装演唱，还有现代化的无线麦克风。看戏的凳子也是塑料的，有的塑料凳还是靠背椅，估计是给客人、领导或专家坐的。因为有广西壮族自治区的领导，也有北京来的领导看过长安文场。三脚架上那台音响看上去还有些新，应该是才买来不久，虽然"气势汹汹"地架在舞台的正后方，可试话筒时它不叫，突然间"轰"的一声响，差点儿要震坏调试人的耳膜。

　　看戏是大人们尤其是老人们的事情，他们津津有味地坐着看着，谈着戏，评着戏。虽然唱戏的不关看戏的事，但这些戏迷都懂戏，说他们是看戏的，也可以说他们是唱戏的。他们一边看，一边跟着音乐在哼唱。如果哪句唱错了，肯定要被这些看戏的揭穿，那是要被笑话的，因此，唱的人认真，看的人也认真。特别是那位只有三颗牙的老人，手拄着拐杖盯着台上，看得有些痴迷。一打听才知道她叫曾慧群，今年九十六岁了，膝下的六个女儿都喜欢唱长安文场，当天的表演，有三个女儿上了场。

　　可能是男演员不够吧，要么就是男人们做的是大事，没女人家闲，有几位就女扮男装了。虽然是女扮男装，但演起来分毫不差男人的气势。尽管这样，还是不地道，为此，蒋耀芳老人便走进学校，让学生们练习试唱，使长安文场传承下去。我看的只是个热闹，但他们的节奏还是明快的，跟着哼哼也是一种享受。戏文偶尔能听懂，比如"听罢奶奶说红灯，言语不多道理深"，这是《红灯记》李铁梅的唱段，大多数人都能听懂。散了场就荒腔走板地跟着唱，唱着唱着，调子就变了，就不再是长安文场了。

  我问一位演员，在什么情况下唱戏？她说以前是哪家有喜事才唱，现在是只要想唱就唱，没什么顾忌。

记

三

忆

# 新晃侗乡饮食三题

## 锅巴粉

在新晃侗乡，无论贫富贵贱，男女老少都喜欢吃一碗锅巴粉。锅巴粉是新晃侗乡的特产。用大米、青菜、绿豆、四季葱、蒜叶、萝卜叶等碾碎和匀，在文火上置一铁板而制成，新晃人又把制粉叫作"浪粉"。因制作的成品跟用锅做饭时锅底的锅巴相似，故名"锅巴粉"。锅巴粉薄如草纸，绿色，切成长条状后煮食。食用时需配上西红柿汤、葱花、生姜、香菜、花生米、酸萝卜粒等。无添加剂，口感融实，营养健康，味道鲜美而毫不滞腻，算得上正宗的绿色食品。一碗锅巴粉七块钱，对拿工资的人来说不算太贵，吃上热气腾腾的一碗，打足精神去上班。那些戴着硕大戒指的老板或者是头晚打麻将熬了通宵的，总会喊加一个鸡蛋或者再来一份臊子，显出阔绰的样子。七块钱对于庄稼人来说，可不算便宜，平日里是不会跑到粉店来享用的，只是在县城赶集的时候，把一碗锅巴粉作为午饭来细细品尝，有时自己吃了，还要买上一两斤拿回家去，学着粉店里的做法煮给一家人吃，但吃了过后总觉得不如粉店的好吃。

这时，煮了粉的主妇会自嘲地说："就因为没有开粉店的人煮得好吃，要不我也开粉店去！"

我常去吃锅巴粉的店在老菜场，那里可称得上饮食一条街，全是小吃店。当然，这里不全卖粉，有的是卖饭的，有的是卖油条的，有的是早上卖粉，中午和晚上卖饭。卖锅巴粉的店老板不像大酒店的老板那么气派，要亲自动手为顾客煮粉、放佐料，还要招呼顾客，生意的好坏全靠老板的手艺和亲和力。粉店的服务员大都是十七八岁的姑娘，她们没有统一着装，有的还穿着校服，一看便知是刚离开校门不久的学生。她们说着生硬的普通话，伶伶俐俐地跑堂，麻麻利利地收碗、上粉……我最佩服的是，顾客们点了臊子后，她们能准确无误地送到客人手中，不管一次来了多少客人，她们都不会弄错。

一般的人吃一碗锅巴粉只是当作早餐，因为吃了粉，还要忙别的事，吃粉的人就显得有些粗鲁，少了平时的雍容风度，埋头匆匆吃粉，匆匆结账，有时递上一张五十元大钞，用手点一下正在吃粉的人头：这一个那一个……一些只是面熟还叫不出名字的，也一起埋单，结果不需要找零了。当然，今天你请了别人，别人明天也会请你，真是其乐融融。也有的人家，中餐或者晚餐也吃锅巴粉，这些人家基本上只有年轻人在家，老人或者孩子不和他们在一起，他们图简单。

在你专心吃锅巴粉的时候，那些背着箱子拿着凳子的擦鞋妇女会趁机招揽她们的生意：擦鞋吗？黝黑的脸上写满了沧桑，她们不羡慕你吃得有滋有味，她们看的是你脚上的那双鞋，哪怕是一双运动鞋、棉布鞋，或者二十块钱一双的假皮鞋，她们都会虔诚地问："你擦鞋吗？"生怕错过一单生意。擦一双鞋两块钱，只用点鞋油，应该是净赚的，一家人的生活、孩子的学费，就是靠她们这样积攒起来的。不要你点头，也不要你回答擦还是不擦，只要你将脚伸出去，她们马上蹲下来，认真地给你擦拭。你的一天，就是在吃得饱饱的，皮鞋擦得亮亮的以后，精神抖擞地开始的。

每次在老菜场米粉店吃粉的时候，都会遇见那个卖报的男孩，头发有些长，一双大大的眼睛里像隐藏着神秘的故事一样，看上去他只有十三四岁的样子，店老板说他已十七岁了，他小心翼翼地问每一位进店吃粉的人，要今天的《晨报》吗？县城也可看到当天的《晨报》是这两年来才有的。买报的人不是很多，但他不气馁，会反复地问每一个人，就像一缕春风吹来，总叫你增加无限的快意。总会有人对卖报的孩子说：你吃锅巴粉不，我请你的客。卖报的孩子摇了摇头：我吃过了！你买报不？我相信孩子吃过了，但他绝对不会花上七块钱吃一碗粉店里的锅巴粉。孩子这种不卑不亢的态度也许代表的就是大多数侗家人的性格。

新晃县城的米粉店少说也有两百家，但生意一直忙不过来。最近又新开张了一家，几个朋友说味道不错，邀我去尝尝。走进店里发现一个穿着卖猪饲料的广告衣服的胖老板在忙。我故意开他的玩笑："你是卖锅巴粉，怎么说是猪饲料！"老板笑了，正在吃粉的人们也都笑了，说老板你挖苦我们，这碗粉请客！老板笑着说，没事，请餐把客小意思。当然，客人们走的时候还是一分不少地照常付款，老板一边收钱一边客气地说："算了吧，付什么钱，我请客！"一番客套，拉近了老板与顾客的距离。当我们吃兴正浓的时候，一位白发老太太进来向我们推销一次性打火机，我们不抽烟，挥手让她离去。看着她蹒跚的步履，我的心有些戚然。一位朋友说，这位孤老很要强，她不要国家低保，不要别人施舍，自己靠卖一次性打火机勉强度日。我内心为之一颤！

## 酸萝卜

一到寒冬腊月，祖母就准备做酸萝卜的材料，开始腌制酸萝卜了。酸萝卜是侗家人最爱吃的食品。侗家人腌制酸萝卜的习惯已经有些岁月，我查阅《侗族通览》没有找到起源的具体时间。

酸萝卜的做法很简单，只要将萝卜置于酸坛中，放好坛沿水，加盖，隔绝空气，十天半月即可食用。这不知是哪辈人发明的，他们不申请专利，也从没有想过要申请专利，只要有人问起，他们就会毫不保留地教你怎么选萝卜、怎么切、怎么腌。把不值钱的萝卜制成美味佳肴，一起度过了20世纪最困难的时期。

在新晃街头，最有名的要数罗老婆婆的酸萝卜了，打个比较形象的比喻，哪家的孩子哭了，你只要哄他："莫哭，等会儿给你买罗老婆婆的酸萝卜！"孩子真的就不哭了。现在街头冒出李婆婆杨婆婆等很多婆婆的酸萝卜，她们不是追星也不是冒充别人的品牌，都坚信自己的品牌总有一天会叫响。"你年纪轻轻的怎么叫姚老婆婆酸萝卜，应该叫姚大姐酸萝卜啊！"我感到有些奇怪，便问道。姚大姐没有回答我，拿出一个塑料袋套在小碗上，夹了几片酸萝卜放在塑料袋里，将塑料袋提起来交给我："尝尝，看味道怎么样？"脆！香！还有一丝淡淡的辣味。即使这么简单的腌事，也是有讲究的，侗家人一家有婆有媳，腌事都让婆婆主持。这不仅因老者有经验，还含有尊重长辈之意。

新晃侗乡有句民谚："路不离山，走不离盘（指盘山路），穿不离带，食不离酸。"侗家人日常饮食不离酸，待客不离酸，送礼不离酸，这已成为由来已久的侗家风俗。有"三天不吃酸，走路打倒窜"的说法，就连敬神祭祖都不离酸。这种风俗早些时候也是被外人所不齿的，认为侗家人舍不得，席面上上酸萝卜。现在得到了大家的认可，一是新晃侗家的酸萝卜味美，二是天天酒酒肉肉的，应该用酸萝卜来改善一下胃口，让你食欲大增。

如今，只要你从卖酸萝卜的摊子边走过，就会发现，无论是穿着儒雅的年轻人，还是身背书包的小孩，抑或是有七八个月身孕大着肚子的妇女，都会提上一小塑料袋酸萝卜，用牙签一片一片往嘴里送，有的怕辣，还"咔嚓咔嚓"地吃个不停，他们没有丝毫放弃食用的意思。如果你头天晚上醉了酒，第二天一大早吃上几片酸萝卜，那个爽劲儿啊，真是无法形容。

新晃县城街头那些卖酸萝卜的摊点，大多没有固定的店面，一把大大的遮阳伞下，几个红的绿的塑料盆子装着切得形状各异的酸萝卜，五毛钱几片或者一块钱一碗，顾客说再给几片，卖家就会多给几片，没有超市卖东西那么计较。即使是这样，一天的营业额也会在上百元或者几百元，而成本也就是毛分钱一斤的普普通通的白萝卜。

新晃侗乡家家都有几个大大的坛子腌着酸萝卜。有的人家那酸水是爷爷的爷爷辈留下来的，上百年莫说，六七十年是有的。这样的酸水可以药用，肠胃不好、肚子胀什么的，只要喝上一碗腌酸萝卜的老酸水，马上就解决问题。有一次，我被大马蜂蜇了脑壳，肿得有些吓人，祖母马上舀来一碗酸水，在我被蜇处涂抹："没事的，一会儿就好！"真的，不到一刻钟，我的脑壳就开始消肿。

来客了，先来两碟酸萝卜再吃饭，为你开胃。饭后再上两碟作为零食，为你助消化。虽然只是几片简简单单的酸萝卜，可总是百吃不厌。如今生活在新晃侗乡的城里人，家家也腌制酸萝卜，为的就是体现自己不枉为新晃侗家人。来客了，他们会端出一碗酸萝卜："尝尝，我做的，怎么样？"还没等客人回答，他们马上又得意地补充："可以吧！"自得全写在脸上。

如今，酸萝卜到处都有，有包装精美的，有做工精细的，还有天天在电视上打广告的。可是，新晃侗乡人喜欢的还是他们街头遮阳伞下卖的那种。

现在不甘落后的新晃人已将酸萝卜开发成一种商品。乡下的大嫂大妈们将一担担腌制好的酸萝卜送到火车站，一个一个地摆着摊子卖开了，由于腌制到位，价廉物美，生意也越来越红火。那些外出的或者来新晃侗乡旅游泡温泉的人，总会带上一两袋。一天下来，大嫂大妈们虽然有些累，但当她们回到家看到忙活着的丈夫和在门外戏耍的孩子，摸摸鼓起的钱袋，心里还是十分满足的。

## 吃汤锅

就在市场边上，是一片河滩地，涨水的时候应该是全部被淹没的。现在是秋季，雨水少，农活也少，便成了乡民们休憩的场所。三个石头支起一个土钵子，系着细花围腰的大嫂麻利地从煮好的一锅杂碎里舀出一碗，放些葱、花生、姜、辣椒，然后倒在土钵子里："这是十块钱的，不够再加！"一个男人马上往支起土钵子的三个石头旮旯里放上几块炭火。"快，给他们三个每人倒半斤苞谷烧！"大嫂又在为新到的客人忙活，便指挥着男人。看样子，他们应该是一对夫妻。侗家妇女是最有修养的，是不会用这种命令的口气对外人说话的。这叫吃汤锅，由来已久了。煮的主要是一些不值钱的动物杂碎，什么牛肝、马肺、狗肠子之类的。据我细细观察，其实全是从牛骨上剔下来的碎肉，并没牛肝、马肺、狗肠子。在我还很小的时候，我随叔叔去赶场，他带我去吃过。那时，我去赶场主要有两大愿望：一是在摆连环画的地摊上花五分钱看一天连环画；二就是吃汤锅，汤锅虽然油水不多，但还是吃上了一餐肉啊！现在的吃法与三十年前的吃法差不多，蹲着吃，没有凳子。有的人蹲得时间久了，双脚麻酥，就席地而坐，有些讲究的，会搬来一块石头当凳子，还在石头上垫一张旧报纸。吃汤锅的大都是这个样子，一手拿筷子，一手拿酒杯，喝一口酒，吃一口菜。当太阳快要落山的时候，吃汤锅的汉子才涨着红红的脸，迈着有些轻飘的脚步，高一脚低一脚地回家。此时，红红的太阳正好架在山梁上，把大山连同天空都烤红了。微醉的汉子们还会扯着嗓子吼上一曲山歌：

哥有麻子妹莫嫌，莫嫌麻子不值钱。
好比中秋吃月饼，外面麻来里面甜。
……

卖汤锅的地方一般不卖饭，想吃饭，你到饭店去吧，吃汤锅讲的就是喝酒。二叔卖了一担柴得了十八块钱，但他花六块钱吃了汤锅。现在汤锅的起卖价是十块钱一份，二叔只好和别人搭伙，一人出五块。另外，他还要喝一块钱的酒。认识的还有不认识的，只要看到一个人站在汤锅边，你邀他，他一定会答应与你合伙。酒是各自负责，喝半斤还是四两，自己出自己那份钱。喝了酒后,确实想吃点什么压压酒,或者是吃了汤锅肚子没有饱,老板会给你来一份锅巴粉。在汤锅里煮的锅巴粉,不仅滑,还清香。

搭伙的两个陌生人一边品着酒,一边拉着家常,就这样他们成了朋友,相约着下一次赶场时再一起吃汤锅。狗妹叔与邻村的九木匠结成亲家,就是因为搭火一起吃了汤锅,称了弟兄。然后,狗妹叔的儿子到九木匠家去,就与九木匠的女儿一见钟情了。

炳大哥和四叔从汤锅边路过,二叔发现了炳大哥,二叔邀炳大哥一起喝一盅,炳大哥拉四叔一起。二叔十分大款地说:"再给我们上十块钱的,来一斤苞谷烧!"

和二叔先前搭伙的起身说:"我不能喝了,我有事先走一步。"

"好,你有事先走!这次我请客,下次你请。"二叔起身送客。和二叔搭伙的客套了两句,也就真的不付钱走了,二叔又多了一位朋友。二叔和四叔为了一块祖传宅基地的归属问题不和,经常指桑骂槐地吵,两个还动过拳脚,惊动过乡政府的领导,至今还没有解决好。两杯酒下肚,二叔和四叔便开始拉起了家常:"你今天来赶场买点儿什么?"

"来看看猪崽儿的价格,家里十二个猪崽儿下一场满月。"

"十四五块一斤吧,这回你要猛赚一笔了!"

……土钵子下的火小了,炳大哥怕惊动二叔和四叔说话,没有喊老板加炭,自个儿低下头轻轻吹了一下炭火,火苗便轻盈摇摆、跳动,他们的脸上忽闪着红光。二叔和四叔只顾说话,忘了吃菜,炳大哥便提醒:"吃哩,还有蛮多肉!"

二叔和四叔同时回答:"我们喝酒,不怎么吃菜的。你们年轻人多吃点儿！"锅里没什么了，又加上一瓢水继续煮，空空的汤锅煮成了浓浓的乡情。

"喝点儿汤吧！"四叔提议。二叔帮四叔舀了汤，四叔伸长嘴沿着碗边吹了几圈，"咕咕咕"便把一碗汤灌进肚里。

"兄弟，干，干一杯！"一个声音从炳大哥的身后传来，是一个醉汉。他不只是邀炳大哥干，还邀所有吃汤锅的人一起干，像大家是在他家吃酒席一样，他敬大家酒，非得要大家一起干杯。二叔今天卖的这担柴全搭进了汤锅里，还补了十块钱才结了账，但二叔不悔，还十分高兴，回家的路上吼起了山歌：

    人生在世如草木，一旦无常万事休。
    根枯叶落花残老，旭日又到落日头。
      ……

## 难忘乡镇筒子楼

虽然离开新晃三年多了，但新晃的每次人事调整，总是有人抢先一步告诉我，像我是什么大官，统领着新晃一样，其实大多数新任领导干部我都不认识了。但我工作过的那几个乡镇，总是让我多一份牵挂与期待，不经意间，总要详细了解现任领导的情况。

有一次，我与几个兄弟到我曾经工作过的一个乡去打渔。我抽空去了乡政府的筒子楼，我在那住过一年多，在光线暗淡的楼道里转了一圈，几双异样的眼光紧盯着我问：“你找哪个？”

没事，只是随便看看！在甩门声中传来一句：“神经病，来这看看，这有什么好看的。”

我只是在这里寻找零散的记忆。我还记得这里的楼梯共有几级，老爱忘记带钥匙、常从副窗翻进屋的老吴被风勾刮破身子的惨叫，还有曾经以做数学题为乐的小峰的得意，天天写调研文章的关冰的快乐，还有躺在床上唱京剧的胜权的自信。那时没有电脑，整个乡政府只会议室有一台电视机。干部们吃完晚饭便围着看《新闻联播》。遇上喜欢的电视剧，大家一块儿坐在那儿看，像一家人一样，其乐融融。看到入迷处，一位男干部伸手拍了拍前排妇女主任的肩膀：" 我先睡了，你后面来！"

" 好！"妇女主任随口答道。

"轰"的一声，大伙笑得前仰后合。这时，妇女主任才醒悟过来：被男干部戏弄了！妇女主任没有生气也没有谩骂，随着大家一起哈哈大笑。沉闷的乡政府便增添了一丝快乐。看上一会儿，年轻人觉得耽误时间，便悄悄离开，回到房间看书学习。

我们一层楼住着的小李、绍文、庆国、老黑都是临时工，他们没有上课的铃声，也没有开学的注册，更没有单元测验和期末考试，在这栋灰不溜秋的大楼里悄悄地努力着。

我那时也是临时工，因数学基础差，拉分太大，已失去了考干的勇气。每天写着乱七八糟的诗歌、散文、新闻，投往全国各地的报纸杂志。虽然大多石沉海底，但只要万一有一篇中了，会成为我遥远梦中一盏不灭的明灯，给我带来恒久的希望。

知识水平不等于工作能力。当时住在这栋楼里的人们，没有几个上过大学，但他们的工作能力没有几个低于大学生。如今当了县领导的明泽，后来当了局长的沛哥、泽歌、老葳等，他们到村组为老百姓调过田、分过山、处理过屋场纠纷、裁定过坟山界线，大到族姓争斗，小到夫妻争被，一次处理不好的，第二次再来，第二次不行的第三次再来，他们没有抱怨也没有偷懒，甚至还感到荣幸。他们解决过很多当时的社会热点难点问题，但处理后没有老百姓到省市上访过。直到很多年以后，各自分飞，从政也好，经商也罢，不管是游子还是故人，意志成了他们的信念。

我还能在这里半夜敲你家的门吗？还能端着碗上你家来夹菜吗？还能和你

一起讨论未来吗？还能从食堂买来一碟豆腐喝个酩酊大醉吗？甚至为求解一道数学题或修改一篇文章中的某个字句争论得面红耳赤吗？

在将要走出这栋大楼的时候，我似乎听到了熟悉的脚步声和吆喝孩子的声音，但我回过头去，身后长长的楼道空荡荡的，人们已不需再住在这样的筒子楼了，大家都有属于自己的温暖小窝。但我相信，这样的场景一定会在某个夜晚悄悄潜入我的梦乡，让我时时回想起这场景。

## 远去的新晃牛旅社

那是在20世纪80年代,整个新晃县城还没有宾馆,县长接待贵宾只能在县政府招待所。旅馆基本上叫旅社,如四海旅社、发达旅社、知青旅社、军人旅社等,这种一家只有十几二十个铺位的小旅馆在整个新晃县城不计其数。还有牛旅社。感觉很新鲜。那时,新晃的耕牛交易市场在全国有名,报纸上介绍新晃牛市是中国四大牛市之一,还有哪三大我至今也弄不清楚。新晃工商局的人说,新晃牛市门口每天出租那个专门供牛走上车的"坎"就有几百块钱的收入,尽管上一车牛只收十几二十块钱。从这里就可看出,每天进出新晃牛市的牛真的很多。因此,新晃就有了牛旅社。

我正式接触牛旅社是在参加工作后不久,那天,父亲和叔叔来县城买牛,从县城到我乡下的老家有六十多里,运牛的车费要两百来块钱。作为依靠耕牛犁地、土里刨食的父亲和叔叔这样的普通百姓,在20世纪90年代初期,花两百块钱从县城运一头牛回乡下去,是怎么也舍不得的,他们选择一人牵一人赶着回去,才六十里路,就是一百二十里,他们也要走回去。那时,在我们偏僻的新晃侗乡农村,挣上两百块钱是件不容易的事啊!父亲和叔叔好不容易到县城来一趟,我便留他们住一晚,这样,我得给他们新买的牛找旅社。

说是牛旅社，其实就是我们农村的牛圈，但没有我们农村的牛圈修得好。牛旅社基本上建在公路边，三五十里一个，有点像古时候的驿站。一棵树往往成为牛旅社中牛圈的一根柱子，几块壑皮板钉在四周，只是简单遮拦，便成为牛落脚的地方。其实，牛关在这样的圈里，和不关没什么两样。因为圈起不到任何阻挡作用，店主还得给牛拴上绳子。绳子还得是棕绳子。我曾听人说过，一次一位客人半夜起来小解，尿到了稻草绳上，牛觉得稻草绳上有尿味，嚼断了稻草绳跑了！有的店主讲究，在牛圈里铺些稻草，这样就要另收费了。那些牛圈里没铺稻草，地上全是牛屎的是免费的。这样的牛圈热天还好，遇上冷天就有些不忍心将牛关进去了。这些不收费的，大多是做牛生意的才入住。说是不收费，其实店主赚钱的地方放在了牛客的吃住上。新晃人把做牛生意的说成牛客。牛客图的是赚钱，不考虑牛好不好受。

当然，在这样的地方，牛客住的地方也好不到哪里去，四壁是土砖垒就的，没有刷上白石灰，没有天花板，在月明星稀的夜晚躺在床上，透过盖着的杉木皮或稻草，还能看到天上的星星闪烁。这样的路边店也不只住牛客，因为旅店还兼有商店、补胎打气、加水洗车等简单的小生意。条件谈不上好，但对于出行在外的司机来说，在绕来绕去的大山中看到路边有屋，就有一丝安全感。来店的人不在乎饭菜的质量，看中的是热气腾腾、香气飘溢的食物对于肠胃的满足。对于住的场所就更不怎么在意了，只要能遮风避雨，有一个铺位能躺下就行了。那时开这样的旅馆很少有什么手续，环境也不怎么讲究，会做几道菜就可开张了，顾客看中的只是分量。好一点的牛旅社是靠近县城的地方，用砖垒上两层楼房，构成了这些牛客的生命驿站，也是新晃侗乡经济发展的一个"绿洲"。

牛旅社不仅是休息、吃饭、补充的驿站，还是相互交流、融洽关系、加深情感的和谐小社会。天快黑的时候，跑了一天的司机在牛旅社前停下来，各地方言的高呼急喊，老朋新友的相互招呼……有的客人头次住店时跟店主学了两句侗话，再次来时又想起，便南腔北调地喊道："伢赖！"（侗语：你好）"赖，赖，伢坠！"（侗语：好，好，你坐！）店主忙着事务，一下子忘了客人只会这一句侗话，便用侗话回答。双方一下子陷入尴尬的境地。几秒钟后，是一阵哈哈大笑，于是，客人又学会"你坐"这句侗语。他们有的给店主带了些外地的特产，如鲜梨什么的，下次又捎点新鲜茄子、黄瓜。那时物流没有现在这么发达，新晃侗乡人能在冬天吃上西红柿、辣椒什么的，真是一件幸事。牛旅社里基本没有电视看，吃过晚饭，牛客们相聚在屋檐下聊天。素不相识，一路风尘，慢慢地谈，慢慢地聊，慢慢地介绍，便相识相熟，介绍起各地牛的价格。就这样他们联手，把牛生意越做越大，越做越强。

　　前几年，新晃侗乡的黄牛肉荣获国家地理标志保护产品，引来了更多的客商，还引来了洋人。如今，城郊的牛旅社因城市的扩容而被拆除了。交通四通八达，高铁、高速、全封闭到达终点，车辆一辆比一辆先进，一辆比一辆跑得快、拉得多，原来两三天的路程，现在只要一天就到了，国道边的牛旅社自然也就没落了。许多牛旅社都已被服务区取代，现代气息的服务区建得整洁气派，设施配套齐全，工作人员穿着漂亮统一的制服，但感觉少了那份自然和纯朴，有种拒人于千里之外的感觉。人们冷漠而匆忙，像上厕所一样匆匆而来匆匆而去，全没有当年的自然、热情和友好。当年牛旅社里的那些粗茶淡饭，仍让人津津乐道，回味无穷。最让人难以割舍的，还是那种温馨的人与人之间的关系。好不容易看见一处牛旅社孤独地凄立于荒野任风吹雨打，要走近却十分不容易，高速路上跑了不少里程找到出口，绕到跟前，当年温暖的记忆却怎么也找不到了。残垣断壁上还隐约可以看出"备战备荒""斗私批修""补胎打气""加水洗车"等历史的印记。

在新晃与贵州交界地的国道旁，昔日的一家牛旅社还冒着烟，这是一栋两层的砖房子，在接待客人的厅里，老式玻璃柜台里摆着几包廉价烟，一位老人摇着蒲扇，闭着眼睛，摇头晃脑地跟着电视上的京剧唱段哼着。"生意怎么样？"听见我说话，老人才停了下来。老人一脸愕然："什么生意？""你这不是牛旅社吗？"老人哈哈大笑起来："好多年不做了，你看后面关牛的地方都垮了！"老人接着说，"现在的高速公路修得又平又宽又直，两边封得死死的，上去就出不来。"

我问："没有生意你还开着？"

"这是我的住房，当年把老家的房子卖了，整个家都搬到这里来了。"老人一边回答我的问话一边拉开老式玻璃柜台取烟。我摆了摆手示意我不抽烟。老人便解释道："这是帮村上的人做事，人家给的，我也不抽烟，便摆在那里。"

我指了指眼前经过的车说道："虽然是国道，但过这里的车也不少啊，你不开牛旅社，开个饭馆也可以啊！"老人叹了口气，"现在的人哪还是当年，吃的住的都讲究，我投资大了怕亏，不投资改造，现在这样子哪能招揽客人。再说了，现在的车又好又快，过去三五天的路，如今一天一夜就跑了。虽然高速路通车后，眼前这条国道也修好了，可跑国道的都是为了省过路费，哪还舍得高价消费？现在的人啊，都急，都贪。过去的车拉个三五吨算多的了，现在的车五六十吨，和火车一样！但他们还嫌不够，还要超载，巴不得一车拉一座山。"说着，老人指了指眼前在高速路上奔跑的车辆，"你看，一个个猴儿急的,不晓得忙哪样,一台车还两个人轮着开,饭都顾不上吃了,把矿泉水和方便面都带在车上,只差没把厕所带上车了。"老人摇了摇头,"老话讲,铁都要被磨玉,真的要被他们磨玉的。"

我环顾一下四周后说道:"你也该搬走了!"

老人给我倒了一杯茶后说道:"老伴儿去年走后,儿女们也劝我搬进城里和他们一起住。可我不习惯城里的生活,城里人多得像蚂蚁一样,又没有一个说得上话的朋友。车响人吼吵死个人,哪有我住在这里清静自在。"说到这里,老人有些激动。我能感觉得到,老人内心深处与我相通的是那份温馨的记忆。因为那是属于他的时代,可眼前这景况,让我寻找记忆的深处却有些失落。

老人看出了我的失落。一边劝我喝茶,一边向旁边指了指说:"那一片白杨树是我当年搬来时插的,主要考虑那些牛客拴牛,如今大的都长空心了。那时,路也是泥巴路,坑坑洼洼的,车也只是拉货的,遇到上坡,司机加大油门,那声音吵得耳朵都快要聋了,车上下来吃饭的司机一个个灰头土脸,像从石灰窑出来的一样。后来有了客车,一天也不过十来趟。再后来,车越来越多,白天黑夜地跑。我的店生意好得不得了。我发现做牛生意的多起来,我马上在饭店后边加了牛旅社。"

老人还说:"有时,我一个人坐在这看高速路上飞奔的车辆,有恍若隔世的感觉。如今,这世道变得快,心思都跟不上,才几年工夫,高速公路就修通了,又直又宽,路好了,车也好了,又省时间又方便,出门人受罪也就少了!"停了停,老人哼起了京剧《沙家浜》选段:"想当初,老子的队伍才开张,拢共才有十几个人,七八条枪……"

看着老人快乐的样子,我笑了!

## 一 些 事

　　那段日子里，我一般在星期二或星期三就要回到新晃，陪住在新晃中医院的父亲。在那里，我强颜欢笑，说一些让父亲高兴的事，或躲在走廊上默默地流泪。星期天的下午返回怀化，星期一一早按时上班。苦痛和无奈像铅水灌注于心头。父亲正吃七十六岁的饭。对我来说这过于残酷了。父亲生病期间，我每天谎话连篇："医生说，你今天比昨天好多了。""你的食道里有个疤痕，吞食是有些困难……"对一个人最大的安慰，就是告诉他，有人比他还不幸，但这一点在父亲那里却不能奏效。姐姐买来一本写我们那地方土匪的书读给父亲听。父亲经常纠正书里面与事实不符的内容。我给父亲讲笑话，学着他熟悉的那些人的腔调跟他说话。我吃惊于我讲得越来越自然。他也给我讲笑话，讲那些有哲理的故事。我后来想，父亲留给我的最大的遗产，除了承受力外，大概就是讲故事的能力。

　　父亲从未向我们提出过什么要求。生病之后，父亲唯一对我们说的，就是要我们几兄弟姐妹一定要团结。当然，父亲还有别的想法，只是不说罢了，我们明白。得知父亲患的是不治之症后，我们便注意收集父亲的资料。父亲在农村算得上秀才了，哪家有什么红白事，他总是帮忙文笔活，比如写对联、记礼簿、做司仪之类的。我们将他写的手稿全部收集起来。我们还买来了录音笔，他与我们的交流也进行了全部录音。不过，这些东西，三年来我一直锁在箱子里，不敢去看。

尽管父亲住了七八个月的医院，还没动用过我们什么积蓄，有农村合作医疗保险，报销了80%。父亲的主治医师是我很好的朋友，他像对待自己的父亲一样负责，不能报销的药，他尽量少开或者不开，或者使用能报销的替代药，这样能节省下来一大笔钱。我有一帮朋友，每次来看父亲，都是两百元三百元地给，加起来也上了五位数。还有朋友主动问我，手里有没有钱，没钱的话说一声，不能因为没钱影响了治病。谢谢了，我此生没什么，能有你们这些朋友足矣。其实，我已做了安排，只要能治好父亲的病，我打算卖掉新晃的房子，可终究没能让我如愿。

父亲生病的头一年，我在麻阳锦和镇翁蓬冲村从事建整扶贫工作，工作之余创作一部长篇小说，由于工作轻松，在年底离村时已经完成了初稿。我打算第二年上半年进行修改，结果父亲住院了。在医院里陪父亲，我也试图进行修改，可是注意力总是集中不起来，一个字也改不了。原以为住一段就没事了，到了长沙检查后，事情远比我们预料的严重。我和哥哥被击垮了，作为男子汉，我们默默地承受着，不想让两位姐姐知道真相，可她们很快就知道了，但她们知道后像什么也没发生一样，只是尽着当子女的责任，尽着最后的孝心。查出父亲的病后，我更加没有心情修改小说了。

父亲是上午从医院回到老家的，下午就安详地走了。父亲是土葬，那些新鲜的土啊，它们的颜色有如煮熟的蛋黄。父亲的棺木缓缓落入墓穴深处。很快，那里将再次长满野草，牵牛花和野菊花将再次盛开，群蝶飞舞，好像一切都没有发生过。父亲头枕青山,长眠于此。哦,父亲,总有一天我会跟随你去的,可你却再也不能到我这里来了啊!

我是2009年4月到怀化工作的,五一节我就搬进了新买的七十平方米的二手房里。女儿早于我到怀化上学。我在怀化拥有自己的房子就等于有自己的家了,女儿就从学校搬回家来住。一天女儿突然说,我们搬家后爷爷没来过。女儿突然问起爷爷,我在电话里告诉了父亲女儿的原话。没几天,父亲来了。依旧是那个牛仔包,里面装的依旧是我喜欢吃的洗好的腊肉和新杀的土鸡。我一直没有忘记,那天是六月十二号,天气有点儿闷热,父亲陪我一起去买电扇,如今,那台蓝色的电扇还好好的,可父亲却走了。父亲说他年轻时,人家喊他八百六,意思是他很胖。那时,我发现父亲明显瘦了。但父亲说他没有感觉到哪里不舒服。我想起"千金难买老来瘦"这句老话,觉得是件好事,也就不怎么在意。如果那时送父亲到医院好好检查检查,也许他还能多活几年,可我太相信老话了。但现在说这些,还有什么用?

父亲走后的一年多时间里,我没有动过笔,我也曾试图将这部已经完稿的小说进行修改,却怎么也找不到原来的语调了。有好长时间,我觉得世界上没有一种语调属于我。有时候我想,我可能会用一生的时间来寻找一种新的语调。那是一种怎样的语调呢?这天,我到朋友家去玩。他刚出差回来,鱼缸里的金鱼死了几条,他索性将那几条没死的一起倒掉,鱼和水一起流向门外的水沟,水一下就流干了,可那鱼还鼓起眼球和比身体还要宽阔的嘴巴,它的嘴巴还在一张一合地说着什么。它们应该有着怎样的语调呢?我硬着头皮将二十多万字的原稿打印了出来,交给怀化学院中文系的郭博士,请他提修改意见。他没有让我失望,中肯地提出他的意见,我豁然开朗。进行了全面的修改并新写了五万多字，增加了三个人物。

后来，我调到了文联，更多的时间是从事文学创作。经朋友推荐，小说便被北京一书商看中，出版合同都签订了。可后来，他们说出各种原因，没有出版。我查看我们签订的合同，觉得可笑，他们没有出版，合同竟然对他们没有任何约束力。

我从不悲观，从20世纪走出来的中国人，怎么可能悲观呢？但我在两年之内失去父亲、继母、岳父、岳母后，我拒绝乐观。几位亲人的离去，使我从此置身于死神的有效射程之内，但我依然谨慎地保持着对人生的美好愿望。我的手机里储存着一些短信，是朋友们在我最困难的日子里发来的。有一次手机丢了，我紧张坏了，好像是我被手机丢了。当我找回那部手机的时候，我赶紧打开收件箱，翻看那些短信。哦，在那一刻，我就像前面提到的金鱼，它好像又回到了鱼缸中，并想象着桃花潭水。

今天是我的长篇小说《女大学生村官》正式出版付印的日子，写下这些算作是个纪念吧！

## 今天，我正式从文化局退役

经过近四个月的过渡期，新的文化局局长终于浮出水面。今天上午，县委组织部部长将新的局长送到文化局，我正式从文化局退役。

自从十二月组织上确定我将调离文化局后，我就将我的办公室打扫干净，准备交给新的局长。当然，还没有完成的工作也一起移交。但是，我们的县委书记提任市里的副市长后，新的县委书记一直没有到位。领导说，在新的县委书记没有到位之前，县里不研究人事工作。就这样，我就一直在文化局局长这个位置上闲着。之所以说是闲着，是因为我在一月十号的时候就下文调纪委工作。但领导说，你虽然下文到纪委工作了，可是你文化局局长的职务还没免，你还得继续在文化局工作，搞好文化工作。说句实在话，人到了这种时候还有心在原单位搞工作吗？当时，和我一起下文的几位同志都相继到了新的岗位，只有我一个人还在原岗位，我已是"身在曹营心在汉"了，只能当当"维持会长"。不是说我不热爱这个岗位，而是这种处境实在是有些不尴不尬啊！我到市局开会，有人问我，你不是调了吗？我说快了，文都下了。于是，在工作表态时，我不敢大胆。在研究本局的工作时，我不敢再拍板，一切只能按常规办。可是工作还得要照常开展。我不知道，这几个月我是怎么过来的。

回想起来，我到文化局工作到现在为止，刚好四年零两个月。这四年多，是我人生中最宝贵的四年多，是我最难忘的四年多，我从而立之年走向了不惑之年。四年多来，我学到了不少的东西，同时，也得到了同志们的帮助与支持，我非常难忘。四年了，上大学也该毕业了。因此，我走得很坦然。

虽然离开了文化局，但我永远也不会忘记，与同志们深夜一起查网吧、查音像制品的点点滴滴。我永远也不会忘记，与同志们一起送戏下乡，下午两三点钟才吃上午饭，大家饥肠辘辘的场景。我清楚地记得，为了争取电影"2131放映工程"，与电影公司经理数十次找领导汇报。我还清楚地记得，为了申报国家非物质文化遗产，与专家们一起查阅资料，并得到专家们的悉心指导。还有，在五十年县庆即将来临之际，冒着严寒，一个星期跑两次长沙要项目资金，还要完成我手中的工作任务。

四年多来，我懂得了什么叫弱势单位。手持要钱的报告倚门而立的痛苦你们经历过吗？上级领导来了，没有一分钱接待经费的事你遇到过吗？年终到了，同志们等着盼着发点年终奖的渴盼眼神你看到过吗？……我实在不敢回想。

性子耿直而且还有点儿急，在我看来是一个好性格，但是，正因为我这种性格，也得罪了一些同志，还有领导，特别是要我接收一些非专业人员进入我们单位，我拒绝了。领导便找我谈话，可我就是转不了弯。但我无怨无悔。

回想起来，我刚到文化局工作的时候，也是满怀信心。后来，我终于体会到什么叫力不从心，什么叫心有余而力不足。好多事情都留下了遗憾。有对人的，也有对事的。

今天终于可以走了，让新的局长开辟新的局面。但无论我走到哪里，毕竟在文化局待了四年多，直到我死去的那一天，在我人生的简历上永远也不能抹去"新晃文化局"几个字。同时，我也是幸运的。一个领导说，一个人在一个地方工作，不能出大事，更不能出怪事。在同志们的支持下，我还没真的有出过什么事哩，还多次得到省市文化部门的表彰。感谢了，在此衷心感谢！

我真心地祝愿新晃文化局的事业更加美好，祝各位同事事业有成、家庭幸福，真心希望大家像支持我一样支持新局长！今天，我正式从文化局退役了，可是我又要到新的地方服役，尽管还不知期限是多长，但无论怎么样，我一定会尽职尽责把工作做好……

## 坚持就有收获

我的写作是从写情书开始的。十七岁那年，我不上学了，回到村子里干活。那时青年男女恋爱，主要是通过写情书。我是村子里唯一的高中毕业生，算得上是村子里的秀才了，成了大哥哥大姐姐们的枪手。待遇是，替他们写一封情书，他们帮我砍一担柴，或者放一天牛。

那时，青年男女恋爱没有现在这么直接，信自然也写得含蓄，用了大量的比喻和借代做铺垫，时不时还用上情歌。我还记得有这样一首情歌："太阳过山要留影/阳雀过山要留声/跟妹借带若是肯/留样东西为把凭……"天天写，使我的写作水平也得到了提高。

写得多了，手边的"存货"也就多了，我便时时偷懒，将别人写给姐姐们的求爱信抄来给哥哥们，让哥哥们寄给心仪的姑娘，还将哥哥们收到的回信抄来作为姐姐们的回信。姐姐们的回信是很有讲究的，这要根据姐姐们的态度来决定，即使是有意思也不能回答得直白，至少也要有好几个来回才能见面。这样一来，我就多赚了哥哥姐姐们的劳动。他们发现这一情况后，便要我写得直接一点儿，省他们的劳动，也省我的事。我故弄玄虚地说："好事不在忙中，心急吃不了热豆腐，你们谈到了什么地步该怎么写，我自有安排，要我写就得按我说的办。"

一年春节,县文化馆举办文学征文比赛,我写了一篇寄了去。和我一起参赛的还有邻村的我的同班同学——天,天在读书时,写作很受老师的赏识。我这才知道,天回到村子里后,一直在搞文学创作,已完成了一个长篇和好几个中短篇。天满怀信心地告诉我,他这次写了个散文《乡里妹子》,自我感觉很好,获奖很有希望。我没天那么大的信心,我说我写的也是散文,叫《品味过程》,写的是为村子里的哥哥姐姐们代写情书的事。天觉得挺新鲜的,问:"情书也能代写?那可是真实思想的表达啊!"我说:"他们表达在心里,我代他们表达在纸上。"三个月后,征文比赛的结果出来了,我和天获了二等奖。算是包揽吧,因为二等奖就两个。

获奖的消息是乡政府的文化辅导员搭信给我和天的,说要我俩某月某日到县里领奖。那时,通信不发达,村子里那台摇把子电话很少能打通,书信要走一个月还走不到村里。这种搭信的宣传效果比在报纸上做广告的影响还大。突然间,我和天便成了整个乡里的名人。这时乡政府正好要招两名临时工,我和天就这样凭着一时的影响补了那个缺,天在乡政府的法律服务所,我在乡政府的林业管理站。严格地讲,我俩还算不上正式的临时工,因为工资还得自己想办法,充其量只能算短工。我的工资是靠罚村民乱砍滥伐的款提成,天的工资是靠给村民们提供法律服务收取。因市场有限,我俩常常没有工资领,时不时还要从家里扛一袋米到乡政府食堂来解决吃饭问题。但我俩的环境有所改善后,创作的劲头更足了,每天晚上都要写到深更半夜,可稿子投出去却如泥牛入海。那时,我在写文学作品的同时也写新闻稿。天在写文学作品的同时自学法律,因为他要靠法律服务吃饭啊!

我写新闻稿比写文学作品要顺利得多，仅一年时间，我先是在县广播站，后来在市一级，再后来在省里和国家级新闻媒体发稿。好多单位都需要宣传，都需要我这样能写新闻稿的人，我一时间成了县里的香饽饽，两年时间，在县里跳槽好几个单位，最后，一个单位为了留住我，将我转为正式职工。因工作出色，组织上又送我上了成人大学。大学期间，我十分珍惜这来之不易的机会，每天过着教室、寝室、图书馆三点一线的生活，连暑假也待在学校搞创作，先后在公开刊物上发表了三十多篇散文和上百首诗歌，还多次获奖。大学毕业，我当上了县广播站的编辑。之后，到县委宣传部当新闻专干，在县委办当秘书。就这样，我走上了行政工作岗位。干行政工作后，不再有机会写新闻了，但我始终没有忘记写作，因为是文学给予我新的生活，是文字成全了我。在担任镇党委书记的三年多时间里，我基本做到每个晚上都写，顺畅时会写一个通宵，思路不通时也要改改头天写的。这期间，我有几个中篇小说被出版商买走结集出版，还公开发表散文随笔五十多篇。

有人说，是文学害了我。因为，我从镇党委书记的岗位调进城时，如果不搞写作，是不会被安排到文化局那个"清水衙门"的。但我不悔，我做了我喜欢做的事，做了我想做的工作。因此，我干得尽心尽力，干得得心应手。有一年冬天，组织上安排我到市文联任专职副主席，在任职前组织问我有什么意见。我说组织上践行了自己的诺言：不让老实人吃亏，不让做事的人吃亏，不让投机钻营者得利。但我心里更明白，使我得以有今天，是写作帮了我的忙，是文学帮我铺的路。

我在文联工作一个月后的一天，接到了天从深圳打来的电话。他说，他写了个自传体长篇小说发到我邮箱，要我帮他斟酌斟酌。我与天已是二十年没见面,偶尔打打电话,知道天前几年通过了全国司法统一考试,获得了律师资格证,现在在深圳一家律师事务所工作。天的长篇小说叫《一个刑辩律师的经典人生》,小说严密的逻辑,诙谐而幽默的语言,具有浓郁的湘西地域特点。这功夫不是一天两天能练就的。看来,天这么多年来一直没放弃写作。

《青梅》要我给写点东西,我推辞了几次没有推掉。想着是写给高等学府的才子们看,内心又有了几分恐惧,因为我就没有正儿八经上过什么高等学府,因此,不敢妄言,只写下我自己的故事。

青梅是苦涩的,因为它没有成熟;青梅是有希望的,因为它必将成熟。

## 我的单位叫文联

屈指数来，我们这个拥有近千人的村庄，在外工作的还不到十人。因此，我们的情况，村子里的人打听得清清楚楚。不是村子里所有的人都关心和记得我们，而是他们弄清楚了，好在遇到什么麻烦的时候，随时找我们帮忙。

村子里的人只知道我们是在外工作吃国家粮，今后拿退休工资，生病住院有报销。他们弄不清职务级别高低，也搞不清干部职工的身份区别，更不知道什么叫事业编制和行政编制。他们看重的是在外工作人员的单位与他们生活的关联，看他们今后遇到事能不能与这个单位扯上关系。医院、派出所、法院这些单位是他们最为看重的。吃五谷杂粮哪有不生病的？肯定要上医院。现在一人一个身份证，办身份证要找派出所。有什么扯皮打架打官司的，要由法院来判。因此，村子里在医院、派出所和法院工作的几位，回到村子里便成了"香饽饽"，不是这家喊吃饭，就是那家喊喝酒，比贵宾还要贵宾。其实，在医院工作的只是个护士，在派出所、法院工作的也只是个办事员，连副科级都不是。相比之下，我这个在文联工作的职务最高，副处级。但因帮不了村上人解决什么问题，就显得有些可有可无。

每次回到家，只有屋上坎下那些七老八十的老头子跑来找我，拿出几张皱巴巴的学生作业纸，说那是某年某月，某某过世给作的对联、祭文什么的，要我指点。这一看一聊就是大半天，到了吃饭时间，还得给他们弄吃的。我爹常说，我不回去还好些，回去了使他的日子都过不安宁，还得帮我服侍客人。

有一次，我爹无意中听说我要申请调到法院去工作，他默默地记在心里，半年后没头没脑地问我，你那事办得怎么样了？我说什么事？他说调法院。我这才突然想起，那是朋友们开玩笑说法院要个写材料的，想推荐我去。我说我不是学法律的，调法院干什么。我爹还固执地做我的思想工作，说可边做边学，鬼脑壳都是人雕的，难道那几部法律还学不会？可见法院在我爹脑海中的地位有多高啊！

在我家屋后头，有一位是从部队转业的，安排在铁路当乘务员。因年龄和兴趣爱好上的差异，我与他没什么交往。虽然同在一个城市工作，但一年也难得见上一两次面。一天，他拿着一个报告跑到我办公室来，说村子里要安装自来水，还差三万来块钱，要我找领导解决。人都是有私心的，想着我那七老八十的父亲每天还要去挑水，我就接受了这项任务。好在有一位实权领导也爱好文学，我们时不时在一起喝茶聊天找灵感，我顺势就把报告给了他。半年后我回到老家，见着白花花的自来水才记起这事。我爹说，你看人家一个铁路上的小小乘务员做了件大好事，村子里几十年来都没有解决的饮水问题……我没有解释，更没有争功。后来，这位铁路乘务员又拿着村子里要修水渠、修公路什么的报告来找我，但这位爱好文学的实权领导早已调走，再说了，和领导关系再好，人家领导又不只是为我们那个村子当的，还要考虑全市那么多村。这些事没得到解决。为此，这位铁路乘务员得到的是一片骂声，先前他帮村子里安装自来水的事，早已被村民们丢到了脑后。

文联因为有一个"文"字，村子里那些大学毕业后没考上公务员又不愿意外出打工的，前几年都曾来要我安排工作，在他们看来，只要上了大学就是有文化的，就与有"文"字的单位沾了边。我说，你会唱歌跳舞不？我想，如果会的话，可以在艺术培训班那里安排一下，反正自己教学生自己收钱，单位又不负责工资。但我知道，我们村子里的人连幼儿园都没上过，哪会什么唱歌跳舞啊，说起来也不过是一句场面上的话。果然，他们都摇头说不会。

见我解决不了什么问题，村子里来找我的人也就慢慢没了。我也落得清静，每天上班下班，看书读报，生活过得平平淡淡、舒舒服服。前几天因为房族里的一个大伯过世，我回到老家。村支书找到我，说我在外工作那么多年了，村上的人都不知是个什么单位，具体是做什么工作的。我说文联。他若有所思，双手抓着光光的脑袋。我知道他没有弄明白什么叫文联。我又补充道，是一个群团组织，和妇联、残联、工商联的性质差不多，全称叫文学艺术界联合会。

村支书一声惊叫，吓了我一跳。他说我明白了，是管文化局的。

我说，不是的，我们和文化局是平级的两个单位，就像一个爹生的两个孩儿一样。

村支书又连续发出了三个"哦"的感叹，头还一点一点的，我估计他还是没有弄明白，但我只能这样跟他说了。

这时，旁边一位在村上算得上乡贤的长辈搭了腔，说："你们文联不错嘛，前几天我看新闻，那四川省文联原主席郭永祥受贿、巨额财产来源不明，涉及四千多万元咧！要注意啊，你是我们村子里仅有的几个吃皇粮的人之一哦，不要丢我们村子的丑！"

真是应了"好事不出门,坏事传千里"这句话。这位乡贤只是从新闻中知道郭永祥的事,可能对文联也不了解,大家都知道的,郭永祥犯事不是在文联,如果乡贤知道文联是一个什么样的单位,就不会说这样的话。我解释说,文联不管钱、不管物,是专门和文艺家们打交道的。单位的资格比较老,中国文联成立于1949年7月,是中国人民政治协商会议发起单位之一……我估计我说的他们没有听进去,因为村支书打断了我的话,他说村里两个村民小组之间的一座桥,修了几年也没有修起来,使得桥两头的公路修通了六七年了也无法通车,既然你们单位那么有钱,就请帮忙解决点资金。

我摇了摇头想解释,但村支书不让我说。他说:"我早就听说了,你的官和我们县里的副县长一样大,你看我们一个副县长去年帮我们硬化村里的主干道就花了一百多万元,何况你还在市里,市里还管着县里……"

见村支书等着我表态,我说,你听说过郭沫若、茅盾、周扬、巴金、老舍、梅兰芳、夏衍、冰心、曹禺……吗?村支书六十来岁,是高中毕业生,恢复高考那年他也参加过高考,他说这些名字听说过一些,比如曹禺的电影《雷雨》《日出》他都看过,还能记得《雷雨》中的周朴园、四凤,《日出》中的黑三他印象最深。我说,这些名人当过我们国家文联的主席、副主席,我们搞的是吟诗作画,唱歌作文,排舞编曲,搞的是精神文化生活产品。

"知道了!知道了!"突然一个声音从侧面传来。我转过身,发现是一个年轻小伙子在用手机上网查到了文联,他照着手机上的文字读了起来,文联的工作是联络……那年轻小伙子只读了几句便没读了。村支书催问,怎么不读了?年轻人一边翻看手机,一边慢慢地轻轻地说:"你们什么名人主席咧,连'砸'字都不会写,还有那个'怒'字也写成了'恕'……"我明白了,年轻人是在看一条新闻,是之前发生的一件事,一个县文联主席的诗发表在网上,遭网友差评后,怒砸人家电脑的事件。我心想,唉,他们怎么净是发现这些丑事?其实,文联的好事多得很咧,怎么他们不发现呢?我刚才还搬出那些让人听了如雷贯耳的名人来吓唬他们,没想到马上就出了洋相。好在村支书对网络不了解,在场的村民对网络的了解也不多,更不关心什么"砸""怒",想着的是怎么找钱来把村子里的桥修好、路搞通。村支书对那年轻小伙子吼道:"一边去,我们谈正事咧!"

村支书还是不能理解文联是干什么的,又问我说:"演戏这些事不是文化局在搞吗?"我说:"差不多,但有不同,不同的是文化局搞的是大众文化,是普及型的,文联搞的是精品文化,重在精品创作。"

我估计村支书还是不了解,但他不再追问了。他像突然记起了什么似的说:"哦,对了,你们有搞音乐的,给我们写首村歌,你看我们村子里产猕猴桃、黑葡萄,下一步我们村子里还要开发山村劳动体验游……"村支书说得眉飞色舞。

我硬着头皮应承了这一任务。我是这个村子里走出去的,这里埋葬有我的亲人,这里是我的故乡。写首村歌,对我来说还是不难的,虽然我不会,但我的单位是文联。

## 咬出一个月亮

中秋节，父亲总要买回一个大大的月饼，在月上中天的时候，一家人围坐着，父亲用菜刀切一个"十"字，又切一个"十"字。你以为马上就可以吃了？不，还有很多程序哩！他先是要我们背诗，"举头望明月，低头思故乡"这诗句就是这时学到的。还要考数学题，还有猜谜语等，一系列的考试后才吃月饼。我得到一小块月饼后舍不得一口吃掉，小心地用舌头舔一下，然后望着父亲手里那块。父亲并没有吃，父亲说他不喜欢吃甜的。我和哥哥马上就向父亲身边靠去。父亲说："我出一个题，你俩哪个答对了就吃。"哥哥马上举手同意，我却不干了。我知道，我肯定答不赢哥哥，那时我上小学一年级，哥哥上四年级。父亲这才想起有些不公。他找来两根小木棍捏在手里要我和哥哥抽，抽到长的那根算赢。父亲要我先抽，我摸到了一根，父亲却示意我抽另一根，结果是我赢了。在那个贫穷且物资匮乏的年代，我们那样的家庭中秋节能吃上一块月饼已是奢侈，莫指望什么荤菜了，要到大年三十才能吃上一餐荤的呢。

在我上小学五年级的时候，终于可以独自吃上一个月饼了。这时实行了家庭联产承包责任制，收入比以前好了许多，最主要的是村子里有人做月饼卖。

母亲用两升米给全家一人换来一个。当然,这时的月饼味道比以前的好多了,已不再是当年那种又大又硬的。我拿着端详来端详去,舍不得下口。正在月光下喝酒的父亲看了说:"我可以咬出一个月亮。"我抬头看了看天,月亮静静地挂在天边,群星在月亮身边闪烁,安静极了。父亲又笑笑说:"真的。"我走到父亲身边,父亲拿过我的月饼结实地咬了一口,圆圆的月饼立马就变成了弯弯的月牙。我哭了,父亲变戏法似的从身上摸出一个月饼给我。哦,原来父亲那个还没吃,我赚得了一个"弯弯月亮"的月饼。

在我上大学那年,父亲觉得身体不适,到医院做了检查,发现他血糖很高,医生说要打胰岛素控制,否则就有生命危险,在饮食上也要求他不能吃甜食。得到这个消息,父亲只是淡淡地说了句:"这辈子还没有吃过一餐糖包,又不准吃甜的了。"父亲是一个要强的人,不能说他有病。父亲最反对的就是打个喷嚏就吃药,发烧感冒就打针。他常说每餐吃得两三碗饭,这样就不会死。生病后,父亲仍坚持着家里的各种劳动。

年轻人出门在外,孝心莫过于往家里寄钱寄物,在中秋节时寄上一盒包装精美的月饼。而我却因父亲不能吃甜食,没往家里寄过月饼,背了一身骂名。我不解释,我不想让别人知道我父亲每天靠打胰岛素来延续生命。

父亲则在村子里宣扬,现在好吃的多着呢,谁还去吃月饼!中秋节,回家团聚是最好的礼物。这是父亲对我没买月饼回家的最好解释,也道出了农村留守老人的心声。

## 窗台上的腊肉

我家住在靠大门边那个单元的二楼,有几块腊肉挂在窗台发霉了,整个院子里的人,出出进进都能看见。院子里的大爷大妈见到我都说"把腊肉拿下来我帮你洗洗"。年龄与我相仿的替我着急:"你家的腊肉发霉了,不能再吃……"我感到十分亲切,真是"坐在一块土就是一家人"啊!我这才知道,虽然院子里的住户老死不相往来,其实大家还是相互关心着的。叫不出名字,面貌还是记得住的。

我说没事的,只要里面的腊肉没霉就可以吃。可他们都不相信,说:"你没空,我们帮你洗了放你冰箱里,你想吃的时候拿出来就是……"其实,之所以熏制成腊肉就是为了便于放置。腊肉在很早以前就有了。《易经》上有"晞,于阳而炀于火,曰腊肉"的记载。据我们的族谱记载,在夏商周时期,家族里就出现腊肉饮食和腊肉制作工艺,到春秋战国时期,腊肉已经成为馈赠亲友、长辈的佳品。可以想象腊肉在我们家族里的悠久的历史。在我看来,当年交通不方便,市场不发达,想吃肉没地方买,也没冰箱冷冻,才想出了熏制腊肉的办法。如果将腊肉浸在茶油缸里,可经年不坏。什么东西都是有利有弊的。熏制的腊肉肯定没有新鲜猪肉的味道鲜美,但腊肉有它独特的香味,这也是新鲜猪肉无法比拟的。

腊肉放在冰箱里冻着也不是不可以，只是冻过的腊肉少了原始朴素的味道。之所以熏干成腊肉，就是为了便于存放，直接放到冰箱里，还用得着熏制吗？可人们的思维总是习惯于将吃的东西都存放在冰箱里，就像钱都应该存到银行一样。其实，腊肉随便放置在哪儿都行，相当于人只要生活在有空气的自然环境里一样。

在我小时候，吃肉是一件很奢侈的事，一年到头，就年三十晚上才能吃上一餐饱肉。小孩子盼过年，除了过年有新衣服穿，有鞭炮放，还有一个重要的原因，就是过年可以好好吃一餐肉。可能人人都有醉酒的经历，没有哪个醉过肉吧？我们寨子里的人大都醉过肉。醉过肉的，保证一个星期不敢看肉。年三十晚上吃过一餐肉醉后，好几天不敢沾肉。年三十晚上基本上是吃猪头肉，说那是最好的肉，打着敬神仙、敬祖宗的旗号，其实最终都被人吃掉了。至今我也没有弄明白，猪头肉是整个猪身上最便宜的肉，怎么就是最好的呢？是不是猪头上肥肉少瘦肉多吃起来不腻人？可那时人们盼的是吃肥肉啊！

熏制腊肉的过程是最快乐的。一家人其乐融融地围炉烤火，看着满满一炕腊肉，心里美滋滋的，仿佛看到了希望，又踏踏实实地睡上一个安稳觉。年年如此，我就是在这样的环境中做完我的寒假作业的。如果作业本上有点油星子什么的，那再正常不过了。因此，老师从来没有批过"作业本不清洁"之类的评语，可能同学们大都如此吧。

在记忆中，我家一年四季从来没有买过肉，遇上来客，就烧上一块腊肉，让客人下酒。哪怕是到了腊月里，新的腊肉又来了，家里还有上一年的腊肉。每次父亲总说，没有了，没有了，这是最后一点儿，可下次来客了还拿得出腊肉，有时还会拿出一只猪脚来。腊肉埋在粮仓的谷堆里不会发霉，父亲每次都能准确地拨开谷物取出腊肉。哪位客人来了用哪块，他分得清清楚楚。其实，腊肉全放在父亲心里，盘算着一年里哪几个节气和哪几位客人来了要炒上一盘腊肉。年猪也就一百多斤，要吃一年，就得节省，每餐煮一小块。一年四季，难得吃上一餐肉，偶尔遇上一餐腊肉，哪有不喜欢的？

田地分到各家各户后，吃肉的问题得到了解决。再看到哪家吃腊肉反而成了笑话，说他家舍不得吃才有腊肉，家里有腊肉成了抠门儿的象征。其实，父亲要负担我们两兄弟读书，并没像别的人家那样舍得买肉吃，但碍于面子，父亲赶场时还是会时不时买点新鲜猪肉回来，还故意挂在扁担头上挑回家，目的是让大家看到。因为抠门儿会讨不到媳妇的，父亲是怕我们两兄弟讨不到老婆。那时，领导只要说起农村的变化，把家家有肉吃作为最有力的证据，相当于现在说的农村也用电脑一样，表示城乡差别不大。

近些年来，腊肉又火爆起来，有的人家年猪竟然要杀两头，走进火铺边发现炕里炕外全挂满了猪肉。"一家人一年吃得完这么多腊肉啊？" "吃得好多，年轻人去打工要拿点儿，外地的朋友要送点儿，这一点儿，那一点儿，最后也没剩多少了。"回答得简单而干脆。又问："外地朋友也喜欢？" "喜欢得很咧，我崽儿他们一起做工的，去年吃了点儿后，今年硬是要我炕一百多斤，他们要拿去。"呵呵，我笑了，我们那地方的腊肉成了地标性产品了。

父母过世后，清明节我都要回乡下去扫墓，左邻右舍和乡下的亲戚总担心我没腊肉吃，这个送一块那个送一块，我全装进车子后面的厢里。乡下人实诚，不接受他们的，就等于看不起他们。乡下亲戚或邻居进城办事或者去打工从我居住的城市路过，也总要给我带上一块腊肉，说我喜欢吃。我虽然有了好多，但人家拿来了，也不能说不要，只好收着。按老家的规矩，正月间招待客人是要上盘腊味的，否则不像过年。我吃过好多地方的腊肉，都没有老家柴火熏的腊肉味道好。现在的馆子里也都有了腊味拼盘，但味道不及我们那地方好。

我想，老家腊肉味道好，至少有这样几个因素吧：猪不是速成的，不喂饲料，吃的是煮熟的猪潲，四五十斤的小猪崽儿，至少要喂上八九个月才杀。腌制的时候还要放上五香、八角、桂皮等香料。在炕上熏，不用急火也不熄火，悬挂在火炕一米多高处，还烧些柚子皮以及香叶，让香气浸入肉内，不急不慢地熏上一个多月才下炕，肉里面的水分都熏干了。洗去烟垢，晾晒干爽，色泽金红，可蒸可炒，令人大快朵颐，食后难忘。还有柴火、水质、空气等因素，我说不清楚，我在城里也按老家的全部工艺和流程做过，可就是熏不出老家的味道。

我老婆是城里人，对那熏得黑黑的腊肉不感兴趣。说超市里洗得黄爽爽、晶亮亮的，比这个好看。

她不知从哪儿听来的，说吃腊肉容易得癌症，她不再吃腊肉。我说你这是歪理邪说，农村人天天吃腊肉活八九十岁的多着咧，没几个得癌症。她又说，新鲜的不吃，怎么非要去吃放了很久的呢？我说，照你这样讲，那长沙臭豆腐就不要卖了。她理论上说不过我，但行动上制约了我。家里就我们俩，她不吃，我就不好办了。我一个人炒一盘腊肉，一星期还吃不完，也就懒得动手了，使得窗台上的腊肉成了我们小区住户关注的对象。

这人啊就是怪，农村的要进城买房，而城里人又想到乡下去住。城里人想吃乡下的腊肉，乡下人又骂城里人傻，新鲜肉肯定比腊肉好吃，农村是有钱无市才吃腊肉。

  我时时在想,是人们的思维太呆板,还是社会进步太快?或许什么都不是吧,是乡愁!

## 月　地　瓦

　　坪寨村的鼓楼前，二三十位姑娘身着节日的盛装——头戴银饰帽，身穿绣花衣，手拉着手围成一圈，唱着侗家"哆吔"。姑娘们的身后也围着一圈人，是一群小伙子或前来给小伙子凑兴的亲人朋友。小伙子们完全不顾姑娘们的感受，像自己是明星大腕儿一样，很自信地认为只要自己看上了的姑娘就能成，在姑娘们身后奔来窜去的，一会儿在这个姑娘身后指一指，一会儿又跑到那个妹子面前瞧一瞧。内外两个圈构成了一个严丝合缝的"回"字，也许这些年轻人只有回到了家才有这样的事，才会找到快乐吧！

　　歌声戛然而止。还没等围观者反应过来，只见小伙子强行拉着"意中人"的手往外拖，此时前来凑兴的小伙子的朋友亲人便也发挥了作用，拼命地帮着小伙子拉心仪的姑娘回家。场面顿时出现了混乱。姑娘们并不生气，还呵呵地笑，腼腆地随小伙子"走"——这就是传说中的少数民族抢亲？把姑娘拉回家就成了自己的老婆？

　　听到围观人群中有人感叹："早知是这样，也该'抢'一个。""有一个瓜子脸的姑娘看了我好几眼，其实那是在给我抛媚眼儿，我怎么这么不解风情呢……"听到这样的议论，一个刚才没"抢"到姑娘的小伙瞪了那感叹者：

"呸，你想得美，你连跟姑娘拉手的资格都没有！"感叹者正要发问，一个汉子将这垂头丧气没"抢"到姑娘的小伙子拉到一边问："你怎么不多叫几个来帮忙，菊研那妹子确实不错啊。"小伙子有苦难言："我下蛮拉还是能拉住的，只是怕把菊研的手拉痛了。"

人群中一位懂得的老人告诉我们：参与"抢亲"的小伙子只能是侗族自治县独坡乡上岩村和坪寨村这两个村的人，姑娘们也只来自这两个村，这不是玩游戏，外人是不能参与的。这两个村的总人数有三千多，每年正月初三，大家就相聚在鼓楼前举行"月地瓦"活动。"月地瓦"是侗语的译音，意思是"种公地"。相传很久以前，迁居到湖南、贵州、广西交界处"三省坡"脚下的侗族人，大家互不相识，经常为田水发生纠纷，甚至发生流血事件。明清时期，为了改变这一状况，各村庄的寨老们商议，划出一片公共地，让大家共同经营。不管是谁，也不管来自何方，都可以在那里生产和吹芦笙、对山歌、谈情说爱，以此来增进友谊。从此，这里的侗族人村与村很团结，人与人很和睦。为了世代相传这一习俗，后来大家约定，每年的正月初三，在这片公共地方举行一次隆重的庆典活动，大家自愿拿出酒肉，摆起合拢宴，让年轻的姑娘和小伙子们在这里唱歌跳舞，结识朋友，找到爱人……

老人说："你们不要以为把姑娘抢回家立马就是你的老婆了，这只是个开端呢……"正月初三的上午，两个村子里的小伙子们打扮一新，三个一群五个一伙，挑着酒桶到对方寨子中去，凡是有姑娘的人家，都要上那儿去讨酒。小伙子们在"腊汉头"（男领头人）的带领下，一路走一路吹着芦笙、放着鞭炮，鞭炮声、芦笙声既是欢乐喜庆的信息，又是在告诉姑娘们，有小伙子上门讨酒来了。借这个机会，小伙子会与姑娘交谈几句探一下究竟。如果姑娘同意下午去对方寨子参加"月地瓦",就会往酒桶里倒上一两瓢米酒。这时,姑娘家的母亲或嫂子也会借机调查小伙子的老底,给姑娘参考参考。特别是嫂子,还要给姑娘精心梳妆打扮,这并不是想让姑娘早早嫁出,而是想让姑娘在"月地瓦"上出彩,找到如意郎君。

"月地瓦"上抢亲成功后,小伙子会将姑娘留在家中吃油茶,在聊天中打听姑娘的相关情况。现在条件好了,不仅吃油茶,还会吃饭喝酒,互留手机号码。姑娘还要准备一个见面礼物——禾草结。"月地瓦"的晚上,姑娘和小伙子在长长的合拢宴餐桌两边相对而坐。先是本村的长者"讲款",套用现代语就是给青年男女上课,讲的是要尊老爱幼,不能违法乱纪。长者每说一句,年轻人则齐声应允"是的"或"好的"。合拢宴上,青年男女们相互敬酒,对唱,交流情感,用各种方式表达爱意。笑语欢歌,一直持续到深夜。

第二天还要一起劳动,要不怎么会有"种公地"一说呢!通过这种活动,不少青年男女由此建立感情并结缘。一般的规矩是,三月初三,约定了的青年男女一起上山挖地种豆子、瓜、薯、棉花等,以后根据农事需要,双方青年男女一起到"月地瓦"对农作物进行管护,直到收获。其间,男青年常常结队到女青年村里行歌坐夜,以歌传情。四月初八,女青年邀请男青年一起上山砍竹子做晾布竿或者做豆棚瓜架。九月初九,男青年在"腊汉头"的带领下邀请女青年一起吃刚收获的豆子茶。到了农历腊月二十左右,女青年在"腊咩头"(女领头人)的带领下回请男青年吃豆子茶。一年后的"月地瓦",双方可以继续约定,如果没新鲜感了,也可以另外约定他人。

在"月地瓦"上,姑娘们被"抢",其实是一件幸事,证明有人喜欢。一个回家过年的大学生村姑荷花也主动参与这一活动,虽然她并没有要嫁到这个村子里的想法,她说都是邻寨的,通过这种方式可加强交流,多个朋友多条路嘛!这种"月地瓦"公开的选亲与《非诚勿扰》的相亲节目如出一辙,我怀疑节目是不是从这里学去的,因为"月地瓦"在这里已沿袭了几百年。上岩村的支部书记说,随着外出打工人员的增多,20世纪90年代后期也中断过几年,姑娘外嫁的越来越多,虽说民族大融合是件好事,但女儿嫁得远了,特别是随着农村独生子女的增多,对照顾父母来说就显得力不从心,能够就近成亲还是就近为好。大家一商议,这个活动又重新启动并一直坚持下来,每年也总有十多对年轻人喜结连理咧!

据先秦的《周礼·地官》记载:"仲春之月,令会男女,于是时也,奔者不禁。若无故而不用令者,罚之。"由此看来,侗家人对于自由婚姻的认识也是比较早的,他们不仅打破了"父母之命,媒妁之言"的封建传统,还公开大胆地选找如意郎君。如果将"月地瓦"视为公开选亲的话,那么与之匹配的行歌坐夜算得上是招亲了。行歌坐夜就是刚入夜,一群小伙子边走边唱边弹琵琶。小伙子们委婉动听的歌声伴着柔和的琵琶声飘进侗家姑娘的小楼,扰乱了姑娘的芳心,姑娘放下手中的东西,悄悄来到窗前打量着走寨的小伙子。如果姑娘有意,便故意闩门,这是暗号,有意让小伙子听到,小伙子便知趣地弹着琵琶爬上木楼,唱起《求门歌》:"开门啰,哥哥有意来烤火。妹靠火塘一边坐,还有一边留给哥……"门内的姑娘接腔唱道:"门外哥,我家柴火没几多。你要烤火回家去,老婆娃崽在等着……"小伙子答道:"坛有酸鱼谁还河里把网撒,哥若成双哪有闲空陪妹坐。妹屋柴火成了堆,何必小气冷了哥……"经过一番歌来歌往,姑娘了解了小伙子的大致情况后才把门打开,小伙子进屋,需要与姑娘保持一定距离坐下,先与家里老人攀谈。待老人觉得可以放心让年轻人坐夜谈心了,便找个借口自动走开。这时,在火塘边,小伙子与姑娘新一轮的情歌对唱又开始了:"听姐出言把歌应,天顺人从笑在眉头喜在心。""不枉为弟磨破嘴,千求百拜终得仙女下凡尘……"

夜深了,好客的侗家姑娘便打油茶招待小伙子,而小伙子也拿出早已准备好的糖来煮糖粥消夜。如果男女双方感情达到像糖粥那般甜蜜,就可以互换随身携带的物品作为信物,今后继续来往。直到雄鸡报晓,坐夜的情人们才从甜蜜的时光中清醒过来。于是双方约定下次相会的时间和地点,然后姑娘依依相送:"五更公鸡叫连连,送哥送到榕树前。三年就有两头闰,为何不闰五更天……"

侗家人的开放与包容,使得汉文化因素潜移默化地植入,从侗族地区的家族观念、宗族观念及村落结构等方面都能看到汉文化的影子。侗家人的坦荡与真诚,也赢得社会的认可与尊重,更赢得财富与发展。起源于春秋战国时期,至今已有两千五百多年历史,具有"天籁之音"的侗族大歌,如今已走出国门走向世界,不仅被列入世界非物质文化遗产名录,还在国外举办专门的学习班教习外国朋友。侗锦、侗帕、侗布和刺绣、印花等工艺美术品像一颗颗璀璨的明珠在闪闪发光,"越是民族的,就越是世界的",我们相信它们走向世界是指日可待的。

离开村庄时,我从游人如织的人群中抬眼远观,三省坡上竹青叶茂红枫点染,在微风中轻拂,如少女般向我们挥手惜别,悠扬的歌声也随风飘来:"哥放心,小妹不是那号人。风吹云动天不动,大树摇尾不摇根。如今我也有句话,当面讲来你听清。南瓜有心却无嘴,铜壶有嘴又无心。葫芦落水半浮起,劝哥莫学这种人……"

## 永远的家

"通道",最初我以为是"通衢大道"这个词的缩写,后来才知道是一个县名,且交通并不十分发达。为何叫通道?我想应该是指心灵相通道义相连,是"知行合一"的一个哲学命题吧。在一个阳光明媚的秋日,我寻址而去。在这里一个叫独坡乡的地方得到了印证。独坡乡有十二个行政村,辖八大侗寨,一万五千人口。因为山上生长的实心竹很奇特,能月月出笋,尤其在寒冬,竹笋也能斗霜傲雪,破土而出,让人叹为观止。

也许长年生活在这里的人们见惯不怪了吧,不把这些难得的"宝藏"当一回事,认为天天待在这个大山沟里能有什么出息?那些有法子的就把家搬到集镇上去了,老家的木房子任其歪斜。在独坡寨中,老春、有福、富贵是最先进城打工的,经他们一吆喝,跟着去了一伙。这伙人一鼓动,又带走一批。就这样,东一伙、西一批地走,寨子里的楼房空置,房前屋后的藤蔓就伸进屋了。这样的景致,引来了一拨又一拨的摄影爱好者。

一天,一位摄友拿出一张自认为是得意之作的照片在老胡面前显摆,老胡觉得眼熟,认真一看,才认出是独坡寨,自己四十年前在这里生活了四年,哪会不认得?老胡惊喜中有些遗憾:怎么变得一点儿生气都没有呢?老胡五十七八岁，精瘦精瘦的，一看就是一个闲不住的人。十六七岁时下放到独坡寨，回城后先在肉联厂当厂长，后来自己办了个牛肉加工厂，把牛肉卖到了国外，算得上是我们国家先富起来那部分人。这两年把厂子交给儿子打理后就迷上了摄影，整天扛着"长枪短炮"，跟着一帮摄友到处转。

老胡来了，这里有他熟悉的父老乡亲，有他亲手栽种的桃树、李树，还有养育过他的山山水水。他老婆黄诺也跟着来了，老胡两口子把家都搬来了。他们的到来，使得寨子里的一切在悄然发生着变化。因为他们使用了互联网，把独坡寨与世界连为了一体。杨德喜是当年老胡下放时玩得最好的伙伴，主动向老胡提出："你在独坡寨就住我的房子吧，反正我在城里买了房，我是不会回这鬼地方了。"老胡就按自己的思路把杨德喜的房子修整了一番，便成了第二次"下放"到这里的人家。

就这样，老胡在独坡寨生根了，先是买来了五十只鸡和二十只鸭，还有一条狗和一头牛，以及喋喋不休的鸟、嘶嘶鸣叫的虫和那满天繁星的喜悦。

当年的民兵营长，现在的村支书笑着说："老胡啊，人家个个往城里跑，你却往农村来，是不是犯了王法，来这里躲的哦？"

老胡笑了笑说："是躲，躲灰尘，躲污染啊！"

寨前那丘整整荒了三年的稻田，老胡花了一天时间犁出来，种上了喂牛的黄竹草。老胡当年下放时是生产队里的犁田标兵，如今还很在行，犁起地来，一招一式还有模有样。村支书这才记起老胡还会劁猪咧！问那个"多多来米，来米来多"还会吹不？农村人讲话含蓄，因为劁猪要这么吹"叫叫"从寨林中走过，别人才知道劁匠来了，有猪要劁的，就喊师傅进屋。

老胡把手头的烟头弹到三米开外的溪沟里，这动作是和村支书当年一起玩的游戏，现在还十分娴熟。老胡笑了笑说，那劁猪刀都不晓得丢哪去了。独坡寨就海光老人会劁猪，但他酒量很大，他提出只要哪个能喝赢他，他就无条件教，不要师傅钱。一天晚上，老胡就带了两瓶竹叶青到海光老人家去了，海光老人把白天劁猪带回来的猪蛋蛋炒来下酒，喝醉了，老胡就成了他的徒弟。

村支书把海光老人遗留下来的劁猪刀拿来。在大家的鼓动下，老胡真的就上阵了，还不到一分钟，一头猪就劁好了。黄诺惊呆了，和老胡一起生活了几十年，还不知老胡有这一手？现场的笑声突然大了起来，仿佛回到了当年。

老胡要用的碗盏行头，全是他用绿色皮卡拉来的。和寨子里别人的小车比起来，老胡的皮卡也太寒酸了——车厢掉了漆，尾灯也破了一个，而且浑身上下都是泥，不过跑起来还实诚。寨子里哪家要买点猪饲料，拉几包水泥，连隔壁寨子的公猪要上门来为哪家的母猪配种，老胡也开着他的皮卡去拉。见老胡好讲话，寨子里的人便有了这样那样的要求：帮我拉点水泥砖补猪圈，帮我拉点细沙补堰沟，帮我拉点木炭上街去卖……老胡的皮卡差不多成了独坡寨的公车。

那天，老胡去串门，看到侗锦，一下子就惊呆了。他说他冤枉，到独坡寨生活这么多年，怎么现在才发现呢？正在织侗锦的传承人粟田梅告诉他，你下放那阵，一天到晚都在抓革命促生产，哪有精力来搞这个，这是最近几年才复兴起来的，还进入了国家级非物质文化遗产保护名录。老胡便用他的照相机拍了发到了微信朋友圈，一传十，十传百，一下子就传到了国外。老胡这下可摊上大事啦：有要托他买的，有要来参观考察的。一张不大的侗锦只卖几百块钱，何况都是好朋友，老胡哪好意思收人家几百块钱啊！可是这个几百元那个几百元，他一下子就贴进去了三万多元。那些来参观的都是老胡的朋友，带路固然不用说了，吃住行都是老胡包了。老胡做了几十年的生意，没想到，现在不做生意后还亏钱。好在老胡家底厚。他乐呵呵地说，这点钱他亏得起，只要把侗锦推介出去，为当地老百姓谋到福利，他愿意！因为侗锦完全是手工制作，精美纯正，具有极高的收藏价值，备受国内外消费者青睐，现已远销到中国台湾、中国香港、新加坡、美国、加拿大等地区和国家，供不应求。

通道的宝贝还多着咧！比如侗王酒、侗布、侗家苦酒、腌制香酸鱼、侗乡蕨粑、侗家腌肉等。老胡两口子把这些特产的照片发在微信上，马上就有人点赞询问，刚一报价，就有人托他们买。黄诺怕老胡又不好意思收钱，干脆开了个微店，专门卖这些特产。寨子里的人瞪大了眼睛：我们只晓得用手机来打电话，还可以卖东西？

除侗锦外，侗族芦笙是黄诺微店卖得最好的了。侗族芦笙也是进入国家级非物质文化遗产名录的。侗族民间以吹芦笙为乐，逢年过节、婚丧嫁娶、丰收庆典，都少不了吹芦笙。有时民间还举办吹芦笙比赛，数十支甚至成百上千支芦笙齐鸣，场面壮观，气势恢宏。侗族芦笙共有"伦正""伦尼""伦我""伦略"等17种类型。当然，黄诺微店卖的主要是芦笙工艺品，客商主要以做纪念为主。竹子是制造芦笙的主要材料，而独坡寨这里，山上山下，到处都是竹子，一些侗民通过卖竹发了财，一些侗民通过制作芦笙发了财，一些人跟着老胡两口子开微店卖芦笙，也发了财。

寨子里的人都把老胡当作村子里的人使唤，哪家有红白事，喊老胡帮忙写对联、记礼簿，连对联纸、礼簿本都要老胡自己准备。穿着侗族家织布衣服的老胡，一天到晚在寨子里蹿上蹿下，忙着帮老婆的微店收货发货，丝毫没有什么特别之处，如果不是知情人介绍，一点儿也看不出老胡是广西人。杀年猪了，都喊老胡两口子去吃庖汤，老胡也不客气，还和侗民们猜起了当地拳。

在什么季节该种什么的时候，村民们这才把老胡当城里人看，不仅把种子送到老胡手里，还认认真真地教老胡怎么种。其实老胡当年下放时早学会了，但表现得十分谦虚。有时老胡也反其道而行之，还真的搞出了名堂。比如：谷子还没收，他就种萝卜和白菜，侗民们都讲他种早了，可在老胡两口子的管护下，还真的搞成了。第二年，寨子里的人都学着老胡两口子，比以往早两个月吃上了大白菜。学老胡的还不止这些呢，如把洗澡间改成淋浴，把太阳能热水器安在屋顶上，在火塘里安上循环热水器，等等。老胡也不含糊，用得着的，他都会毫不保留地教大家，有时又用自家的皮卡跑到县城去买些接头弯管什么的，还带他们到熟人的店里拿货，要店主便宜点。

老话讲，牙齿和舌头关系这么好都要咬着。此话不假，人与人之间哪有不发生摩擦的。摩擦主要来自老胡家养的牲畜，比如养的羊偷吃了春菊家的苕秧，喂的大黑狗咬了四毛家的鸡，老胡二话不说拿钱去赔，人家说多少就是多少，一分折扣不打。这样一来，反而使得索赔的人觉得自己太过计较而不好意思，自己提出打折。有的村民间因这样的事闹得多年见面都不打招呼，在老胡的感召下，也都和睦起来。

老胡劳动累了，或者是感到寂寞时，就和当地的侗民们一样，敞开嗓子喊几声侗族喉路歌。喉路歌是因"喉路"作衬词而得名，是侗族音乐艺术中十分难得的多声部歌曲。那是当年下放时学的，多年不唱有些生疏，但喊几句就顺当了："哥哥想妹想得呆，坐到想得站起来。煮饭忘记撇米汤，煮熟苞谷又去栽……"侗家人爱歌善乐。传承着"饭养身，歌养心"的精神，侗家人把精神食粮的歌看成和物质食粮的饭同等重要，所以侗族喉路歌已成为侗家人生活的重要组成部分。老胡会的民间艺术还多咧，比如跳芦笙舞、讲"款"等。

老胡说，在独坡寨这地方，有时身体有点儿累，可心不累，值得啊！以前的"三高"现在全没了，独坡寨这地方的山水养人，在这里生活安宁、踏实。

我们不敢预测独坡寨将来会怎么样，但我们可以肯定的是，受老胡和他老婆黄诺的思维方式和理念影响，一定会对那里有潜移默化的作用。那个拿房子给老胡住的杨德喜说不再回独坡寨来了，可如今看到寨子里大家干得风生水起的，他又回来了。寨子里的人便给老胡在村子的空地上起了一栋八柱八的木房子，说独坡寨是他永远的家。

老胡笑了，用侗话说：耐九系姚永派低然（这里是我永远的家）。

## 又见老邢

20世纪80年代末,我在新晃侗族自治县黄雷乡任计生专干,避孕药具发放、人口出生统计什么的一揽子活全由我一个人干。当然,上门做计生对象户工作的事是与乡里的分管领导一起去的,但工作效果不大,全乡六千人口,有三百多两女户未做绝育手术。一年春、秋两季,总要组成工作队突击行动。

秋季突击行动中,我们来到宋寨村。"砰,你骗人——"顺着声音看去,吊脚楼的板壁,被一名工作队队员一拳擂垮了。这名工作队队员应该是学过几招的,要不然身手不会那么敏捷,还没等对象户老邢反应过来,挂在墙上的火铳和放在柜子上的杀猪尖刀已被工作队队员拿在了手里。老邢没有任何反抗的余地。

"你女人哪儿去了?"

"回娘家去了!"

"什么时候回的娘家?"

"去了好多天了!"

"不可能,她才煮着饭!"

"我煮的!"

"你骗哪个？你一个人煮这么一大锅饭！"

"你不讲老实话，就用绳子捆你到乡政府去！"

豆大的汗珠从老邢的脸上流下来，老邢脸色惨白，在不停的"快说，快说"的追问声中，老邢的老婆背上背着个孩子回来了。马上，老邢的老婆就被几名女工作队队员拉走了。顿时，老邢就瘫在了地上。

老邢叫邢富阳，其实不老，三十岁出头，皮肤黝黑，胡子拉碴，大热天的还穿着一件背上补了一大块补丁的中山装，汗渍将蓝色的衣服染成灰白色，酸臭味儿一阵一阵地从他身上传出。他已经有两个女儿了，按计划生育政策规定，他夫妻俩应该有一方落实绝育措施。我和分管计生工作的姚副乡长先后五次到过老邢家做工作，他夫妻俩不是避而不见，就是当耳边风。小女孩七八个月大了，绝育措施一直没有得到落实。

在此后的十多天时间里，"秋突"工作队每到一个村总会遇上一两户像老邢家这样的情况。那时的计生工作没有现在这样细致，墙上的标语就是"通不通，三分钟；再不通，龙卷风"，"儿子走了找老子，老子跑了拆房子"……现在想起来还让人有些惊悚。

一晃十多年过去了。组织上安排我到波洲镇当党委书记。想到计生工作是一票否决，我不敢马虎，上任第一件事，就是到镇计生办摸情况。此时的乡镇计生办，不再是当年我工作时的一个人了。乡镇成立了计生服务站，不仅负责人口出生统计等基础性工作，还从事孕检、上环、结扎等生育服务工作。计生办主任告诉我，全镇的两女结扎户四百多例，未扎户有二十二例，是目前的大难题。我心里"咯噔"一下，全镇两万多人啊，二十二例不是什么问题。但脸上的表情仍旧很严肃。为了给镇计生办鼓劲，我亲自带队上门做对象户的工作。我和镇计生办的三女两男一起上门,第一站到街上村找了例两女户。到了对象户家里,计生办的同志只说了一句:"我们来了好多次,你不听,今天书记亲自来了!"

"书记,我们确实不想生了,生多了负担重!"见我还不说话,老人家又说道:"媳妇她有顾虑,怕人家讲闲话。"

"我是不怕,是怕你老人家想不通!"正从屋里走出来的儿媳接过了老人的话。这户人家开了个小饭馆,生活还算殷实。

"我还活得几年?我有什么想不通的!"老人家叹了口气。

"既然这样,你就和我们去落实绝育措施!"计生办主任马上说。

"那我去了!"儿媳向公公做了个鬼脸。

儿媳就这样上了我们的车,一起到镇政府计生办落实了绝育措施。随后,我们又走访了几户,她们只是有些犹豫,并没有太大的抵触情绪,远没有当年我从事计生专干时那么暴力和对抗。我在波洲镇工作了三年多,每年的计生工作,镇里没费什么力,就拿到了全县的先进。

后来,我调到了县文化局当局长,上任后举办了山歌征集大赛。一天下午快下班的时候,一位衣着整洁的汉子来找我,与我拉家常:"你在黄雷乡搞计生专干后好多年没见过你,你长胖了!"

我心里在默念:"我在黄雷工作期间,没有结交过什么朋友啊?"

接着他又说道:"你到波洲镇当书记,老百姓对你的评价蛮高哩!"

我正眼看了他一眼:"你有什么事?"

"你们不是搞山歌征集大赛吗?我写了几首山歌,请你斧正!"他边说边站起来,从裤兜里摸出一卷写得密密麻麻的纸递给我。

"邢富阳？"我脑子里快速搜索。

"我是黄雷宋寨的！"见我疑惑，他说道。

"哦，想起来了！老邢！"我站起来握了他的手："还好吗？"

我给老邢倒了一杯水，他打开了话匣。他大女儿出嫁在波洲镇街上，就是我上任就去做工作落实措施的那个年轻媳妇。小女儿和女婿在县城一中当老师。两个女儿出钱给他和老伴儿在县城买了房，还每个月定期给生活费，加上他是两女户，政府每月还给些补贴，生活过得比较熨帖！他说，生活好了，便想起搞些精神上的玩意儿，便邀几个伴儿唱山歌，如今在新晃农村，无论红事白事，都会请人来唱山歌，热闹一两个晚上。

看着老邢那满足劲儿，我淡淡地问了一句："你恨我不？"

老邢尴尬地笑了笑："如果我那时超生了，不晓得现在怎么样哦！还想唱歌，哭都没眼泪哩！"

"没吧？"我试探着问。

"超生了，要交一大笔罚款，交了罚款，我就没能力供女儿读书……"老邢勾着指头，一点儿一点儿地数给我听。

从老邢说话的表情来看，他说的应该是真心话。

## 重访石羊洞

十四年前，也是春天，我和杨顺锋在石羊洞住了一个晚上。我们没有什么利益驱使，只因敬佩，寻找一位叫杨淑媛的"女愚公"。《人民日报》和中央电视台对她修路的事迹曾做过报道。

新年伊始，我再次寻访石羊洞，看看那里的新朋老友，看看那里的青山绿水。虽然高山层峦叠嶂，道路崎岖盘旋，但都已建成了水泥路。

### 一

汽车在山脚蜿蜒前行。从车窗望出去，满目青翠，远处的山巅云雾缭绕。"山高水也高。"从远处深山流出来的一泓山泉，时而从两块巨石的缝隙间穿过，时而从光滑的卵石上缓缓淌过。在这一片悠然、静谧、山环水绕、绿树成荫的天地之间，令人想起"人在画中游"的诗句来。我记得，这样的路要走三十多分钟，才能到达石羊洞的山脚下。

刚到山脚下，便听到村子里传来了鞭炮声。同行的《怀化日报》经济部潘主任说："咦，我们才到这里，就开始放炮了，也放得太早了嘛！"

我开玩笑说:"大山深处的老百姓,能被媒体关注不容易啊!"

顺着公路往石羊洞走去,眼前的场景令我振奋:水泥路像一条银带,从山涧盘旋着向石羊洞钻去,路旁的防护栏是钢板,仿佛列队欢迎远道而来的客人。乡里的财政所所长一路陪着我们,他说:"这路陡是陡,但走起来安全。"村支书说:"有那么高的坡,不陡又怎么能上去呢!"

财政所所长有些兴奋,说道:"我是本土的人,在本乡工作了二十年,讲句大实话,为了石羊洞,不管是乡里、县里还是市里,那是攒了大劲儿的,连续多年坚持不懈地帮扶,为的就是要不断缩小贫富差距,不断缩小城乡差别,让大家共享改革开放的成果。"

2013年,国家把石羊洞作为副县长姚敦干的扶贫联系点。老百姓很现实,说:"我们有一双手,怎么扶我们,我们不需要,要的是帮我们把基础设施搞好。"说完,拉着第一次到村子里来调研的姚副县长的衣袖到公路上去看。一边看一边说:"姚县长,莫看这只是毛坯路,那可是攒了很大的劲儿,从1996年开始修,直到2004年才修通。"

"这么陡的路,符合硬化的标准不?"姚副县长有些担心,提出了心中的疑虑。

"我们也想平坦,但只有这个命啊!还是国家政策好,要不还是走那条鼻子碰岩郎的老路咧!"

"好吧,我把你们的想法带回去向县里的领导汇报!"其实,姚副县长嘴里答应,但心中还没底。

姚副县长实地考察后,发现硬化这条公路少说也要上百万元。他找到县长陆志前汇报,陆县长说:"是我们的任务,我们就得不折不扣地去完成!"姚副县长明白，一把手虽然同意了，但具体工作还得自己去跑，他又找到分管交通的副县长李志，邀请他一起去石羊洞调研。就这样，通过召开三次协调会，一百多万元的资金筹集到位了。

我们到了村里，才发现村子里不大的停车场停满了车。这村子里有人结婚。一个身着西装、胸戴红花的小伙子，笑容满面地牵着一个羞答答的姑娘从轿车上下来。正在看热闹的一位中年汉子说："现在你们就好了，如果路早通，我也不会一辈子打光棍儿。"有人调侃那位汉子说："你自己找不到老婆还怪路。"汉子满脸委屈地说道："不通路，哪个肯嫁到我们这高山上来！"新郎笑得合不拢嘴，只要是站在路边的人，无论认识不认识，新郎都一路敬着烟。

村支书告诉我们，2013年县里扶贫的相关部门不仅硬化这条宽3.5米、长2.36公里的公路，还建成了一处总长7000余米的人畜饮水工程，使他们两个组的生产生活条件得到明显改善。

两个组？我们有些纳闷。

村支书解释道："我们是这样分的。石羊洞这边坡上是石羊洞组和张家山组，共25户，120人左右；另一面坡是新屋组和老屋组，那边还有几十户人家。"村支书接着说，"新屋组和老屋组那条公路还没修的，老百姓也盼着啊！"

姚副县长显得有些为难，不敢肯定回答村支书。他换了个话题说："山区的自然条件很难与沿海发达地区相比，要发展，更需要脚踏实地，寻求切合实际的富民强村路子。过去，大家利用山地多、树木多的优势，烧炭、卖竹，都是传统的谋生手段，如果加强技术指导和市场引导，仍然大有可为。去年你们根据市场需要，旱地种植西瓜、中药材百合等，都有收获，但只是为村民增产增收起一个示范带头的作用，还没形成品牌，今后还需努力……"

徜徉在新铺设的村中水泥道上，环顾四周，只见一栋栋错落有致的吊脚楼被群山环抱，道路连通各家各户，绿树、草地、路灯、图书室尽收眼底。

我们走进蒲祖培家，他家里的洗衣机正"轰轰"地转动着。"到屋坐，吃口凉水。"这是苗家人的客气。吃凉水是吃甜酒，苗家人舍得语言，也舍得时间，更舍得待客。他们有句老话叫"夜夜做贼不富，天天待客不穷"，只要到了他们家里，不管认得不认得，都是客人。

村头这户人家是蒲小明家，大门口贴有"最清洁"三个大红字，这与他家干干净净的屋舍极配，可谓实至名归。石羊洞人变了，穿着打扮不再是家织布加长裹脚布，他们也与山外人一样穿西装、打领带、唱流行歌曲了。

西瓜地和百合地还没有翻过来，村支书告诉我们，吃完社饭背犁耙，到那时再犁地，现在农闲时节，老百姓又进城做事去了。

## 二

十四年前，恍若昨天。

我和杨顺锋沿着那条在深山密林中，在悬崖峭壁上，用钢钎和铁锤一点儿一点儿凿出来的羊肠小道，到石羊洞杨淑媛家已是天黑。那时的杨淑媛已年逾七旬，她的大儿子蒲学权听说家里来了客人，先是不声不响地杀了一只鸡，然后用鸡笼去门口的过冬田里围了一条七八斤的鱼，还烧了一大块腊肉……村干部和村子里有名望的都参加了当晚的宴会。在侗家的火铺上，大家围炉而坐，喝着煨了红糖后的醇正米酒,讲的是原汁原味的侗话,不议论谁被提拔谁发了财,吆喝的是你碗中的酒有没有喝干。喝着喝着,猜起了拳,唱起了侗家酒歌。杨淑媛老人唱给我的那首酒歌我至今还记忆犹新:"不是黄泥不烂路,不是草籽不粘身,不是缘分你不来,不是贵客不动身……"

石羊洞,属新晃侗族自治县米贝苗族乡,离县城五十多公里,离乡政府所在地也有五公里多路程。据传,古时候,一个猎人追赶一只受伤的麝羊到此,麝羊不见了,猎人也迷了路,猎人在大山中左寻右找,终于在一个石洞前找到了麝羊的新鲜足印,猎人便在洞边住下来,等麝羊出洞。许多年过去了,麝羊变成了石羊,猎人变成了猎户,猎户又世代繁衍生息,于是就有了这个村落。

其实,这里山不只高,而且险峻陡峭,上石羊洞,唯一的通道是爬越一个叫"陆山映"的山岭。山岭突兀险峻,巨木森森,怪石嶙峋,原先岭脊上有一条小道,窄且不说,只说那陡,两个人走,后人鼻子老是碰前人的脚跟,前人鼻子老是碰路边的石头。因为行路难,水桶粗的杉树他们用来烧火,鲜黄的桐油用来洗壁……合作社时,一次,村里四条大汉送预购猪下山,肥猪结结实实捆在门板上抬下山来,来到一陡处,一人绊倒,猪掉下山涧,来不及哼一声的肥猪,眨眼间变成了"开花"的猪肉。公社食品站是不收死猪的,四条大汉没法,抬着活猪去,抬着死猪回。全家八口人一年的花销全寄托在这猪上,面对死猪,几个汉子忍不住淌出了泪水。

本来杨淑媛的父亲就反对女儿嫁到石羊洞,听说"猪死人翻",又见石羊洞这一副穷山恶水的模样,连路都没一条好的,既心疼女儿命苦,又怨女儿瞎了眼,嫁到这鬼地方,发誓不上石羊洞走这门亲了。穷愁离恨,让弱小的杨淑媛备感辛酸,蒙着被子哭了几个整夜。她暗暗下决心,一定要修出一条大路来，修一条能让挑担人放担子休息的路，一条或许能让老人家回心转意上山的路。

从这时起，杨淑媛就暗下决心，要修通村子到山外的路。她把心思告诉了丈夫，丈夫说："你莫做梦了，山那么深，那么大，你不被豺豹咬死，也要被修路累死。"

"豺豹不怕，我只怕人冷言冷语。"她又试探寨子里其他人的口气。

"算了，石羊洞世世代代都这么过来的！"

"把路修好了，好让那些土匪来抢我们！"

村民们还把没有路当作一件好事来看。

1954年，也就是杨淑媛嫁到石羊洞来的第四年，得不到任何人支持的她，开始忍受着众人的白眼冷嘲。她利用所有节假日，凭着一个女人身，凭一双纳鞋织布的手，开始了修路历程。那是腊月二十八，正是人们准备围炉过年的日子。这天，杨淑媛一边泡糯米准备舂糍粑，一边在心里琢磨着：先把最险的斗垴在冬闲修好，平时的空余时间，就修那些好修的地段。下午，杨淑媛又像往常一样，带着钢钎铁锤去修路。这时的杨淑媛已有两个月的身孕，背上还背着两岁的女儿。杨淑媛用一条棕绳，一头拴住一棵胳膊粗的樱桃树，一头拴在腰间，吊在悬崖上凿岩，石头一块块往下脱落，杨淑媛心中暗喜。突然，绳索断了，杨淑媛一头栽下山崖，失去了知觉……醒来时，她发现自己躺在一树蔸边，女儿的哭声已嘶哑。杨淑媛慢慢站起身来，拍了拍身上的尘土，发现身体没有什么异常反应，便拿起钢钎铁锤慢慢爬上山坡。回到家，已是晚上8点，她先做了饭，又把饭端给身患气管炎长期卧床的丈夫。刚从外面回来的公爹，见猪还没喂，糍粑还没舂，气不打一处来，操起手边的团（整节木锯成的凳子）

就朝杨淑媛砸去,杨淑媛头一偏,团挨着耳边飞了过去……

石碑立在路口,也就是杨淑媛修的那条路的路口,虽然有两尺多高,如今已被杂草遮盖,我们从立碑处往路口走去,路上已铺满了厚厚的树叶。看样子,已经好久没有人来过了。石碑上的对联为:"斯地奇迹今有价,巾帼创举古无俦。"字迹有些模糊,像是一块没有磨干净的废旧石碑刻的,认真看还能辨认出:"天雷山下女愚公,苦干五十年修路通;利用雨雪天来修路,从不耽误家庭工;有人讲她是神经病,应称当地女英雄……湘潭电科彭水源,一路风波到石羊,下苦功夫来采访,资助现金千多元,如今路修得将就,成为古记万万年……"

1984年,路终于修通了,这是一个怎样的故事啊!30年,剥蚀钝缺的8根钢钎与6个铁锤记载了一条路的诞生,也记载了一个女人所有的青春。媒体报道了杨淑媛开山修路的动人事迹,引起强烈反响。湘潭电机厂工程师彭水源见到报道后,特意从湘潭赶来,送给老人1200元钱。深蒙恩泽的石羊洞人,给杨淑媛立了块功德碑,杨淑媛觉得没有必要,把它掀倒了,村民们又立起来,这样反复三次,最后杨淑媛索性把碑上的字给磨掉了。杨淑媛要的不是这个,不是追功记德,当她望着山里的人把木材、木炭、板栗一担担挑下山,把肥猪一头头抬下山时,她笑了。这才是她最大的欣慰。唯一遗憾的是,没等她把路修完,父亲就去世了,但杨淑媛始终相信,父亲的魂魄一定沿这条路来看过她。

## 三

现任村支书蒲学德回忆说,1996年冬,蒲学权把寨子里见过世面的昭营、学平、学意、晓明等人召集到一起，蒲学权首先说："现在这年头，人家山外的村都在奔小康，可是我们村，有多少家还得为吃饭穿衣发愁，是我们石羊洞人笨，还是石羊洞人懒？"说到这儿，蒲学权停了下来，点了一支烟，接着说道，"都不是！关键是我们没有一条公路，我们本地资源得不到开发……"

蒲学权的话得到大家的一致赞同，不过，蒲学意提出了疑虑："修路我没有意见，我只是担心不知要修到什么时候，听说修路要30多万元，我们不过17户人家，70来人，劳力也不过40人，这里修条公路下去，少不了六七里路，又都是岩山，投工投劳不算，光炸药就得要几十箱，去哪里找钱……"其实，县乡村各级曾多次计划为这里修公路，可工程预算要30多万元，当时30多万元不是一笔小数目。于是公路便年复一年地搁置在预算中了。

长久的沉默之后，蒲昭营说话了。他说："路不是人想出来的，是人挖出来的！"蒲昭营当过村支书，辈分大，嗓门也大，"杨淑媛一个人就修了一条路，我们有这么多人，还修不成一条路吗？"大家终于齐了心，决定在杨淑媛修路的另一侧山湾修一条公路，修一条通往山外的发财路。于是，他们开始向世世代代阻碍他们的大山开战了……

测量路线那天，全村都出动了，十几米远站一个人，因山大树木多，在山上根本看不到人，就靠摇树枝定目标。全长3.5公里的路线，全村人几天就测好了。他们把修路的任务分到户，一段一段地完成。时任乡党委书记的冯军，听说这个村要修公路，上任后跑的第一个村就是这里，看到老百姓修路热情高涨，他当场拍板：在乡政府财力十分困难的情况下，先挤出10箱炸药，其余的由他负责争取外援，一定支持村里把路修通。

得到乡里的支持，群众热情更加高涨。杨淑媛的大儿子蒲学权，放弃一天收入20多元的木工活,宁愿回家修路。他与村里代课老师蒲祖意合买了一台3000元的风钻机,不管分到哪家的任务,只要是岩石坚硬钢钎难以凿开的地方,他俩就抬着风钻机去帮忙。

因修路落得一身病痛的杨淑媛老人,也干劲儿十足,基本上天天待在工地,她说,修路是她疗养的一剂良药,以前她一人修一条路都有信心,现在大家一起修,信心更大了!

蒲学纯,当时这位32岁的汉子,因患有硅肺病、肺结核,没钱治疗,早已瘦得弱不禁风了,但修路一开工,他也拿起钢钎铁锤上阵,自己的任务全部完成。

杨淑媛的二儿子蒲学勋,卖掉家中仅有的一头猪,买来钢钎、铁锤、雷管、炸药,也上了路。

杨家红,年近古稀的一位孤寡老人也上阵了,拿不动钢钎、铁锤,就扛上一把锄头挖土方……邻近的富家冲村三岔溪组的群众,被他们修路的激情所感动,主动提出帮他们修1公里……

"你们这样做图什么吗?"有人向蒲学权提了这个问题。

"图什么?"这位纯朴的侗家汉子扯开纽扣,露出右肩说:"这些老茧都是成年累月挑东西留下的,天天挑,实在太累了,不能让孩子们再挑下去了……这几年,别处的日子越过越舒坦,我们只能在这山上,心里能不着急?"蒲学权这样算了一笔细账:修路前,100斤木炭挑下山,可卖50元钱,但请人挑下山却要10元,一头猪请人抬下山也要60元,去年,他给邻乡的碧朗中学做了4000块钱的课桌,光扛运费就花了500多元。路通后,就省去了这些不必要的花销。更何况,全寨有500来亩的山林,一年产木炭,就达五六万斤,那些取之不尽的优质杂木,通过加工,做成地板条,一下可升值十倍、几十倍,路一通,木炭、木材、生猪就能直接运出去……到那时,他也不出门做副业了,他要开个家具店,再买台车,把家具直接拉到城里去卖……

由于岩石实在是太多,乡里的财力有限,再加上整个石羊洞村只有石羊洞组和张家山组两个组的人受益,劳力有限。这期间还发生了一件十分悲伤的事件。为了筹钱修路,蒲学权夫妇带着孙子前往儿子打工的深圳一块儿打工,没想到发生意外,蒲学权夫妇及孙子惨遭不幸。

就这样修修停停,一条毛坯路就修了8年,直到2004年才修通。

我们下山时,正好遇上一位老人赶着一群羊归来。我开着玩笑问:"卖多少钱一斤?"他笑呵呵地说:"才卖了一只,九十三斤,二十块钱一斤。"我算了一下,哇,一头肥猪,也就卖这么多钱啊!

村里传来朗朗笑声,我回头远远望去,初春的暖阳下,石羊洞在葱郁的山林映衬下美丽如画。

## 三 角 粑

用瓦梅卉（侗语，粽子叶）包的粑粑，三角状，我们叫它三角粑。三角粑的馅里放有红红的饭豆，热气腾腾的三角粑在加了白糖的南瓜子粉里来个"马打滚"，甜甜的、香香的，现在想起来还直流口水。这是三十年前的事了。在那个物资匮乏的年代，能吃上一顿三角粑，算是奢侈。但那时不懂事，看见满坡新长的瓦梅卉，便采摘回家。奶奶心疼我，对母亲说："孩子把瓦梅卉都摘回来了，就包餐三角粑吧！"

母亲用地灰将糯米泡了一晚上，第二天就用瓦梅卉将糯米包成三角状，用线捆好，蒸熟后就可食用。我一口气吃了八个，奶奶还舍不得动口，静静地坐在旁边看着我，微笑着，露出那残缺不全的牙。母亲则提醒："少吃点儿，等下在肚子里还要发胀的。"我哪里听得进母亲的提醒，先吃了再说。后来，果然被母亲言中了，又是抠喉咙又是喝盐水，才把多吃的吐了出来。

上大学那年，我走出了那个长满瓦梅卉的大山，才知道所谓的三角粑叫粽子，端午节食品。有正三角形、正四角形、尖三角形、方形、长形等各种形状。端午节满大街有卖的，一块钱可买到几个。这时的我，不再是懵懂少年，知道钱来之不易，舍不得买。

直到大二那年端午节，我写了一篇关于粽子的文章发表，得到十元稿费，同寝室的同学要我请客。我精挑细选，找了一个卖相好的摊子，那粽子是用粽叶子拴在一起的，买了一大串，大概有三十来个吧。也许是我的期望过高吧，也许确实不如当年我妈做的好吃，最终没有得到预期的效果。真的不过如此吗？记忆中的三角粑，童年的盛宴。好就是好，毋庸置疑，不管味道如何，不管它当年是以怎样的因由占据了记忆，它的地位无法替代。美不美味，或许根本没那么重要，重要的是感受，是心里的地位。

大学毕业后，我在长沙一家报社工作，老板是北方人，喜欢吃面食，粽子虽然不是面食，但略带咸味的味道很是吸引他。一天，我俩骑着自行车去印刷厂校对，经过一个卖粽子的摊点，他停下车请我吃粽子，摊上仅有的二十几个粽子全被他买下。我俩根本吃不了那么多，路人也被老板喊来吃。但路人不但不来吃，还用警觉的眼光看我们，令我俩十分尴尬。我说："老板啊，你忘了？不要吃陌生人的东西！"老板并不因他的好心没得到别人的回报而丧气，吃得挺开心的。我大嚼大咽，大嚼的是青春的快乐，大咽的是无忧无虑的幸福。幸福，对那时候的我来说，就是眼前的事，不用等待，不用期许，就那么张扬、那么明目张胆地存在，充溢在我的嘴、我的胃、我的心、我的每一个能感知的细胞里。

又是一年的端午节，我们将粽子从甜味吃成了辣味。算是一种尝试吧！那种满足，事过多年，还是回味无穷。然后捧着和心情同样满足的胃，在树荫下散步。

岁月走过，年龄渐长。已经找不到吃的乐趣，吃的诱惑了。上班神游的是吃什么不长肉，吃什么能补钙，吃什么提高免疫力。现在浏览得最多的网站是健康网站，看得最多的电视节目是保健访谈。吃，已成为生活的一种负担。朋友们也常常去吃夜宵，但不在乎菜的美味、酒的优劣，吃的是心情，是昨日的情怀。

## 孤独的小冯

正准备吃中午饭的时候,突然接到小冯的电话,问我有没有车到长沙去,他要搭个便车。我想了想,没有车去。我问小冯有什么事,他才吞吞吐吐地说,他父亲去世了。我感到很惊讶,反问他:"你是医生,没听说过你父亲生病啊!"他说:"医生的父亲就不能去世?很有可能是心肌梗死!"

四年前,我在县文化局工作时,小冯到局里来办事。其貌不扬的他不声不响地走进我的办公室。我以为他是文化经营业主,没有多说什么。他哆哆嗦嗦地从身上摸出一张印刷质量不怎么好的名片给我。我瞟了一眼,发现名片上写着"中医院副主任医师、龙溪诗社副社长。出版有古体诗词集《毛诗药衍》《壶天散悟录》《鳌岫集》等"。在一个小县城里,我作为一名文学爱好者,而且还在文化局工作,爱好写作的人基本都认识,他出版了这么多书,我怎么不知道呢?也许是文人相轻吧,对于他出版了书,我不怎么在意,我在意的是他年纪轻轻就拿到了副高职称。我便随手送了他几本我出版的书。这是与小冯的第一次见面。

大概是四五个月以后吧,我岳父病了,又不肯到医院去,要我找位医生来家里看看,我这才想起小冯。但他给我的那张名片已找不到了,只能去中医院问，这才得知小冯的姓名、住址。我找到小冯的住处，小冯有些惊诧，愣了几秒钟后认出了我。

就这样，我和小冯有了更多的交往和了解。小冯家在湖南岳阳乡下，大学毕业后分配到新晃中医院工作，已有十多年了。一直以来，他们医院的效益不怎么样，他的收入也不高，加之小冯嗜书如命，每个月要买几百块钱的书，所以至今还没有买房。春节的前两天，我在县城的防洪大堤上遇到小冯，和他闲聊中，得知他单身。他借我的手机与父母通了电话，那一次，也是他最后一次听到他父亲的声音。

小冯写了十余本书，有药理的，这是他的正道。他还写古典诗词，有人说他有点儿偏了。他却说："不知诗，不足以为神医；太知诗，不足以为圣医。"他还说"四书五经当为高级中医必修之课，亦当为所有中医选修之课"。说这话时，他摇着头，声调也是拖着的，颇有几分古人吟诗之味。本着医与诗的理论，他著有《孟律分品录》《近百年七绝精华录》《高阳台集》《无菌室医话》《龙溪淘书录》等。我读过他的《鳌岫集》《壶天散悟录》等，韵味不俗，诗境宏大，可见其国学基础之深厚。他的书基本上都送了我，但均不写"指正、雅正"之类的词，后来我看他的《壶天散悟录》时，发现他已在序言中说明："谢谢购书支持。乐意签名，一般不写指正之类，见谅。封面、封底不牢的，烦你自己再粘或订一下。书均可退，原款奉还。拙著《鳌岫集》《毛诗药衍》要者尚多，颇愁。如谁看过愿还我，将此书三册相谢，并列大名于本人日记之支持榜焉……"

晚上，我和几个朋友喝得正高兴的时候，接到小冯的电话，他说他到了怀化，说坐晚上十点钟的火车赴岳阳。他是要赶回去料理父亲的后事。想到小冯一个人在车站,我也没有酒兴了,匆匆赶到火车站送他。在火车站的候车厅里,小冯一个人目光呆滞地坐着,见到我便站起来,轻轻地问道:"入殓有些什么规矩?"

我说:"各地的风俗不一样,你们那里有人知道的。"

他又说道:"医患官司怎么打?"小冯怀疑是医师用药不当,才使得他父亲突然去世。

列车员拿着小喇叭在喊"进站了",小冯背着一个旅行袋,被人流挤来挤去,然后消失了。

## 有情有义的梅山汉子

我很少做梦,偶尔做了梦醒来也就忘了。可是在龙燕怡老师离开我们整整一个月那晚,我梦到他了,而且清楚地记得,他在梦中对我说"你要给我写篇文章咧"。龙老师向来对文章看得很重,我读过他送给我的《友声与心声》《燕岚心语》两本书,里面收录了许多文朋诗友写他的文章,情真意切。

我最先知道龙老师是在二十世纪八十年代,那时我才十几岁,还是个中学生,看到县文化馆办的《舞水文艺》刊登有民俗歌谣,为龙燕怡、龙民怡搜集整理。我这才知道,我的父辈天天嘴边讲的那些故事和歌谣还可以写进书里,于是我也写,真的还刊登上了呢,而且还收到五元钱的稿费。从那时起,便激发了我对文学创作的兴趣,以至于现在写作时还时不时引用那时搜集到的山歌什么的。

当我知道我们天天哼的《侗歌向着北京唱》这么有名的歌曲就是龙燕怡老师所作,敬佩之情油然而生。我是怀着敬畏之心走近龙老师的。龙老师一头乌黑的头发,皮肤光滑,戴上眼镜后,又多了一分儒雅,怎么看也不像八十岁的人。我想,他年轻时应该是很帅的。

那天我斗胆对龙老师说:"您写了那么多歌,还没听您唱过咧。"他拗不过我,哼了一首,最后谦虚地说:"牙齿都没了,不关风,咬字不准了。"

我说:"唱得好。"

就这样,我们走得越来越近。我这才知道他是安化梅山人,从小随父来到怀化,先后到新晃、芷江待过。一年算起来很长,过起来却很短。眨眼间,他家门口的紫荆花开了又谢了。

龙老师看过我的一些作品后有针对性地提出,要我多读些古典诗词,还送了我一本唐诗译本。其实,他没提出来,我就下暗劲在学习《古文观止》,但始终不得要领,一来是天资不够聪颖和学习不够用功,二来是功底太差。平心而论,我何尝不希望自己能像龙老师那样,对古典诗词烂熟于心,闲暇时写点诗词歌赋什么的,用词使典,顺手拈来。我甚至还希望能像传统文人那样写一手像欧阳询、苏轼那么漂亮的毛笔字,画一幅像唐伯虎、郑板桥那样优雅的水墨画。可惜啊,遗憾啊,辜负了龙老师的殷切期望。

在我们这里,大凡名字里有"燕"字的都是女人,我身边就有女孩子起名燕玲、海燕、晓燕、飞燕、燕云等,而男人名字里有"燕"字的却很少,龙老师名字里却有一个"燕"字。我查阅了字典,"燕"为鸟类的一科,候鸟,常在人家屋内或屋檐下用泥做巢居住,捕食昆虫,对农作物有益;"燕尔",形容新婚夫妇亲睦和美的样子,"燕好",常用以指男女相爱。古同"宴",表示安闲,安乐等。"怡"为和悦、愉快、怡色、容色和悦。"怡声",语声和悦。"怡目",快意于所见,悦目等。我想,给龙老师起"燕怡"这样的名字,应该是一个很有学问的人,至少是一个读过古书的人,或者说是一个豁达的人,不为五斗米折腰、不为世俗权贵所浊的人。果然,给龙老师起名的是他父亲,他父亲是一位先生,在衡山师范读书时师从著名诗人艾青,当过抗日宣传队队长，在部队当过文化教员，后来又在地方上当过校长，这样的人如果给儿子起个名都不响亮，肯定说不过去。

龙老师承继了父亲的衣钵，从1958年进入黔阳专区东风剧团搞创作开始，几十年来，他在中央及二十多个省、市、自治区的报刊、电台和电视台发表了两百多首歌词。其中有十五首在中央及八个省、市、自治区获奖，十一首经谱曲后灌制了唱片或盒式磁带，并有三首发行国外。著名歌唱家蒋大为、李谷一、宋祖英、何继光等都唱过他创作的歌曲，有十多首还编进了中小学音乐教材。其实，龙老师并不是一开始就搞民俗研究的，最开始他从事杂文写作。在《光明日报》《文汇报》《新湖南报》上发表过杂文，这是令同辈们望尘莫及的。要评论龙老师的歌词，我没资格也没有水平，但我能看出两个最明显的特点：一是古文功底扎实；二是生活基础深厚。他的那本《五溪风俗览胜》可称得上"五溪民俗宝典"。不知他拜老问俗多少人，寻幽探微多少处，翻了多少史籍，读了多少方志，抄录了多少楹联，记下了多少俚语。不做功课，又怎么能写下这本五十多万字的著作呢！

国庆节后的一天，我正在家里校稿，突然一条陌生号码发的短信在手机上弹出来，我以为是什么垃圾广告，晃了一眼发现是龙老师作的绝命诗二首，其一："一声噩耗自天传，'病入膏肓'剧可怜。至死倾情留大爱，湍飞宏韵谱遗篇。"其二："梅山子弟寸心丹，永别依然恋家坛。遥望远乡三叩首，游魂夜夜故乡盘。"我吓了一跳，立马将电话拨了过去，才知发短信之人是水光，因水光调长沙后换了手机，没告诉我号码。他这才将龙老师肝癌晚期的消息告诉了我。此时，我除了感叹外，什么都说不出来。两天后，我稍微调整一下情绪后才到医院看望。躺在病床上的龙老师见到我后，挣扎着要坐起来。龙老师很坦然地告诉我:"肝癌晚期,全身都扩散了,只有脑壳还没有,所以还能讲话,医生说,最长也就两三个月时间活命了。"

我安慰说:"也许是误诊,会有奇迹出现。"

他说:"算命先生说我要活到八十九岁。"说到这,我们都笑了。然后他指了指旁边的病床说:"老伴儿除了脑子有点儿问题外,别的还没什么问题。"龙老师爱人姓曾,瘫痪在床多年。我正要问哪个在家照顾曾老师,他却先说了。夫妻同时住院,还在一间病房,而且一个是绝症,怎么承受得了?可现实就是现实啊!

与其说是我与龙老师交谈,还不如说我是在听他说,在农村采风时的情景,在北京开会与名人的交往等;当他说到有几本书要送给我时,便将陪床的儿子叫了过来,说书放在哪儿;当他说到他的后事安排时,我的泪水就不自觉地流了出来。听一个活人安排自己的后事,我真忍不住泪水。看到我这样,龙老师反过来劝我说:"月卫啊,不要哭,人总要死的嘛,何况我八十岁了!"

当龙老师谈及他收集到的民歌时,睡在床上的他放声唱了起来,使得同病房的病友都朝我们这边看,还要龙老师声音大些。一年前,我曾和龙老师商量,由他指导我主笔,一起编写一本民歌教材。他沉思良久,最后还是摇了摇头说:"工作量太大,年纪大了吃不消。"没想到,这成了遗憾,成了历史的空缺。就这样,我们聊着,一会儿笑,一会儿唱,一会儿哭,我们聊到晚上十点半,见龙老师有些疲惫,我说过几天再来看他,龙老师却坚持说:"你不要再来看我了,不要来了!"因为接下来是我家乡新晃搞县庆,我要回去几天。没想到,就在我参加新晃县庆活动的时候,接到了龙老师离世的消息。

龙老师的儿子告诉我,父亲写完《我以"四愿"酬故乡》一文后就安静地走了。我拿过龙老师的手稿,文字还是那么工整苍劲,思维还是那样敏捷利落,完全看不出出自一位即将离世的人之手。读着读着,泪水就模糊了我的视线:所谓"四愿"者,乃"一首好诗""一篇好文""一本好书""一首好歌"。

有的人善于从政,高车驷马,叱咤风云;有的人惯于经商,大海弄潮,富甲一方;也有的人为学大成,名士风流;还有的寒酸似我,明知力有未逮,却不甘寂寞,要迎难而进,在文坛艺苑拼搏几回。但不管高人雅士也好,一介寒儒也罢,那一点儿思乡情结、感恩梓里之天性,大抵还是人所共有的。不过乡情之厚薄,报恩之多寡,却因境遇不同,千差万别而已……

## 悠游龙溪口

下午,阳光斜斜地照进来,映在我和蒲钰的脸上,黑里透红又显得有些光亮,有些像农人,又有些像官人。于是我们便装出了几许斯文。龙溪书院就在龙溪口,作为院长的蒲钰对于龙溪口是再熟悉不过了。龙溪口因道家有"视山水走向为龙脉地气"之说而得名。

龙溪口地理位置特殊,历史悠久,历代文人志士在此留迹泼墨,仅龙溪口正街上就有灶王宫、龙溪寺、福音堂等建筑。始建于清末的道观灶王宫,正殿供奉着道教中掌管人们饮食与祸福的灶王神,左殿供奉着慈航真人,右殿供奉着财神。今天正好遇上法会,仙乐飘飘,香烟环绕,给我们"未入龙溪,先入仙境"之景象。

一路走,蒲钰就一路讲关于龙溪口的历史:清末民初,龙溪口市面上广泛流传"七子"的顺口溜,即杨春和的银子、春和元的谷子、付老五的房子、杨永泰的锅子、张大生的儿子、龚信泰的顶子、胡岩寿的包子。

因为不是节假日,龙溪口就有了古镇该有的宁静、清幽。独有的窨子屋宅高门大,铁桶一般的四面高墙方方正正的。龙溪口正街上鳞次栉比的窨子屋,被一条条青石板铺成的路面劈作两半,一边连着河埠上的水码头,一边连着深巷子。深不可测的大小庭院,屋高路窄,沉淀着千年的传奇故事……墙角拐弯处,几个青年安静地写生,这大约便是对"岁月静好、现世安稳"最好的注释。

我去过凤凰、周庄、丽江这些古城古镇,龙溪口和它们比起来,风景算不上"惊艳"。但龙溪口的历史是厚重的:"扫净五溪烟,汉使浮槎撑斗出,劈开重驿路,缅人骑象过桥来。"当年乘船浮槎的汉使就是沿着沅水,经龙溪口,往云贵两地当差行事,骑着大象的缅甸客商,也是沿着古老的龙溪口正街,进入中原贸易经商……

我们穿行在老街上,一会儿看看老房子,一会儿尝尝晃县小吃,一会儿讲讲贺龙当年在龙溪口的故事,优哉游哉。我笑着对蒲钰说:"如果天天如此清静,倒不妨在此住上几日……""这个想法不错,书院里有床睡,也有书看。"蒲钰赞同我的想法。

农家小院所展的农具,虽然已经远离了许多人的生活,可那蓑衣、石磨总能让人想起那些清新的田园诗歌"青箬笠,绿蓑衣,斜风细雨不须归""昼出耘田夜绩麻,村庄儿女各当家"……始建于清咸丰年间的油号,在这旅游的淡季里,显得格外典雅。

还有那古老而精美的"镇江阁"。该阁为六角宝塔形,三层,砖木结构,飞檐翘角,气势宏伟。相传李白流放夜郎时曾留宿此阁,并在其中读书吟诗。清代光绪二十二年重修,门额上镶嵌着清光绪甲午科拔贡龚树勋书写的"中流砥柱"四个大字,阁内悬挂太白像一幅,并留存着李白当年用过的青石桌凳。阁中有联曰:

阁镇江头，寒暑迁更，伫看此日新天地。

邑临楚尾，沧桑历尽，难认当年旧夜郎。

我和蒲钰都是喜静之人，在阁前的一张石凳上坐下，望着空荡荡的阁楼，感叹世事如烟。

龙溪口当街的铺子，有一位用糖汁现场制作龙凤或各种鸟兽的，这位头发花白的老伯，在一块白色的石板上，一烫一抹一勾，一个栩栩如生的小动物就出现在眼前。薄如蝉翼，清脆无比。

快走到三拱桥时，我们看到一家手工秤店。老师傅在那里认真地磨制秤杆。我说："蒲钰，估计你女儿都不认识这样的木秤，她出生的时候，电子秤已经普及了。"

"是啊。她还以为这是筷子……"

蒲钰对这种慢节拍的手工劳动极有兴趣，他甚至觉得如果能这样慢悠悠地过一世，也挺好的。

"有一门技艺，从容不迫地生活，是最幸福的。"我说。

"待在我们书院吧，在这里，也许你能找到！看看书，听老人讲讲故事，一天就这么过去了，一生也就这么过了。"蒲钰说。

## 站起来跑的火车

在我们村子里,至今流传着关于坤二爷的笑话,说他六十一岁那年到县城卖炭,第一次看到火车。看到火车后的坤二爷兴奋不已,像是古时的老农看到皇帝一样。特别是火车的飞速行驶让他很震惊,回到村子里眉飞色舞地给村民讲火车的样子。说轮子有大簸箕那么大,一路走一路吼,撒一泡尿要烫死人,经过你身边,如果不小心,要被扇倒……越说越玄乎。最后他说,火车还是睡起跑咧,如果站起来,那可不得了……他讲这个故事的时候我六岁,正在村子里上小学一年级,天气晴朗的时候,偶尔能听到山外火车的汽笛声,这时,我们这些孩子往往也学着火车的汽笛声在田埂上奔跑。那时,村子里没通公路,我们连拖拉机都没见过,就更莫说火车了。

我上三年级的那年国庆节,发现在片区小学上五年级的姐姐偷偷地穿了妈妈的白的确良衬衣。见姐姐一脸兴奋的样子,我问她有什么好事,她说她们要为林马公路通车典礼演出。通车?我脑子里想着语文课本上那些车的照片,便提出要跟她一起去看,姐姐不同意。那时,国庆节是不放假的。我威胁她说:"你不带我去我就告诉妈妈你穿了她的衣服。"在我的威逼下,姐姐妥协了。片区小学离我们家有七八里路的样子,我趿着一双烂布鞋,跟在姐姐的路队里，一蹦三跳地往前赶。当我们赶到片区学校下面公路边的代销店时，那里已集聚了好多人，大都穿得新崭崭的，虽然都是一身蓝或一身黑，但干净整洁。有几个包着黑色头帕的大爷聚在那里吹着欢快的唢呐，有几个年轻汉子蹲在那里敲锣打鼓。那个打鼓的弯着腰，样子挺难受的。他完全可以坐在路边的那块大石头上，那块大石头平时也是人们歇息用的，可那打鼓的怕弄脏了裤子，宁愿弯着腰也不坐。还有那些没事做的就站在那儿抽着烟讲闲话。在代销店门口的公路上，有一个用竹子扎成的匾牌，上面写着"热烈庆祝林马公路胜利通车"。"林马"就是从公社林冲到片区马王村，大约十六七里的样子，我与我爹去赶场时走过。

我与几个和我差不多大的小孩子，在人群中蹿上跳下的，正当我们闹得欢的时候，听到了口哨声。突然，我就紧张起来，因为在我们村小，上课铃就是老师吹的一声口哨。这是条件反射，几秒钟就没事了。口哨是那个戴黄军帽的男子吹的，吹完他便扯着嗓子喊："大家沿马路两边站好喽！"站在最前面的是学生，接着是唢呐队、锣鼓队、基干民兵……我这才发现还有背长枪扎武装带的叔叔们。我偷偷观察，发现那长枪上的刺刀雪白雪白的，忍不住想摸一下，被一声"别动"吓得差点儿划着手。

那个黄军帽的口哨又响了，我这次没了刚才的紧张，更多的是兴奋，因为口哨一响，就会有新的进程。黄军帽喊："大家注意了，我们来演示一遍，一二三起！"我便看到姐姐她们手里拿着塑料花在挥舞："欢迎！欢迎！热烈欢迎！"我这才知道姐姐不仅偷穿了母亲的白的确良衬衣，还偷拿了家里的塑料花。黄军帽的口哨又响了一下，说还不够整齐，还要再演练一次。这时，不知是哪个喊了一声"来了"。姐姐她们马上就将塑料花挥舞起来。黄军帽又用口哨指挥她们停下来。

大家都呆呆地站着，大概有一节课的时间，我觉得没什么意思，便有了困意。这时，黄军帽的口哨响了起来。姐姐她们的队伍便开始舞动。我蹲在一棵桐子树上，能看到每一辆车的到来，每一辆车的前面有一朵大红花，四周都写满了红色的标语。第一辆是黄色帆布吉普车，高音喇叭就安在车顶上，第二辆、第三辆还是黄色帆布吉普车，接着是三辆汽车，一共有六辆车。高音喇叭停下来后，便听到一个手拿喇叭筒的人在讲话。我们不关心讲话，只是围着汽车转个不停，议论着哪是方向盘，哪是油箱，可以拉多少斤，忍不住用手去摸摸还冒热气的车头……第一次近距离接触汽车，就别提有多高兴了！

因旷课，第二天到校，老师罚我做了公开检讨。但我的兴奋感染了同学们，因为这种兴奋体现在检讨里。老师可能没有认真审查我的检讨，我在班上大声朗读检讨时，还引来同学们的羡慕，因为我把看车的细节都写了出来。老师不得不叫停。

看到汽车，就想看火车。火车只有县城才有。我爹五十多岁，才去过县城三次。在我初中毕业那年，终于有机会去了一次县城，那是参加初中毕业会考。到了县城才知道，火车站离县城还很远，比从我家里到片区小学还远。到了县城没看到火车，真是遗憾。老师带我们是一起去又要一起回，没有多余的时间让我们去看火车。而且没看到过火车的，只有我们少数几个同学。我便提议，没看过火车的晚上自己去看。小弟王有些犹豫，说明天就要考试了，还是复习为好吧。我说，你没听说过大考大玩、小考小玩这句话吗，三十夜的肥猪催也没用了，走吧！就这样，我们六个没见过火车的同学在老师监督我们睡觉后，又偷偷爬起来，借着路灯往火车站走。走啊走，我们没有手表，不知走了多久，我只是觉得脚有些麻木了。夜深人静，又没人可以问路，只是朝着火车站的方向走去，在鸡叫头遍的时候终于到了。可县城只是一个普通的小站，没停几趟车。除了几节黑咕隆咚的装煤的车厢在那儿外，没有看到任何东西，加上天还没亮，也看不清。正当我们议论火车有没有方向盘时，被一声"干什么"给吓住了，是火车站的公安在巡逻。公安把我们带到了审问室，得知我们的情况后把我们放了，还用警车送我们到考场。只是可怜了小弟王，由于头天一晚上没睡，上午考第二门课的时候，他睡着了，我们六人就他没考上高中。如今他常埋怨我说："当年就是为了跟着你去看火车，使得一辈子都挤火车。"

我开玩笑说："当年你天天看美女，你又没一辈子和美女在一起！"他笑了。

如今，我工作在一个边远小城，一年到头也难得出门两次，偶尔到省城开开会，也是坐火车头天晚上去，第二天晚上回，出去旅游什么的又不急于赶时间，选择的是坐火车，既经济又实惠。对于大城市的高铁什么的关注度不高，只知道有这么回事，觉得高铁离我很远。这几年，我的几个侄子一个个大学毕业，都相继在深圳、天津、长沙等大城市工作，考虑到他们来回的时间和路程，我这才慢慢地关心起高铁来。好在有网络，查起来方便，我便在这边指挥他们买哪天哪时的票，在哪儿上车……盼着有一天我们这个小城市也能通上高铁。2014年12月16日这天，也是我们这个小城载入史册的一天，我们这个小城开通了高铁。没有盛大的通车典礼，也没听到什么海报宣传，比当年我们家乡那条乡道林马公路通车的宣传还小，仅一则微信跳到手机上："长沙南前往怀化南最快旅行时间为1小时41分，与目前开行的普速客车相比，缩短7个小时以上……"

　　此刻我最想告诉的是九泉之下的坤二爷，那火车真的是站起来跑了，要不怎么会这么快呢？还有一个人，就是在外工作的小弟王，我把通高铁的这条微信转发给了他。

## 木黄长桌席

　　桌子是四方的，可摆出来的酒宴是长方形的，木黄人叫长桌席。像一条龙一样卧在院子里，从"龙头"到"龙尾"，相向而坐，客人一边，主人一边。相互敬菜，邀约对饮。气氛温馨和谐，其乐融融。

　　桌子大约两尺见方，像我这种肥胖的个头儿，两人坐一方就显得有些拥挤，如果一方两人，一桌围坐八个人的话，就更显密集，有些"摩肩接踵"，因此，木黄人便把桌子一张接一张按"一"字摆开，成了龙一样的长桌席，这样坐着就不会受到桌子大小的限制，就不会碍手碍脚，影响胡吃海喝了。我为木黄人的聪明叫好。究其原因，又觉得不是桌子的原因，如果是桌子小了，完全可以做大一点，木黄的这种桌子和我老家的那种八仙桌没什么区别，老家的桌子高大一些，一方有二尺七寸八的样子，一边坐两人宽松自如。

　　对于我这个在农村长大的人来说，吃饭的桌子怎么样是不在意的，没有桌子，饭菜摆在地上，也不会影响我的食欲，在乎的是桌面上的盘碟里装什么。记得小的时候，我们一大帮孩子，从家里一人端着一个碗，来到寨子中央的枫树下。边吃边猜想着美国人是不是也和我们一样地吃饭，最后得出的结论是，美国的米比中国的大，一餐只要吃一到两粒就饱了……吃着吃着，便放下碗跑到枫树枝丫的秋千上荡一下，猫啊狗啊鸡什么的趁机来偷食几口，一碗饭常常是猫狗吃一点，鸡啄一点，自己吃一点。有时一碗饭，先把上面的菜吃光了，再吃下面的白饭，饭菜只有到肚子里才能拌匀。有时一碗饭还没吃饱，又懒得回家去舀，就这样半饱半饿过一天。

别看木黄的桌子不大，但菜还是比较精致的。我这里说的精致不是少的意思。中国人讲话比较含蓄，特别是在餐馆里，菜的分量少，说人家的菜苗条，或者正话反说，说人家的盘子大。我这里说的精致，是菜的搭配很讲究，分量不多也不少，适合现在的光盘行动。特别是荤素搭配得很好，每餐都是十二道菜，每餐只有两到三道荤菜，对于像我这样营养过剩的人来说，真是再好不过了。我猜想，这里的素菜价格应该不菲，单从来源看就知道，比如竹笋、蕨菜、芋荷叶、猫猫豆等，都是从木黄旁边的梵净山上采来的，这些都是没有喷洒过农药的，特别是猫猫豆，不仅可以治疗神经痛，还可治疗和预防帕金森症，是天然的保健品，而且就只生长在梵净山这一带。珍贵吧？值钱吧？这里的特色食品可多了，在木黄的几天里，我所吃到的就有火草粑、金豆腐、绿豆粉、土家糍粑、韭菜水盐菜、红色酢肉等，哪一样不诱得你胡吃海塞？连煮饭的米也是高山上的晚稻大米，不仅黏糯适度，而且营养价值高，搭配着剁碎的洋芋一起煮，那个香味啊，真没法形容。平时我只吃一小碗饭，在这里硬是扎扎实实吃了两大碗，裤带都快撑断了还想吃。这些食品既环保又健康，既美味又可口，真的是令人羡慕啊！

回想起来，这些东西对我来说也不陌生，在我很小的时候，我随母亲上山扯过竹笋、打过蕨菜、找过蘑菇，用碓将葛藤舂烂了做粑粑吃。母亲把别人用来喂猪的芋荷竿洗净晒干后腌入坛中，时不时加点淘米水什么的，在七月的火热天喝上一碗，淡淡的清香味沁人心脾，不仅解渴，还可饱肚，这无疑是令农村孩子欢天喜地的事情。我们兄弟姐妹四人在那个缺吃少穿的年代，能够不饿肚子，全靠母亲勤劳灵巧的一双手。如今时时激起我想着那些古怪的饮食，依然能够保持着泥土的品质和淳朴，都是山野恩赐，都是那个时代给我的印记。

那时，每天放学回家的功课是削红薯或洋芋煮饭。家乡的洋芋个儿不大，和木黄现在的品种差不多，每餐要削一大脸盆，再兑上三分之一的米才够一家人吃。洋芋削好洗净后还要剁碎，这时，我便把淘洋芋的水留下来，几分钟后把多余的水倒去，剩下的沉淀物放到锅里煎，便有了洋芋粑吃。能有如此大的动力削一盆洋芋，目的就是吃上一次洋芋粑，尽管那一盆洋芋淘来只有小半碗粑，可也是一次改善伙食的机会啊。这次在木黄吃到的洋芋粑不知是不是也是这样做出来的，我想，如今科技发达了，可能不再像我当年那么原始地做洋芋粑了，不过也得要货真价实的本地洋芋才能做得出来。如今生活在城里，我常常在狭小的城市空间中游走，也曾试图做过洋芋粑，可都以失败而告终，原因是超市里买的大个儿的洋芋不皮实，淀粉少，淘不出洋芋粑来。可我也不可能跑到木黄去买几个洋芋回来做洋芋粑啊，这样也就迂腐得有些可怜了。可我觉得更可怜的是我想吃一个地地道道的洋芋都吃不到。行文至此，使我想起小时候母亲教我的一首山歌："一张桌子四四方，酸菜萝卜摆中央。来了好客无好菜，粗茶淡饭响叮当……"当年人们不齿的野菜，今天却成了美味佳肴。

当地人告诉我，酢肉又叫土司菜，食材多用当地辣椒、麦麸、山野菜，用传统工艺制作。古时为当地土王宫廷菜，秘而不宣；现为木黄最具特色的生态有机食品。木黄的土家糍粑是用上等糯米做原料，将糯米泡十个小时后蒸一个小时，然后放在石碓里人工舂烂，出碓的时候，用炒熟的黄豆面裹。木黄土家人造新房、过节和接待贵客都要糍粑上桌。在木黄土家族做客，餐桌上少不了一盆菜豆腐和一小碟素辣椒。民间流传这样一句民谣："千有万有，离不开菜豆腐下烧酒。"古代百姓用它敬奉地方官员，则表示该官员廉洁奉公，如菜豆腐一样"一清二白"。

野菜寄情于山野，没有人关注，也没有人在乎，低调地露宿山间，不声张，也不喧哗，也没有考虑一生要做点什么，就这样慢慢地老去，等到来年，又从土里钻出来，有人看中了，便成为人们碗中的美食，算是一生最大的作为了。这和游走于大街小巷的民工一样，默默地在城市中耕耘，累了树荫下歇一歇，渴了龙头里喝口自来水，一天就这么过了，一生也就这么过了。在他们质朴的身上有泥土的气息，也有村庄的气味，奉献着自己，承载着一家人的希望，他们没什么高贵的奢求，也没什么远大的理想，只希望一家人平平安安、不冷不饿，过着平常人的生活。

木黄的长桌席，从形状上看，有点类似于侗家人的合拢宴。我虽然是苗族，但我生长于侗家，对这一习俗比较了解。合拢宴是侗家人热情好客的体现。相传，侗寨里来了客人，家家都想邀请去吃饭，但客人到哪一家去呢？不好决断。最后商议，每家搬张长桌，摆在空场上，端出自家最好的菜肴，全寨人和客人一起吃饭。侗家合拢宴是侗族人接待贵宾的一种最高规格的酒宴，是侗族好客的具体表现，也是侗族流传久远的古老习俗。那木黄的长桌席又是怎么来的呢？据当地一位老人家讲，木黄长桌席的产生也是有原因的。1934年10月24日，贺龙、关向应等领导的红三军（原红二军团）主力与任弼时、萧克、王震率领的红六军团在木黄那棵千年古柏下胜利会师。会师后，在这里制定了统一指挥、并肩战斗的方案，形成了一支强大的战略突击力量，建立了黔东特区革命根据地。如今,那棵古柏树依旧葱茏地挺立在那儿,成了历史的见证。

木黄会师是中国工农红军长征史上的第一次会师,有力地策应了中央红军的长征。木黄老百姓为了纪念这段特殊的历史,体现团结合作的长征精神,便突发奇想地用一张张桌子拼成"长桌席"来纪念红二、红六军团的胜利会师。不管木黄长桌席的传说是真是假,但两军确实在木黄会师,这是木黄人的骄傲。

## 水 井

因为冰冻的原因,整个城市都停了水。每天傍晚,消防车拉一车水到我们小区来解燃眉之急。当消防车按响那三长一短的汽笛,小区里的人们便提着大大小小的水桶或水壶往车边去接水,这个信号是我们小区统一规定的。

那些接水的大姐大妈总是很急,有的往家里提了一桶后,又来提第二桶。我还待在那儿,第一桶水都还没有接到。这时,消防队员看到了,便大声指挥:不要急,不要急,排好队,一个一个地来!

在我们南方山区,往往在夏天或秋天是干旱最严重的时候。村旁那口水井,很难供应全村人的饮用。我们这些孩子便来到井边,蹲在井壁边等着那细细的涓涓水流冒出来。等到有一瓢了,就稳稳地舀到桶里。那时,这项任务基本上是落在我们这些孩子的身上,我们不兴排队,往往是你家的桶里舀一瓢了,就往我家的桶里舀一瓢,等到所有的桶都舀满了,我们再一起回家,水放在那儿,等大人们来挑。如果哪家没有像我们这样大的孩子,我们也会帮他们舀。在"守水"的时候,我们还会玩一种叫"抛子"的游戏,就是从地上随便找来五个小石子,随着歌谣:"拈一拈二拈三放四舔盐……"我们每玩完一盘,井里的水刚好流满一瓢。也有大人来和我们这些小孩一起"守水"。这些人把桶挑来后,等把水舀满了再挑回去。遇到这种情况,我们往往是让大人们先舀,我们专心玩"抛子"。如果同时遇上几个大人在"守水",他们也会一同坐在那儿,点上一支烟,聊上老半天,等几个人的桶都满了,再一同挑回去。

我们那里的水井有三四平方大小,不是很深,也没有遮拦,没日没夜地敞在那儿,将岁月、天空以及那一轮弯弯的月亮都装在里面。假如你不小心掉进井里,井水也就及你膝盖。因为井水极凉,因此你受到的惊吓不比掉进水库小。井的边沿放有一只缺了口的瓷碗,那是供路人饮水用的。也有的年轻路人嫌那碗太小,喝着不过瘾,便两手着地,撑着身子,将头埋进井里"咕咚咕咚"喝一通。还有的会在路边摘一张桐叶,折成瓢状,深入井里舀水喝。有的人更干脆,将双手合在一起,从井里捧水喝,喝得衣襟都湿了。

挑水是我们乡下人的必修课。每天清晨起床后或下午收工回家,第一件事是挑水。这件事基本上是由媳妇去完成。有的媳妇与长辈是分了家的,但是挑水的任务没有分,仍旧是由媳妇挑水。年轻媳妇挑水姿势挺美的,她们一手扶着扁担,均匀而快速地移着步子,一只手随着步子的节奏在空中摇摆着,扁担时而压在肩上,时而弹向空中,这样挑起来既不费力,水也不会晃出去。特别是在黄昏的霞光中,穿得花花绿绿的媳妇们你来我往地走在花阶路上,给人一种梦幻般的感觉。那时,家家都有一口大大的水缸。大的可以装两三挑水,小的也可装上一挑半。现在回想起来,那年头农村媳妇少有难产或生产不顺的,可能和每天清早起来挑上几挑水有关。那时的媳妇怀了六七个月身孕还照样干活,没有哪个在家闲着。这样的体力活比城里人锻炼时跑几公里更有作用。因此,每每说起我们这些孩子是从哪里来的时候,祖母总是笑眯眯地咧着她那没牙的嘴告诉我们,说我们是从井里挑来的,以至于我年龄颇大了都还这样认为。

  我从来没有听到乡下人抱怨过挑水的事,她们每天都会将脸贴近水井,一瓢一瓢地将水舀进桶里,将她们的生命和未来都装进桶里。在我看来,她们不是在舀水,她们是虔诚地向水井致敬。她们可能会认为,这是命中注定了的。假如哪天不要她们挑了,她们还会不习惯。这样的事真的就来了,一个阳光灿烂的下午,村子里走来一帮人,手里拿着皮尺和标杆,他们是乡政府的工作人员,是来为村子里安装自来水的。不到半个月时间,茶杯大的一股水通过水管流到了寨子里,然后又流到了家家户户的水缸里。四叔第一个将水桶改为潲桶,他兴奋地说,水桶将从此退出历史舞台。三叔马上在猪栏边用火砖垒了一间房,将水管架上房顶,三叔成了寨子里第一个洗淋浴的人。

  乡民们不再挑水了,但不是就此离开了水井。他们没事时,总会在井边坐一坐,拉拉家常,扯扯旧事,还将缠绕在井边的那些灌丛藤蔓割得干干净净,井沿的那些青石板依旧整齐完好。不久前,我回到家乡,听到村支书通知村民们到井边去开会,我感到吃惊:"好好的会议室不去,怎么去井边呢?"村支书笑了笑说:"习惯了。"村民们去的时候,还提上一个水壶,在散会时提一壶井水回家。村民们认为井水好喝。在我看来,自来水管里的水与井水一样,都是山泉水。

  现在的孩子们对井的兴趣,主要在于井里的水给他们带来的快乐,他们没有我们当年那"守水"的磨炼和对井的依赖。他们将水枪放入井水中吸满水,射向他们的同伴。他们将小手放入井中,抓那游来游去的小虾……我想,随着自来水的普及,今后人们对水井的概念将会渐渐模糊。可是,我相信"吃水不忘挖井人""饮水思源"这些深藏在书本中的词汇,将会永远记住这段历史!

# 麻 辣 烫

## 一

一串油豆皮，一串魔芋豆腐，一串韭菜……放在锅里烫一下拿出来吃，不知是烫还是辣。看着他们的吃相，觉得不雅，我没有尝试。可能大多数中年人都与我一样吧，因此，只剩下那些不谙世事的少男少女在吃。这种景象在新晃侗乡的街头随处可见。

锅不是普通的翻砂锅，是铁质的，四周像脸盆一样约两寸高。除了用来煮麻辣烫外，派不上别的用场。因此，普通百姓家里是不会去买这样一口锅的。围锅而坐的人们，顾不得烈火的灼烤、热气的熏蒸，对着气浪翻滚的扑鼻香气，将一串串备好的食材放在锅里煮，不管是认得的，还是不认得的，此时人们的热情大于亲情，相互客气地劝着："这串好，这串熟了……"不仅仅是在吃，也是在品味着生活的香辣滋味。

我第一次吃麻辣烫，是在参加工作那年，和现在的少男少女一样，什么都试个新鲜，当看到街头出现麻辣烫时，就做了敢于吃螃蟹的人。锅是那种炒菜的锅，灶是垒在屋檐下用来煮粉的。师傅姓刘，白天他到我们电视台交收视费时认识的，晚上我们散步经过他的店面，就像多年的老朋友似的，我们叫他刘老板。刘老板算是个干净人，灶面上铺了一层抹得很干净的白铁皮，表面上看起来干净。刘老板像是知道我们要去似的，早已做好了麻辣烫的锅底在静候着。他在灶膛里加一把柴，揭开锅盖时，一股香气让人口水顿生。刘老板说："来搞两串。"我们便学着刘老板的样子，在一根像女人织毛衣时用的扦子上串上一串香菜往锅里放，一分钟左右便拿起来吃，吃法新鲜，味道也特别，吃得也过瘾。一大盆青菜、豆腐、海带等，我们就这样一串一串地烫来吃。一边吃一边听刘老板喊"自己动手哦，这又不是什么正餐，将就点儿"。我想，"这东西比正餐还好吃，还将就点儿"？这时，两美女从摊前经过，刘老板拉人入伙："来啊，尝尝吧！"我们便与这两位美女认识了，一位成了与我一起吃麻辣烫的男播音员的老婆，之后他俩的小子我便给起名烫烫。每呼唤一次，便使我想起第一次吃麻辣烫的场景。

　　麻辣烫的锅底怎么做出来的？按照字面的理解，我买来麻味的花椒和辣味的辣椒，然后按农村的传统做法，先放在清油里煎炒一下，然后放水煮，可一点儿也不香。于是我便装出若无其事的样子，到刘老板的店里闲逛，借此观察刘老板的做法，可在一般情况下，刘老板只卖米粉，不卖麻辣烫。终于在一天下午下班时，我发现刘老板在做麻辣烫的锅底，与我做的一样，放了清油，油煮沸后再放花椒和辣椒，然后放水煮，等水开后刘老板丢了一个纱布包着的小包裹到锅里一起煮。我问那是什么，刘老板这才说是香料，要不然汤怎么会香呢？我又问刘师傅是些什么香料，他毫不保留地说："五香、八角、桂皮……"我一样一样地写在纸上，一共有七种。我听祖母说过，香料的配方是单数，因此，我相信刘老板跟我说的是真的。可我按刘老板的说法去做，却怎么也做不出他的那种香味来。

县城里正式有人卖麻辣烫是在二十世纪末。开始也只是像刘老板那样弄来吃着玩的，后来就有一两家试着卖。突然间，整个县城的街头巷尾冒出二三十家来。一家比一家神秘，放的香料包从一个到两个再到三个，而且一家比一家做得精致，串棍也由竹子的换成了铁的。那些五金店也没有落后，看到有人卖麻辣烫后，他们便研制麻辣烫的锅子。先是把锅做成平底的，这样节省了不少锅底，又能够一次烫许多麻辣烫。一段时间后，又觉得这样的锅缺点是要放得特别平整，不能有一丝歪斜，歪了就不好烫了，于是又把锅改为常用的那种立锥形的。但一段时间后又改成了锅的边缘加一两寸高的直筒，这样在烫食材的时候，既方便拿又可以让锅底不溢出来。再后来，连灶也做成了专门用于烫麻辣烫的。

只要把选好的食材串好，老板会一起放在锅里烫，然后拿出来，你一串、他一串地分给顾客，不管是认识的，还是不认识的，相互谦让着："你先来吧……"现场弥漫着友好的气氛。喜欢自己动手的顾客会亲自把麻辣串放于锅中煮，享受着煮的过程。遇上有急着赶路的，会拿起先吃，动手的顾客会问："怎么样，我烫的味道好吧……"

"嗯，不错，不错，你煮的味道确实好！"

其实，这是一个没有任何技术含量的活，谁煮都是一个味，吃了人家的"嘴软"，讲几句奉承话罢了。这时有一股和谐的暖流在身边飘荡，觉得围锅而站的都是一家人，无比亲切。

## 二

　　经过不断的探索实践,麻辣烫的食材有了很大的变化。过去卖麻辣烫的菜品主要是本地农民种的韭菜、萝卜、豆角等,后来又有了荷兰豆、西兰花、莴笋尖等很多以前没尝试过的菜品。再后来,麻辣烫进行了大胆革新,开创了由几十种滋补调味品精制而成的锅底汤料,取代了配料烦琐的小料。肉食品也成了麻辣烫的食材,经过处理后,在去掉腥味、膻味的同时又保留了其鲜美味。这种食法适合现代人追求的健康营养和快捷消费的生活理念。

　　最为可贵的是,麻辣烫的店也开成了专卖店。下了岗的罗大姐先是用白铁皮做了书桌大小的灶台,底下还安了四个轮子,放学和上学的时候推到校门口卖麻辣烫,一家人的生活费还有小孩子上学的费用就靠她这个有轮子的灶台解决了。这几年城市进行省级文明城市的创建,学校门口不允许摆摊设点,罗大姐便在离学校门口不远处的卫生局旁边租了一个店面,专卖麻辣烫。

　　罗大姐说,刚开店那阵子挺担心的,以前推着车子卖,除食材和柴火外别的不要一分钱开支,现在仅店面的租金一年就要两万元,还有卫生费、税、水电费什么的,一个月差不多要开支两千。结果没想到生意这么红火,店面内的烫锅也由一口增加到了三口。有人讲罗大姐是个发财的命,其实是她做的味道好。为了给自己的品牌树形象,罗大姐特意到工商部门注册了"罗大姐麻辣烫",罗大姐的麻辣烫成了外地人到新晃必吃的食品。

　　也有人借助麻辣烫搞坏事,当然,这样的人不多。利欲熏心的人,想一夜暴富。城东的那家就是其中一个,他在麻辣烫的锅底里加了罂粟壳,味道比别人的香了不少,生意自然也就比别人的好,可不久就被相关部门查处了,多赚来的那点儿钱还没够交罚款。之后，他又动起了歪脑筋，利用现在人想减肥的心理，说吃了他的麻辣烫能减肥。他在锅底里加了泻药，让人吃了拉肚子。有个女孩身体不怎么好，吃了他家的麻辣烫，拉肚子把自己拉死了，吃麻辣烫吃出了人命案。当然，他后来被公安抓了起来。

刚刚毕业的几位大学生，见卖麻辣烫生意这么好，他们开起了麻辣烫的专卖店，高薪请了两名制作师傅。他们采取了"互联网+"的经营模式，将产品卖到了全国各地。蔬菜、海鲜和豆制品，经过加工制成麻辣烫后身价成数倍往上涨，不值钱的东西却成了俏货。一个既当不了正餐也做不了零食的麻辣烫，一下子成了美食文化的品牌之一。

城里的一条小巷子全卖吃的，这里被称为"麻辣小吃一条街"，经营的全是麻辣小吃产品，他们总是变着法子让萝卜、白菜、土豆"变身"上桌，但不管怎么变，"麻辣"二字没有变。他们说，如果失去了"麻辣"，就失去了这条街的本意。这几年来，县政府注重品牌建设，在县城里还建有"酸菜一条街"，如果要吃酸的，还可以去那里逛逛。此外还有"豆腐一条街""米粉一条街"等。多年来，侗乡人受着"好吃懒做"思想的影响，只注重加强体力劳动，忽视了食品的开发生产，尽管有很多传统小吃，但仍"养在深闺人未识"，到手的钱就这样从手边溜走了。现在找回来了。

俗话说得好："民以食为天。"不管什么年代，人们的生活中都少不了吃。只有吃好了，人们才能安居乐业。然而，不同的年代，饭桌上的内容却不一样。"一粒米里看世界。"从普通家庭的餐桌上的变化，我们不难看出老百姓的生活发生的巨变。昔日不可或缺的红烧排骨、红烧鱼和酸菜粉条肉"老三样"，早已不再风光，如今讲的是健康营养。一位提着菜篮子买菜的老人买了一些西红柿、黄瓜、菠菜。当老人走过麻辣烫的摊位前时,习惯性地拿起两串麻辣烫说"一天不吃辣,浑身长疙瘩",说完就吃了起来。有人开她的玩笑说:"你不也买了菠菜吗?回家自己做去!"

老人说:"自家做的哪有这味啊!"

如今,罗大姐已变成罗大妈,已将卫生局旁边的那个门面盘下来了,现在正筹划着买小汽车。许多人带着疑问的眼光问:"你卖几年麻辣烫就能买下这个门面?"

罗大妈平静地笑了笑说:"怀疑我的钱来路不正是吧,我除了卖麻辣烫,还会干什么呢?"如今,罗大妈的儿子也大学毕业,在店里协助她经营麻辣烫,也开起了自己的网店经销麻辣烫。有人夸奖说:"你也搞起了'互联网+'。"

罗大妈有些不以为然:"不要说得那么文绉绉的,不就是把麻辣烫通过邮寄卖到外面去吗?冬天还可以,到了夏天,远的地方就不行了。放久了就会坏。"罗大妈就是这么实在,不知她是批评"互联网+"这个词,还是说不能用放坏了的麻辣烫去骗人。

我真敬佩罗大妈的用心。当年因条件所限的"将就吃",几番历练,便华丽转身为独到的美味。美味中不仅蕴含着伺家人于事于物的态度,更浸润着许多人的心血和智慧!小小一串麻辣烫,不仅烫出百姓的收入,也烫出百姓的良心。无论从哪个方面看,麻辣烫都是最直接的民生工程。

## 三

最先把麻辣烫卖到长沙的是张麻子。张麻子并没有麻子。中华人民共和国成立前,当地有个张麻子很会做生意,名气很大。人们见这个姓张的也做生意,于是便移花接木,喊他张麻子。他也就"披起蓑衣就地滚",用自己的诨名命名"张麻子麻辣烫"。

长沙人不怕辣,但怕麻。张麻子想,要让麻辣烫立身于长沙也是有难度的。起初,对这种老实、粗糙的食品,顾客印象很不好,更莫说品牌效应了。有的人闻到麻辣烫的气味就跑开了,莫说尝尝了。张麻子感受到了强大的压力。压力还来自越来越多的和他一样成长迅速的竞争者,也来自不断涌现的模仿者。张麻子像一个迷茫的孩子,不知道路在哪里,对未来踌躇满志,却无从下手。

但张麻子还是充满信心,长沙的臭豆腐为何照样卖到全国各地?张麻子决定在口味上做文章,首先调整麻辣烫的味道:辣重于麻。运用西式快餐的经营理念,将标准化、规模化、服务理念、品牌效益、营运管理等纳入市场开拓。有人开张麻子的玩笑说:"一个'将就吃'的东西,你付出如此大的代价,值不值得哦?"

张麻子自信地说道:"很多品牌不都是推出来的吗?比如,上海新亚大包、马兰拉面、江苏大娘水饺、广西桂林人等,我就不相信我的'张麻子麻辣烫'没一点儿声响。"麻辣口味是中国饮食文化的传统,这取决于中国深厚的东方文化底蕴、千年传统的饮食文化和口味习惯,这里拥有庞大而稳定的消费群体,这是麻辣烫坚实的市场基础。

张麻子还发现,休闲时段,人们大多处于一种空闲、放松、无聊的状态,所以大多数的休闲食品都有几个共性:不用餐具,用手直接拿着吃;注重吃的过程,如蘸、嗑等;长形食物似乎更让人觉得有趣,如绿豆沙、红豆糕、水蜜桃布丁等。张麻子便根据这些习惯进行改良。

经过一番努力，张麻子的麻辣烫以其严格的品质保障、别具一格的特色、公道合适的价格，赢得了消费者的认可，良好的口碑不胫而走。连锁店一家接着一家地开了起来，由长沙开到了北京、浙江、上海……麻辣烫专卖店在全国各地兴起，如今已遍布十多个省，专营店达两百多家。

杰克·韦尔奇说："一旦你产生了一个简单的、坚定的想法，只要你不停地重复它，终会使之变为现实。提炼，坚持，重复——这就是成功的法宝，持之以恒最终会达到临界值。"换句话说就是：集中，集中，再集中！坚持，坚持，再坚持！

在这样一个商品泛滥的社会，一个产品能有独特之处，太难能可贵了。麻辣烫的独特就在于一个"麻"字和一个"烫"字，如果要将这两个字做好，原材料是一个关键，做工是另外一个关键。有人悄悄地告诉我："你不要以为麻辣烫简单，张麻子家早些年都会做的，是十四代家传秘方，有三十二道工序，只是到了二十世纪六十年代，吃饭都成了问题，才停下来。现在张麻子不仅搞起了电脑配料，还使用标准化恒温蒸煮……"

这张麻子还真不是一个普普通通的张麻子。

## 在城市里体味苗侗风情

"笙歌悠扬男女舞,群峰深处是歌乡。"这是苗侗人民的生活写照。如果你要在怀化喧嚣的闹市感受苗侗风情,只有去"背篓人家"了。独特的装修风格,浓郁的民族韵味,是苗侗饮食文化和人文风情浓缩的景观,苗侗特色菜肴,辅以原生态民族歌舞表演,将苗侗人家独有的饮食文化和民间文化相融合,继承和弘扬了苗侗人家传统的文化,以特色苗侗佳肴,迎接各方食客。处处透出当代苗侗文化的气息,是美食与文化的完美结合。

苗侗不分家。苗族和侗族生活习俗有许多相同与相似的地方。在我们苗乡,年轻人从外地打工回来时,必须在村外换上本族的衣服,才准许进村。在山寨里,可以见到妇女在操纵古老的木纺车、织布机,可以闻到蒸米酒的清香,可以听到人力舂米沉重的节奏。热闹的聚会场所,时常有苗族姑娘向外乡的宾客发起"偷袭",偏僻的苗寨里的小姑娘主动与外来的陌生人嬉闹,这在汉族地区是难以想象的,其实这也是苗族的风俗之一。清代文人赵翼在其《檐曝杂记》中就有记述:"……当墟场唱歌时,诸妇女杂坐,凡游客素不相识,皆可与之嘲弄,甚有相偎亦所不禁。并有夫妻同坐墟场,夫见其妻为人所调笑,不嗔而喜者,讲妻美能使人悦也。"

一位诗人写过一首关于家乡的诗，我只记得其中一句："当你疲惫，你回故乡。"我的故乡就是新晃侗族自治县。那儿的一山一水，一草一木，无不体现大自然神奇的造化和这一特定地域的钟灵毓秀。它是一首诗，优美而抒情；它是一支歌，古老而优雅；它是人类保存得最古老的歌谣，是我们疲惫心灵最后的家园。

数百年过去了，昔日风俗依旧，仿佛历史已经停滞。苗侗民族的吃新节、芦笙节、映山红节、鬼节等，有斗牛、吃相思、荡秋千、跳芦笙、集体围猎、成年剃发仪式等风俗，有奇特的竹编饭盒、精美的手工钢质针盒、刺绣猎袋、牛角火药筒等民间工艺品……在"背篓人家"，你或多或少能体会和领略到传统文化。

"背篓人家"是木质杆栏式吊脚楼，楼外挂满了田地里收来的稻穗、苞谷、辣椒，还有苗族姑娘刚刚纺织出来的印花布。不用担心会丢失，这里民风淳朴。

走进"背篓人家"，有如置身于古远的原始部落，时间隧道瞬间将人们拉回数百年前，服务员穿着土法染制的民族服装，深蓝紫色泛着光。女服务员身穿大襟的上衣，下穿百褶短裙，扎绑腿。领口、袖口、下摆和绑腿都是姑娘们自己绣制的彩锦，项上戴着粗大的银环。这样的装束，既显示出女子亭亭玉立的身姿，又十分便于她们更好地为客人服务。

当你酒酣耳热之际，身着浅色民族盛装的少女手捧酒盏，轻启朱唇，唱起了敬酒歌：

如果不喝水，水就会东流走。

不吃竹笋，过时竹笋就会变成竹子。

不吃水芹菜，过时水芹菜就老掉。

不吃洋合，过时它就开花了。

不唱歌，歌却落到了歌堂里。

如果我们不唱歌，真的不知道用什么来敬君。

此时此刻，我们拿一碗好酒来递。

……

香醇的米酒，就着甜糯的歌声，滑入你的五脏六腑，令你沉醉。

联
———
想

## 我从你家门前过

我家与贵州省玉屏侗族自治县大龙镇唇齿相依，但我家却属于湖南省新晃侗族自治县林冲镇。在老百姓眼里，是不管什么湖南贵州的，坐一块土，便是一家人，加上多年来嫁娶等关系，两个镇从民间到官方都有着深厚的友谊。但牙齿与舌头的关系再好也会有咬着的时候，再好的兄弟有时也要红脸。早几年，林冲镇与大龙镇的矛盾表现最为突出的就是争水。水往低处流，不管是湖南还是贵州，是生人还是熟人。为了灌溉，人们都巴不得所有的水都往自己的田里流，结果下游断流了。如果仅仅用于灌溉，下游断了流，也没什么可说的，但人畜还要饮水啊！于是，在这里出现了"公平岩"，一块"凸"形的岩石安放在分水处，无论多大的水，往哪边流，全凭这块岩石了断。我想，这应该是世界上最公正的哑巴判官吧。

近年来，因为大龙镇大搞工业，什么锰矿加工厂、复烤厂等如雨后春笋。用水量自然就大起来了，他们便抽河里的水建了自来水厂。河里的水经过消毒后用于工厂或家里的洗刷是没什么问题的，可是老百姓喝惯了山泉水，对那有浓浓消毒味的河水硬是接受不了，便商量从隔壁的林冲镇引山泉水。其实山泉水多了就会流下山去，又不是石油可以储存起来慢慢用，可林冲镇就有那么几个人眼红，硬是不同意，说你们不是发展工业有钱吗？没有水喝，花钱到超市去买啊！

大龙镇的人从林冲镇引山泉水不成，但他们来林冲镇挑水喝还是可以的。于是，每天早晚，大龙镇的人成群结队地拿着水壶到林冲镇挑水。每天天刚蒙蒙亮，就有人迈着碎步往林冲镇来，这时林冲镇人大都还没起床，那些年纪大的、瞌睡少的也才起来打扫院子，便对着来挑水的影子打招呼："早啊！早！"没有看清是谁，也没有必要看清是谁，一声招呼代表一种心情、一种态度。

慢慢地，挑水成了一道风景，还挑出了一些故事。珍珍是林冲镇的一位年轻寡妇，老公暴病去世后，她独自带着儿子赡养公公婆婆。那些来挑水的大龙镇厂子里的人听说后，来了个爱心大行动，你五块他十块，两个月时间，就筹集了两万元，硬是把珍珍家快要垮的房子给翻新了。林冲镇的铁柱，早年因年轻好胜与大龙镇几位年轻人打架，结了梁子。为此，铁柱还在牢房里待了六年。铁柱出来后，一直寻找机会报复。当然，那几位年轻人也知道铁柱不会这么轻易放过他们，见铁柱从牢里出来了，他们在东躲西藏的同时也做好了准备，不会让铁柱轻易得逞的。大龙镇来挑水的胜春故意对着铁柱说："这不是铁柱吗，几年不见到哪儿去了？"

铁柱当然不好意思说这几年在坐牢，便含糊着说："在外打拼。"

胜春又说："想当年，你们几个年轻人好勇，你一路追来，斌斌便从三丈多高的坎上跳下去，斌斌这辈子算是废了。"胜春说到这儿停了下来。斌斌就是因为和铁柱打架，滚下三丈多高的路外坎，断了腿，铁柱才坐牢的。

铁柱问："他的腿没有治好？"

"没有，一辈子就这么一高一低的。"胜春边说边示范。铁柱一下子就发了善心，打消了报复的念头。在胜春挑水回去的时候，铁柱还托他带了两瓶五十二度的夜郎春酒。没几天，斌斌也提着礼物上门来给铁柱道歉。但斌斌在铁柱那儿喝了酒后，便忘了走路时腿要一高一低地颠着，露了馅儿。因为和解了，并没有影响到他与铁柱以后的感情。这挑水啊，还挑出好多名堂，通过挑水，有的肩周炎好了，有的颈椎病没了，有的高血压降了。

2016年，秋旱比往年早来两个多月，林冲镇里的小溪基本断流，靠山泉水做自来水水源就只能罢了。据气象部门报告，这是五十年来最大的秋旱。因为不下雨，供水部门也没什么办法。有些对供水公司不满的人，借此机会把那些裸露在地表的供水管割来当废品卖。林冲镇人这下子急了，人家大龙镇人只是认为水质不好，跑来林冲镇挑水饮用，还顺便锻炼了身体，现在你林冲镇的人喝的水没了，连冲厕所的水也没有了！是面子要紧，还是过日子要紧？没办法，林冲镇的几个村民代表只得厚着脸皮找到大龙镇的供水公司，讲了一大堆好话，大龙镇供水公司的人忍不住了，问道："你们究竟要干什么？"

几个村民代表你看我，我看你，不好意思说。最后，一个曾当过兵的人鼓足了勇气结结巴巴地说："我们想、我们想，接、接你们的自来水，即使是水费贵点儿也没关系。"

供水公司的领导扬了扬手说："是这样哦，没问题，把你们的自来水管道连上我们的自来水管，在连接处安个水表，按表收费，我们这边收多少钱一吨，你们那边就收多少钱一吨，一视同仁！"

就这样，林冲镇没费什么力便解决了没水的问题，特别是在干旱严重的情况下用上自来水，真是解了燃眉之急啊。林冲镇的人便借此教训身边的人：

"人家才不像你们这样小肚鸡肠，从你们这里接点儿山泉水都有意见……"此后，林冲镇用山泉水架设的自来水和大龙河里消毒的自来水连在了一起。大龙镇那边想用林冲镇的山泉水时，只要在两家的连接处开闸即可，没必要跑几里路，到林冲镇来挑水了。一年多来，不仅保证了供水量，而且还保证了供水质量。

其实，新晃和玉屏接边联谊协作的事例还多得很，那是在二十世纪六七十年代的时候，一个大坝，修建了两个电站，一边为新晃鱼市水电站，一边为玉屏罗家寨水电站。多年来，一坝两站运行良好，为当地经济和社会发展发挥了重要作用。鱼市水电站还成为市里的第一个梯级水电站！两县间刑侦工作的协作曾经被公安部表彰。又如，湖南新晃凉伞镇的好几个村，分别与贵州三穗县的雪洞镇、天柱县的坪地镇毗邻，接边群众共同修公路，共建鼓楼，共同封山育林，每一个事例的背后都有一个生动的故事。特别是近年来，接边群众还一起开发旅游。如湖南新晃与贵州万山特区接壤处有一个神秘之谷——夜郎谷，从贵州万山特区的高楼坪乡到湖南新晃城郊，全长15公里，山谷的切割深度达200~300米，谷底展宽不足30米。从高处往下看，似人在重霄，云汉低垂，幽谷狭长，仿佛巨人将地球撕了一道深不可测的裂缝。从下往上看，危崖耸立，云飞山动，令人惊心动魄。高崖之上，悬洞之中吐出20多条瀑布，抛珠撒玉。夜郎谷有"三十里幽谷，三十里画廊，三十里世外桃源"的美誉。峡谷的水来自地底，清爽洁净，远视有若乳玉，随着沿途落差逐步递增，是漂流的绝佳去处。两县共同开发漂流十多年来，游客数量在逐年上升。

320国道从林冲的镇子里穿过，这段国道却由贵州的玉屏县主管，在国道上发生的交通事故，自然是贵州的交警来处理了，可是在这段国道上行走最多的，不管是车还是人，大都是湖南林冲镇的。可以说，贵州交警在这里处理湖南人的事。其实，在乡民的眼里，才不管什么湖南和贵州，认的是祖宗，大家供一个祠堂，就是一家人，哪家有什么事，坐一起想办法、出主意，该帮忙做事就帮忙做事，该出钱帮助就出钱帮助，没什么客套可言。那天，大龙镇的胜春来林冲镇挑水，发现林冲镇的老炳倒在井边口吐白沫，胜春先是掐老炳的人中和虎口，见老炳缓和点后，二话没说，就把老炳背回林冲镇的寨子里，老炳的命得救了。胜春和老炳的相识源于都姓姚，祠堂建在林冲镇背后的坡上，遇上春节、清明节什么的，大家一起在那儿拜庙，就这么认识的。后来，老炳的儿子到胜春门上去感谢，胜春有些不以为然，淡淡地说道："都一个祖太公下来的，今天我帮你，明天你帮我，都是一些换手抓背的事，没必要那么客气！"

我每次回家，都要先经过贵州的大龙镇，因为我家住在与贵州犬牙状相连的地方，而公路却是直的，就这样短短十公里的路程，我一会儿在湖南的境内，一会儿又在贵州的地界。如果先是从湖南开着手机回到村子里，手机信号就是湖南的，如果从贵州开着手机回到村子里，信号就是贵州的。有人会问，如果在村子里才开手机呢？这就看你的运气了，有可能是贵州的，也有可能是湖南的。最后两省达成协议：湖南新晃与贵州玉屏接边的手机号搞个特殊的，不收漫游费。

在这样的地方生活，有它的乐趣，更有它的深意，每每想起，备感自豪！

# 山　歌

　　山歌这种表演形式，在湖南、广西、贵州三省的交界处最为活跃，如果不是行家，你根本分不出是来自哪个地方的，因为歌词的修辞手法和用韵都是一样的，只是在唱腔上有所区别，衬词上有所变化。比如：


男：
　　千里砍柴来烧瓦，
　　万里挑水来润花。
　　好瓦要盖阴阳路，
　　好花莫送别人拿。
　　……

女：
　　哥放心，
　　小妹不是那号人。
　　风吹云动天不动，
　　大树摇尾不摇根。

如今我也有句话，

　　当面讲来你听清。

　　南瓜有心却无嘴，

　　铜壶有嘴又无心。

　　葫芦落水半浮起，

　　劝哥莫学这种人。

　　……

　　有句话叫"歌养心，饭养身"。对于山歌，这地方的人，可以说是人见人爱，不管有多累，坐在田间地头抽烟的间歇，也会喊上一嗓子，一身疲惫瞬间消失。近年来，一些人外出务工，但也少不了对山歌的依恋，累了闷了，便哼几句家乡的山歌，工地上的人便像看猩猩一样奇怪。遇上休息的时候，几个家乡人会聚在一起通过唱山歌来交流感情，相当于大学校园里的英语角，算得上是记忆中的乡愁吧！

　　山歌为什么在这里经久不衰？即便是在受流行音乐冲击的情况下，山歌仍旧有其顽强的生命力，这是许多人大惑不解的。这一带山川陡峭，山与山之间相距很近，站在两山之间说话不费神劳力，但握手见面至少要走上半天。山歌的高昂激越与这样的地理环境是分不开的。这里的人都浓眉大眼、粗手粗脚，两三百斤的担子，随便扛上肩，走上几十里不歇气，这样的身段，嗓门也不小，不唱歌太可惜了！那粗犷的声音就在山川之间回荡，歌的海洋就这样形成了。于是，谈情说爱的、打情骂俏的、埋怨老天不公的，都用山歌来表达：

> 单身日子真难挨,
>
> 半边床铺起青苔。
>
> 一天到晚吃冷饭,
>
> 眼泪滴穿火塘岩。
>
> ……

农民一辈子在大山中生活,死后就埋在大山里,山歌使他们能苦中作乐,停滞在快乐的时间里。在田间歇息,哪怕是老牛立在田中撒一泡尿的空当儿,也会喊上一两句,那心胸肺腑的郁闷和关关节节的困乏眨眼间便随风而去了。山歌与苞谷烧、朝天辣、旱烟杆、酸菜,成为他们生活中不可缺少的五大要素。若与那些长年没有出过门的农民聊天,他们的要求也就这五大要素。他们不缺吃不缺穿,缺少的就是艺术的享受。他们教育子女,不是子曰诗云、孔孟之道,也不是美丽动人的神话故事,而是注重句子押韵的山歌。他们不一定会写,也不能完整地背诵一首山歌,但唱出了上句,一定会顺着唱出下句,或者对方唱了一首后,马上会随口还上一首。

有了山歌,便有了快乐。高兴时有高兴的唱法,整个人都感觉到轻松愉快;烦恼时有烦恼的表达方式,一曲山歌,熨平了苦愁。山歌的用词与比喻,让那些献身于诗歌事业的人们汗颜。我曾行走于乡间,搜集过民间的山歌唱词,所到之处人人都会唱,也许是因为山高树大,一个人待着害怕吧,喊上一嗓子壮胆;或许是一个人寂寞,在山间唱上几句,寻找一个人搭腔吧!他们并没有多想,大都是信口唱来。因记录的速度有限,我问第二遍时,歌却成了第二首,或者根据现场的情况,随便改几个字,便成了另一首。如:

男：

　　花碗打水里面清，

　　妹心没有哥心真。

　　妹是墙上一棵草，

　　哪边风来哪边倒。

　　……

女：

　　花碗打水里面清，

　　哥心没有妹心真。

　　妹是竹树朝上生，

　　哥是马鞭乱牵根。

　　……

　　每年农历三月三、六月六、七月十四、八月十五等传统节日，大家都会聚集于坳会，唱它个天翻地覆，唱它个地动山摇。有父子同声的，有姑嫂同台的，有兄弟同腔的，比的是才学，唱的是情感。有的还真的把媳妇给唱来了呢！

　　山歌滋生的还有酒歌、嫁歌、拦路歌等，凡是到山民家中去做客，总免不了享受到歌的陪伴，你只能点头喝酒，即便是你听不懂，也得规规矩矩喝碗里的酒，因为现场的氛围你是懂的。他们最尊重的是客人，不管认得还是不认得，路过门前只要主人家晓得，都会拉你进屋喝上一盅，酒兴一来，就会唱上一两首酒歌。

到了冬天,大家围在火炉堂里,老人们教儿孙们学,尽管是爷孙间,歌声一起,便一脸正经。什么时候都有听众,有抱着长烟杆儿的老者,也有纳鞋底的妇女,更多的是那些后生、姑娘,他们攒着暗劲儿背下来,等着哪天能派上用场。那些文化高的便拿着笔和纸记录,遇上不会写的生僻字,他们就先找一个代替着,等回头找来字典查阅后再慢慢誊写,生怕错过了老人们的叙述。如果遇上正月间,主人家会煨上一壶米酒,让大家一起来消夜,此时,主人家会触景生情,献上一曲酒歌:

简慢宾朋莫笑我,
席上淡薄浅碗空盘菜不多。
各位好客宽心坐,
原谅寒家接得浓艳待得薄。
……

在这样的地方,这样的环境,这样的气氛,面对这样的观众,酒歌是最逞能的,它的艺术享受是和酒共生的。如果是在冬天,那就是一股暖流,能缓缓流进你的心间;如果是在夏天,就是一股清泉,滋润你的心田。

最可贵的是老一辈的山歌爱好者,他们没有年轻人那么张狂,只是待在那儿,点上一支烟,在静静地品赏。歌声能把他们带回年轻的时候,常常唤得他们脸膛红润。那些小一点儿的孩子,学得一两句,便哼来哼去,一会儿桐子树上,一会儿李子树下,一会儿桃子树间,一根枝丫一个人,他们像猴子一样跑来蹿去的，即便从树上掉下来，也不会有什么大碍的，因为离地都不是很高，只是招来一顿臭骂罢了。冬天的时候，有些顽皮的孩子会爬到路边的堆草树上，在那里钻一个草洞，将身子缩进去，露出一个脑袋，这样待一会儿就睡着了。一觉醒来，已是月上枝头了。

山歌唱出来，嗓子亮起来，村人的评价是谁家的儿子嗓子好，谁家的女儿转音转得好，于是乎，谁有出息，谁没能耐，一下子就有了定论。这时，有人会问，某某有了对象没，某某找了婆家没。事情就向另一个方向发展了。当然了，一些人是不要媒人的，那些少男少女，往往在对歌时，眼送秋波，留下定情物，相约下一次见面的时间，或者相依相偎，到黑黑的树林子里去了……

现在外出打工的人多了，唱歌的人少了，但是每每遇上村里有喜事，主人家都会请上几位山歌大腕儿来唱到后半夜。似乎这里就是歌的舞台，你方唱罢我登场。

## 名字里的暗号

### 一

不管你地位有多高,你的名字是怎么也不可以少的。细细考究,发现这名字里还有蛮多名堂。比如,我们村子里大多数人的名字中间那个字是相同的,那是字辈,字辈的排序,祖上早有规定。比如我们姓江的,字辈的排法为"起祖正通光,东月应文昌,天明大国顺,万寿自然长",到我这辈为月字辈,寨子里我们一般大的孩子都叫"月什么",到了下一辈就该叫"应什么"了,再下去就是"文什么"。女孩子的名字没有安排字辈,她们出嫁了随夫确定,嫁了字辈高的,自己的辈分也就高;嫁了字辈低的,她们的辈分也就低。名字大都带有花草味,如秋菊、桂丹、荷花、春梅等。

名字是有时代印记的。中华人民共和国成立前,女名大都是恪守三从四德,如淑兰、淑珍、秀英、淑琴、秀兰、淑敏、秀珍等,男性起名祈祷富贵,如有福、金生、发贵、应魁、登榜、登第、登科等。到20世纪五六十年代,名字也有了变化,如"超英""跃进"。女的起名和之前差不多,男人起名红军、建华、国庆、跃进、援朝、卫国、建设等。六七十年代起名紧跟政治风，如向红、向东、卫东、卫彪等。改革开放时期，颖、静、磊、涛等性别化特征明显的字开始出现在名字里。经济高速发展时期叠字名走俏，如娜娜、佳佳开始多了起来，杰克、丽丝之类的洋气名也十分走俏。

当年，农村的医疗条件差，夭折的孩子不少，所以人们认为贱的东西容易活、好养，于是我们村子里大都给孩子起上贱名，比如贱狗、狗妹、冬狗、黑牛、铁牛、叫花子等。我们一个寨子好多个贱名都有一个狗字，狗好养吧，比狗还贱就更好养了。叫花子缺吃少穿，大冷天睡在马路上也不感冒，孩子如果也能这样，就能顺顺利利地长大了，因此给孩子起名叫花子。贱名本身就有点歧视的味道，本来就是一个人，却给起个动物的名字，叫狗啊牛什么的，可这些贱名只是喊喊罢了。翻阅族谱，发现祖上的人都有字什么号什么名什么的，没看到他们的贱名，我怀疑他们好面子，可能没有写上族谱。

有些人的贱名不是出生时起的，是长大的过程中根据人的喜好、个性和习惯起的，这叫外号或绰号。和贱名一样，这些名字上不了书本，比如秤杆蛇、断尾巴狗、铁炮、冲大爷等。据说秤杆蛇不怎么爱动，用棍子戳一下动一下。因为这人懒，从来不主动做什么事，喊一下动一下，因此叫他秤杆蛇。断尾巴狗就是不合群的意思。铁炮就是人长得矮。冲大爷就是讲话不怕得罪人。每个人的贱名就像典故一样是有出处的。农村实行土地承包责任制后，大家聚在一起的时间少了，没人去给别人想什么绰号了。再加上农村的医疗水平也得到了提高，孩子少有生病，大都能快快乐乐地长大，起贱名的也就随之减少了。但又出现了一种新的情况，在名字的前面加一个老字，比如老卫、老钦、老河、老海、老周、老武等，好像整个寨子里的人都是单名姓老一样。这就是农村人的智慧。

叫贱名也闹了不少笑话。一次三叔到城里来办事,找到我们单位,问办公室的人说:"老卫在哪儿上班?"

办公室的工作人员一头雾水说:"我们这里没有一个老卫啊!"

三叔说:"听说他是在这里上班咧,还当个什么领导!"办公室的人这才恍然大悟。

事后,办公室的同事学着三叔的话取乐,大家笑了好一阵子。这事不光我遇到过,我的好多同事都遇到过。一次一位老同志到我们单位来找"鸭蛋",大伙都愣了,说我们这里是文化局,不卖鸭蛋。老人也不糊涂,说:"鸭蛋是我的崽,我是他爹。"幸好"鸭蛋"从那儿路过,一把拉住他说:"爹啊,你到外面来要讲我的学名人家才晓得。"

老家来的人喜欢讲小名或贱名,因为他们喊惯了,讲学名他们还一时转不过弯。有的虽然同居一个寨子几十年,不知别人学名的也不在少数!几年前,我在一个小镇上当党委书记,我父亲去我那里玩。听到楼下有一个声音像在喊"老卫",便提醒我:"楼下像有人在喊你咧!"

我竖着耳朵听了一下说:"不是,不是在喊我。"

父亲还没回过神来,固执地说道:"你听,是在喊老卫咧!"

我笑了笑说:"在这里只有喊我江书记的,哪有人喊老卫啊!"父亲无语。停了一会儿,他自顾自地笑了起来。我不知父亲笑什么。

## 二

当初我也是这么想,名字只是一个代号,没什么要紧,经历过生活的种种艰辛之后,我当初的想法有些动摇了。怎么我的命就这么苦呢?我想到了街头拆字的那些人！这名字肯定有玄机，要不然街头上怎么会出现专门拆字算命的人呢？再看看那些改了名的人吧，朱重八改名为朱元璋后就当了皇帝。

但改名也不是无缘无故就可以改的，从公安部门出台的措施来看，名字一辈子只能改一次，而且要有如下几个方面的情况才可以改，第一种情况是与别人重名，申请人需要向公安部门提交重名者的身份信息；第二种情况是姓名辈分不符，申请人需要提供族谱；第三种情况便是户籍姓名与档案身份不符，需要提供详细档案资料。

知道户口本上名字难改后，有的人便自作主张给自己改名，来个官方不承认民间认可吧，如仙妹改名为雅丽，菊珍改名为凌薇，桂花改名为雨婷，还有改名为依娜、梦舒、晟涵等的，改了之后的名字都很洋气。改名的这些大都为女孩，觉得自己的名字土。

改名的事还不只是人名，改地名的也有。比如，我们那个村叫栗山村，后来改名叫卫东大队，现在又改回到原来的栗山村，村子里那几年在外面当兵的给人家留下卫东大队的地址后，后来又找不到是哪里了。我们片区的小学改名为八一小学，过了一阵子后又改为原来的马王小学，马王是这个地方的名字。这名字改来改去应该总有它的必要吧，按哲学的观点，存在即合理。比如，我家附近的一个村叫半江村，一个很有诗意的名字，但村子里没有江，只有一条小溪，溪水清澈，一年四季不断流，因为在山涧，是建发电站的好地方，一位浙江商人来这里进行小水电开发。但这商人觉得半江太少了，还是满江好些，于是，叫了上百年的半江，一眨眼，名字就变了满江。

我上网查了一下，发现关于名字的笑话还不少。某学校开学有个老师点名："张三、李四、朱肚皮！"没人应声。后来有个学生说："我不叫朱肚皮，我叫朱月坡。"有个音乐老师叫管风琴，有个健美老师叫陈亚玲，有个锅炉热处理老师叫吴嫣梅（无烟煤），有个能吃的小伙子叫范世刚，有两个没有考上大学的人，一个叫陈复旦，一个叫陈剑桥。有个人的名字非常雅，叫子藤，可惜姓杜。有个人叫何难，他问父亲为什么给他起这个名字，他父亲说因为很想要个儿子，如愿以偿后很得意：这有何难！何难问父亲，如果再生一个孩子呢？他父亲说：这又何必。由此看来，给孩子起名不能太随意，不能突发奇想就给孩子起个名字，要三思而后行，要让孩子长大以后能喜欢这个名字，避免孩子成人后因为名字而闹出笑话来。

我有位大学同学姓"是"，叫是兆松，有一次一个人给他打电话："喂，是兆老师吗？"把名当姓叫了。我自己也亲身经历过，那一年我还在县里从事秘书工作，到上级部门开会，上级给安排房间，把我和一个女性安排在一间，我开玩笑说："组织上对我的婚姻要进行重新调整啊！"原来我们单位上报我的名字时，没有在姓名后面注明男女，他们在安排房间时从名字上判断，认为我是一个女的，因为名字里面有一个"月"字，哪有男人起名有月字的呢？

我们县委宣传部的一名新闻专干叫刘海燕，编辑老师对他发来的稿件特别垂青，没想到见面时才知他是一个大男人。

那些土得掉渣的名字，虽然听起来就烦。可是，当你离开故乡漂泊半生，身心疲倦的时候，梦中却总是浮现出那些土气苦涩的名字，犹如春风拍打着门板，半夜里总让你醒来。

## 三

近年来，名字这件事就更加复杂了，不光有户口本上的名字，还有网名、微信名等，对一个人的称呼有好多种，有点像化名打入敌人内部，有很多个名字，一时用这个名字，一时又用那个名字，让人有些目不暇接。

按理说，起网名是很随意的，没有字辈也没有姓，起一个什么样的网名，这是一个网民的权利，只要不违反法律、法规，任何机关、个人、团体、党派均无权干涉。当然，也不能起个网名宣泄自己的情绪而侵犯他人的合法权益和国家利益。不过，网名同时反映一个人的素质、文化、心境、人生态度。如果不加以考虑，随随便便起一个，那么我相信这个人一定是一个随意、不负责任的人。仔细分析这些人起名时的心态，发现有的明显属于思想不健康、意识有问题；有的则是抱着一种恶作剧的心态，调侃搞笑过了头；有的则是想一"名"惊人，靠歪名取胜。要知道，如果你的网名起得新颖、别致、有趣、耐看，别人不但不会干涉你，还会欣赏你，赞美你。但如果你的网名起得低级下流、侮辱他人、指桑骂槐、嘲弄社会，别人肯定要干涉你，制止你。

认真分析，网名也有它的特点。有的温文尔雅，和现实生活中的名字差不多，比如女的直接彰显自己的靓丽和个性，叫梦娜、梅子、文静妹、小丫头、月朦胧、漂亮女孩等。有的还直接用日本女人的名字，如幽子、野杏子、山川秀子等。男的看起来愣头愣脑有些可爱，如大个子、坏小子、老人头、阿凡提等。那些武侠迷便直接用武侠小说中的人名，如杨过、令狐冲、独孤剑、李寻欢、韦小宝等。还有带诗情画意和山水草木特色的。用唐诗、宋词、元曲和现代诗歌中的元素做网名，如杏花村、玉门关、北飞燕、停车坐爱枫林晚、春江水暖鸭先知等。山水草木类网名，如闲云野鹤、寒山一竹、阳春白雪、冷眼观潮、昆仑山上一棵草等。

有用动物做网名的，如熊猫、飞龙、海豹、东北虎、西北狼、金丝猴、快乐的小松鼠、会唱歌的猫等。还有用科学名词做网名的，如火星人、飞毛腿、爱国者、克隆先生、蓝牙太太、纳米小姐等。那些对电影电视和经典歌曲特别喜爱的，网名也带着这些色彩，如茉莉花、太湖美、指环王、一帘幽梦、康定情歌、泰坦尼克号、冰山上的来客等。

还有一些是自我解嘲、自我调侃的，如丑小鸭、笨小孩、乡下人、痞子蔡、笑面猴、苦瓜脸、失恋士兵等。有的干脆用名人的名字做网名，如泰森、巴乔、武松、李小龙、史泰龙、戴安娜、成吉思汗等。还有一类人用千奇百怪的网名，这类网民喜欢刺激和冒险，他们起的网名往往别出心裁，如杀手本无情、恋上你的床、披着羊皮的狼、卖羊头的小女孩、一只会思想的蚊子、今夜太冷不宜裸奔等。

网名总归是自己起的，总有这样那样的原因。有个人网名叫"寒后"，据起名的人说，他的意思是：寒冬之后一定是春意盎然。可大家总是理解为：寒冷的皇后。网名"木子雨云"是拆开自己真实姓名组合而成的，这样在网络注册姓名的时候，根本没有遇到重名的麻烦，很顺利地就申请到这个网名了，如姓冯就叫"二马"。有的网名是根据自己某阶段的心情和生活状态而起的。有位网友说自己的网名已经是第三个了，在学校里读书的时候，感觉周围一切都很浪漫，当时就起名字叫"风华雪叶"；毕业后刚开始工作的时候，换了一个名字叫"泛海"；在工作第五年的时候，感觉自己的心境有了很大变化，就改为"平凡"。网名"青芷"说，青者，出于蓝而胜于蓝；芷者，一种朴素美丽的香草，可以代表进步和美好。网名"红豆"解释说，自己姓豆，是南方人，就算是南国，是从古诗"红豆生南国"而来的。还有用汉语拼音、英文字母的，还有用数字的，以及英文字母与汉字结合的，还有用许多杂七杂八的符号组成的……

　　从网名看格调，起网名既是知识的竞赛、智慧的较量，也是人品的检验、格调的测试。这是因为，但凡起名，大都包含了某种意思在里边，它直接或间接地映射出网民的审美情趣、思想境界和性格特点。可以这样说，网名就是一种人格化的脸谱。鲁迅先生在《名字》一文中说："我看了几年杂志和报章，渐渐地造成一种古怪的积习了。这是什么呢？就是看文章先看署名……自称铁血、侠魂、古狂、怪侠之类的不看。"我想鲁迅先生之所以不看这些人的文章，主要原因就是他们的"名"不正，因此怀疑他们"言"也不顺，干脆不看省心。

　　由此可见，起什么样的名，并不仅仅是个人的小事，还关系对读者的尊重。纵观当今网络，有些人起的网名实在不敢恭维，有的网名格调低下，以丑为美，如醋坛子、采花大盗、斜眼老公、扭曲的心灵、气得你发疯等；有的网名侮辱他人、嘲弄社会，如纳粹恶魔、人民公敌、拉登是我哥、挑个狼孩上北京等；有的网名色情泛滥、低级下流、不堪入目。

　　古人云："赐子千金，不如授子一艺；授子一艺，不如赐子好名。"由此可见，名字对人是很重要的，不能马虎。

## 打猎失联了

办理完父亲的丧事，我就要返城了。没什么可带进城的，家里都是农村的普通用具，在城里，锅碗瓢盆我都有，村子里也没哪家缺少这些东西，只能放着。房子是父亲三年前新修的砖瓦房，我不打算卖。再说，村子里的年轻人大都外出务工，许多人都在城里买了房，没几个肯回村子里住。我就是想卖房，也没人买。唯一不好处理的，就是父亲养的那条黑狗，父亲叫它"打猎"。当然，要处理也容易，卖给那些开狗肉火锅店的就行，但我下不了手。打猎陪伴在父亲身边三年了，被父亲养得溜光水滑的，而且乖巧听话。父亲突发脑出血，打猎是第一个发现父亲倒在地上的，也是它跑到隔壁，咬着坤二爷的裤管来看父亲的，我怎么能忍心把它卖了呢？

母亲去世二十多年了，父亲不肯跟我们进城，说已习惯一个人的生活。自从母亲去世后，父亲不怎么愿意说话，特别是天快黑的时候，他一个人坐在门前，看着夕阳，一根接一根地抽烟，把自己埋在烟雾里。打猎毕竟是父亲养的狗啊，很黏父亲，蹲在那里，一脸茫然地看着父亲，一会儿又老成地看着远方。此时，隔壁来串门的坤二爷试图与打猎亲近，他刚要用手去摸它，打猎就低吼起来，眼睛里立刻就有了凶光。父亲说了一声："隔壁邻居都不认识啦！"打猎低鸣着，不敢再发作。打猎很聪明，能听懂父亲的话。父亲这时来了兴趣，说："握个手。"打猎就把一个前爪递给父亲。父亲握着打猎的前爪摇了摇。父亲又把手中的烟杆儿往空中一扔，说："接着。"打猎一蹦，把那烟杆儿用嘴稳稳接住。见这样，坤二爷把手中的万年历往空中抛去，说："接着。"打猎没有理他，万年历重重地掉在了地上，砸破了角。父亲朝打猎说："把它捡起来。"打猎便将万年历叼起来送到父亲身边。打猎还能做很多事，比如，父亲要它作揖、打滚、提鞋子……它都能一一照办。打猎可能觉得自己有了功劳，开始撒娇了，它紧紧地依在父亲的身边不肯离开，是要父亲的奖赏。父亲抽一口烟，将白白的烟雾吐向打猎，打猎一动不动，轻轻地吸着白白的烟雾。一会儿，打猎就惬意地打着哈欠，倒在父亲的脚边睡着了。

　　父亲一个人闷得慌的时候，一边摸着温顺的打猎，一边和它说话："你啊，又到哪儿疯来？你看你被咬成这样，你痛不痛啊……"打猎便摇着尾巴，舔着父亲的手。坤二爷听到父亲在说话，还以为我家来了客人，第二天总会问："你家昨天来的客走了？"父亲愣了一会儿，才明白是怎么回事，笑着答道："它啊，出去疯癫去了，吃饭的时候就会回来！"坤二爷的脑子一时没转过弯，以为父亲说的真的是客人去玩了。一会儿打猎一身湿漉漉地回来了。父亲说："回来了，不在外面疯癫了！"坤二爷这才明白，昨晚父亲是与打猎说话。

　　不管父亲是上山砍柴还是下地除草，打猎总是跑前跑后地跟着。父亲在做事时，打猎便这儿听那儿望的，猛然一蹿又跑到山里去了。还真以为它撵到了一只猎物，其实什么也没有，它只是在跑着玩罢了。父亲到十公里外的镇上赶集，打猎也要送上一程，要不是父亲骂着它，它可能会跟到集市上去。天黑了，打猎就等在村前的花阶路上，见到父亲赶集回来，打猎跳着在他身上抓，父亲只得从口袋里拿出特意为打猎买的油炸粑提前犒赏。

一次，打猎突然不吃不喝，也不跑到外面疯了，整天睡在大门口。父亲将平时自己不舒服时吃的"藿香正气水"开了两支给打猎喝，可打猎还是有气无力地躺在那儿，不吃饭，半眯着眼。那时，正是春耕生产的大忙时节，父亲不得不放下手中的活，到镇上的兽医站去买药。兽医站的人说："光吃药不行，还得打针。"父亲给打猎喂了药后，又请来村里的赤脚医生给它打针。村里人向来不珍视狗的，见父亲花钱还不说，春耕大忙的还耽误工夫，便对父亲说："治狗病的药简单，只要稻草、辣椒、生姜、大蒜……"说的是煮狗肉时的佐料。父亲从不骂人的，见村人这样说他的打猎，他真的生气了。

打猎的模样挺像狼狗的，只是个头儿比纯种狼狗稍稍小一点。尽管它在和同类较量时，被同类咬掉了半边左耳，但并没有影响它的威武，而且还有点像手上留刀疤的人一样，能证明过去。

那天我回到老家。虽然我和打猎不认识，但狗通人性，一会儿就和我熟悉了。我还在院子里与打猎逗乐，突然它就蹿了过去，一口咬住一个上门推销家电的人。那位推销员吓坏了，使劲一拽，袖子拽去半截，人倒在地上惊恐万状地喊："狗，狗，快赶狗！"我急忙跑过去，用脚踢打猎："你这个畜生，真是狗仗人势，胆子怎么这么大啊！"这几年，城里搞推销的天天往村里跑，有推销家电的，也有推销饲料的，还有收破烂的。不知为什么，对于收破烂的，打猎不怎么在意，它对那些衣服穿得鲜亮的推销员特别憎恨。

一天傍晚，父亲一个人坐在大门外，望着远方的山峰，近处是广阔的田野，山脚下是一条小溪，亮亮的，一会儿隐在草里，一会儿又爬了出来……可就在父亲站起来那会儿，头一歪，栽倒在地上，就这样平静地走了。

给父亲守灵那几天，打猎一直陪在我身边，也像是给父亲守灵一样，我摸它一下，它马上用舌头舔我的手予以回应，挺温顺的。也许狗通人性，父亲走后，我就是它唯一的亲人了。

我决定把打猎带进城。好在我工作的城市对狗管理得不怎么严，不要求办什么证的。最让我高兴的是，我所住的小区是个老小区，管理不是十分规范，没有保安守护，只有一个看大门的冯老头。我想，冯老头有打猎做伴，一定会高兴的，就像父亲在世时一样，天天和打猎说话。或许，打猎也很适应，因为冯老头与我父亲一样，也是一个古稀之人。

得知我要把打猎带到城里，第一个反对的就是坤二爷。坤二爷见我坚持，只好说："你愿意带就带着，不过我把丑话说在前头，这东西到城里很难适应，我是怕它将来惹祸。"其实，坤二爷想把打猎留下来，但坤二爷是村子里有名的困难户，自己吃饱都难，我担心我人还没回到城里，打猎就成了他的下酒菜。我没吭声。

"没听见就没听见吧，反正我是说了！"坤二爷还没有放弃，还在做最后的努力。我还是没有搭理坤二爷。

打猎是第一次坐车，一直不敢上车，还发出"呜呜"的哀鸣声。我摸了摸它，它乖巧地趴在地上不动。我一把将它抱上后坐并关了车门，它竟然"汪汪"地叫起来，叫了一会儿又开始哀鸣。就这样，打猎和我到了城里。

到了城里，我买来拴狗的皮套和铁链，那是专门为狗定制的。这年头什么都专业，连狗绳都是专业的，一条铁链。那皮套很漂亮，嵌满了亮晶晶的铆钉。我看得出，面对新的环境，打猎的眼里充满了恐惧，因为它的尾巴是夹着的。小时候，老家人骂哪个孩子胆小，开口闭口就是"你这个夹尾巴狗"。我怕打猎乱跑，将它拴在院子里膀臂粗的一棵树上，然后就到楼上的家里去放东西。

打猎被拴在树上，不知道该干什么，就围着树这儿嗅嗅，那儿嗅嗅，都是草也没什么好吃的，转来转去，驴拉磨一样，很快就把自己给缠住了。

　　我一边解开链子一边骂道："把你接进城了，还想自杀啊？"正在这时，我楼上的单身女人苏女士牵着一条黄色狮毛狗来了，狮毛狗显然有些高兴。

　　狮毛狗虽然个头儿小，但天天有苏女士宠着，胆子很大，它兴冲冲地向打猎跑来，试图和打猎亲热。打猎紧张地立着耳朵并夹着尾巴惊慌地退了几步。我骂道："你这点出息，它那么小你还怕它！"

　　我对打猎说："走，我也带你到外面看看风景。"狮毛狗便讪讪地站在那儿，看我牵着打猎走出传达室的大门。

　　我牵着打猎来到五溪文化广场，说是广场，但这里有树有水，还有让人休息的椅子。打猎感觉到一切都是那么新鲜，这儿嗅嗅那儿闻闻，还时不时抬起右后腿撒上几滴尿，为的是打记号好找路回去。突然，一个黄狗跑来，打猎立刻就与黄狗撕咬起来，为了不让打猎吃亏，我丢开绳索让它们咬。我知道，在老家，整个村子里的狗都打不过打猎，尽管打猎的左耳被同类咬掉了半边，但到最后还是赢了。正在这时，一个光头男人手拿一根酒杯粗的木棒来帮那黄狗。我怕打猎吃亏，把它拉开了。打猎很不服气，还一个劲儿地挣着扑向黄狗。

　　上班后，我只能把打猎交给守门的冯老头看管，为了取悦冯老头，我把打猎夸奖了一番，说它会这样那样什么的，冯老头信以为真。我也没骗冯老头，以前在老家时，打猎确实是这样的啊！比如，吃饭前喊打猎打个滚，它就真的倒在地上滚一圈。可不管冯老头怎么哄，打猎就是不打滚。冯老头丢骨头给打猎，打猎就是不跳起来接。打猎不但不接，反而不吃冯老头喂的食物，像是怀疑冯老头喂的食物有毒一样。

我劝冯老头说:"打猎认生,慢慢和你熟悉了就会好的。"

我把打猎放在冯老头那儿,最伤脑筋的是,它还像在农村一样,见到有人来,就要吼上几声,此时的打猎远没有在老家那么恶了,在老家时它还要扑上去咬人呢。

尽管这样,小区的安静还是受到了影响,因为小区每时每刻都有人进出,每进出一位,打猎都要叫上几声。特别是白天,进出的人又多,而且打猎吼得最凶的是那些衣着光鲜的人;对穿着普普通通的人,打猎不但不叫,反而十分亲热。每次那些到小区收破烂的人从门卫那儿经过,打猎没哼上一声。这样一来,打猎的所作所为,不但没给冯老头帮上一点儿忙,反而添了乱。

更为恼火的是,有人还联名贴出一张告示,要小区里的人管好自己的狗,不要影响大家的正常生活。我气不打一处来,把打猎拉出传达室门口就是一阵毒打,打猎委曲且哀怨地望着我,幸亏冯老头出面来劝解,否则,打猎会被我打死的。

下一步该怎么办?如果把打猎关在我的家里又太脏,它也要叫,也会影响别人。如果把打猎拴在院子里,它同样要叫,影响小区的安静。没办法,我只得要冯老头将打猎拴在小区大门外的公路旁。等过段时间,打猎熟悉环境了,不见人就叫了,再放进小区来。

打猎像是知道我的心思一样,被拴在公路旁半个月后,对过往的行人再也不哼半声了。这使我想起"狗吊一吊,三年不叫"的老话来,是不是因为打猎被吊着才不叫的呢?见打猎对路人不叫后,我便将打猎拴在传达室里,早晨和晚上牵它到外面放放风。此后,打猎一天到晚,都待在冯老头传达室的床下,一声不哼,不留意的人,不知道传达室里还有一条狗。

阳春三月的一天,苏女士喝得醉熏熏地牵着她的黄狮毛狗回来,经过传达室时，打猎不声不响地骑在黄狮毛狗的身上，黄狮毛狗可能正在发情吧，很配合打猎。苏女士只顾和冯老头说话，没在意脚下的狗，一会儿才发现。苏女士像是受到了奇耻大辱，跺着脚用手中的狗绳去敲打猎。打猎愤怒地将苏女士的手臂咬出了血。这下麻烦来了，苏女士又哭又闹地找到我家来。我说："打狂犬疫苗的钱我出，别的还怎么办？难不成还给打猎判个强奸罪送去坐大牢？"苏女士想想也没别的理由，只得算了。

这天，接到坤二爷过世的消息，我得回老家为坤二爷吊孝。一个星期后，我从老家吊孝回来，发现打猎瘦了，蔫蔫地躺在传达室的大门边，对出出进进的人视而不见。我和冯老头说话，打猎"噌"地起来了，在我的身上抓，还发出"呜呜"的哀鸣声。我摸着打猎的头，心里很不好受。冯老头说："这畜生啊，可能是生病了，你走后它就不吃东西。"我一惊，心想不可能吧，狗是难得生病的，是最好养的。我们村里有人取名贱狗、冬狗、狗妹什么的，意思是像狗一样容易成活。果然，现在七老八十了都还活着。我马上跑回家给打猎找吃的，发现家里还有剩饭剩菜，我扎实搞了一海碗到传达室。我还没来得及蹲下，打猎的嘴就伸到了海碗里。

冯老头感叹："这畜生啊，饿死也不吃我喂的东西。"

我只得把打猎带回家吃饭，晚上又拴回传达室，让它陪冯老头守门。经过一星期的悉心照料，打猎又恢复了原样，毛色出现了光亮。考虑到冯老头看管打猎费了不少心，我特意请冯老头到我家来吃饭。我和冯老头在喝酒，打猎就立在地下，我偶尔给打猎扔点什么，它就蹦起来一叼。冯老头觉得有意思，说："这打猎，好身手。"也弄块肉往打猎面前一扔，结果打猎刚要蹦起来就停住了，没接，肉掉在了地上。这让冯老头有些意外，也有些尴尬，他以为是他扔得不够高，就又扔了一块，结果这次打猎连动都没动，准确地说是连看都没看。

冯老头说:"你这个畜生,还认人啊?"

我说:"打猎有脾气,对城里人反感。"

冯老头说:"什么脾气,还不是你给惯的。"

我说:"这狗的性格比较犟,比我还犟。"

冯老头说:"有什么犟的,都一样。你拴着它,它听你的,我拴着它,它就听我的!"

我说:"你说的还真有道理,现在领导拴着我,因此,我得听领导的。"

冯老头笑了:"我帮它把绳子给解了,它感激我,就会听我的。"冯老头说完,站了起来,解开打猎的绳子,然后又在锅里找了根骨头,"打猎,给!"

不料,打猎冲他"汪"地一叫,没有去吃他丢下的骨头。

冯老头只得摇头叹息……由于打猎被解了绳子,趁冯老头开门下楼的时候,打猎也下了楼。我不怎么在意,它来家里已不止一次了,我估计打猎可能是吃多了找地方拉屎去了,因为每天吃过晚饭我都要牵着打猎去溜达,打猎就是在这个时候拉屎。

打猎出去后就再也没有回来,我找了好多地方也没找到。

……

那天,父亲在院子里默默地看着远山,"吧嗒吧嗒"地抽着旱烟,瘦骨嶙峋的打猎回来了,先是用身子拱父亲的衣襟,父亲没有搭理它。它又跑到父亲面前,哀鸣着用舌头舔父亲的脚。父亲这才把目光从远处收拢来,一边用手抚摸着打猎,一边嗔怪地骂道:"你这段时间跑哪儿去了?怎么瘦成这样了!"

我一激动,接过话说:"打猎跑我那儿去了呢……"醒了,原来我是在做梦!也许不是梦,打猎很有可能陪父亲去了!

## 新晃，我的胞衣地

不知是哪一位，取了"新晃"这个一点儿诗意也没有的名字，更为严重的是还要拖上"侗乡"这个象征着边远落后的后缀。但不管怎么样，我这辈子都离不开这两个字了。从我父亲将我的名字交给村支书的时候起，我就与"新晃"这两个字紧紧地连在一起。几十年来，我不知写过多少次了，现在唯一会写行草、狂草、楷书、篆书四种字体，而且写得像模像样的，恐怕就只有"新晃"这个词了。

"新晃"好写，但读起来别扭，有点儿放不开的感觉。记得我上大学报到的那一天，有一位学友很友好地伸出手来："新化的，我也是！"我说："是新晃，新晃侗族自治县啊！"人家老半天才"哦哦，对对对，新晃新晃，上面一个日下面一个光的那个晃"。我估计他还是不知道在哪儿。

作为土生土长的新晃人，你可以离开新晃，但你不能离开"新晃"这两个字。那些设计表格的人总要问你的籍贯。你想想，如果我们同在一个单位工作，人家的表格上总是填北京上海的，谁不知道啊，就你填"新晃"二字，用放大镜在中国地图上找上老半天才找到，那是多么没有面子啊。

然而新晃人就是新晃人。当别人忙于做生意赚钱的时候，新晃人却在做一件外人想不到的事情。女人一排排站在石阶上,唱着一种外人听不懂的歌,这歌声沉着、柔和、悦耳,多声部,称自然和声。男人抱着芦笙伴奏,还要跳一些难度不是很大的舞。这些原始古朴的歌声,还引来外国友人的高度评价,说这是中国所有歌唱艺术中最容易被西方接受的一种。不就是侗族大歌吗?何必说得那么高雅,在我们村子里人人都会唱。在新晃,几乎每天都是在这样的歌声中醒来,又每天在这样的芦笙乐曲中睡去。唱歌在这里不是什么"余兴节目",而是全部生活的起点和终点,全部历史的凝练和传承,全部文化的贮存和展开。

你们看到过吊脚楼吗?

到新晃去看看吧。

新晃的吊脚楼大多依山而建,楼上人住,楼下猪牛住。据说这种建筑是新晃人保护环境的象征,因为他们不轻易开山凿石。还有人说这是和谐社会的有力见证,说人和猪牛都和谐了,和人还不和谐吗?当然,这只是句玩笑话。

还有就是鼓楼,鼓楼是侗乡的象征。鼓楼呈塔形,木质结构,以千个榫头、万根穿枋,无楼柱眼连接。少则八九层,多则数十层。它是侗族文化的杰出代表,数百年来,它以秉古亭之清幽、兼宝塔之奇伟被誉为侗族建筑的艺术瑰宝。与风雨桥一样,享誉于世,好多处鼓楼被国务院定为全国重点保护文物。

中年妇女的服装比较收敛,是黑色为底的绣花衣。而姑娘们则穿得华丽、精致,配上一整套银饰,显得光彩夺目。你可知道,那是姑娘们自己织绣多年的积蓄,也是父母亲赠予她们的未来嫁妆,都凝结在这套服装中了。这里的财富不隐蔽,全都显现在她们的衣服上。凡是在农历"三月三""六月六""七月十四"等新晃侗乡人的传统节日里,人们穿着侗族盛装,来到鼓楼前的草坪上。领唱的是中年妇女,表情比较严肃,但她们的歌声在女儿辈的身上打开了欢乐的闸门。这样的歌唱是一门传代的大课程。中年传教给青年,青年传教给小孩。歌是一种载体,传教着人间的基本情感,传教着民族的坎坷历史,还传教着什么是爱情、什么是忠贞。这时,男性往往是陪衬者,他们以芦笙来配合,不同年龄的男子高高矮矮地吹着大小不一的芦笙,悠悠扬扬地伴随着歌声走向远处。女性们获得了这样体贴的辅佐,唱得更畅快了。侗族长期以来没有文字,因此也就没有那些需要日夜攻读的诗文,他们的诗文全都变成了"不著一字"的歌声。你听:"羊子吃奶双脚跪,养儿防老饱防饥。你孝父母崽孝你,归世子孙穿孝衣。大鸟衔虫喂嫩鸟,只因嫩鸟翅不齐。后来大鸟无力气,小鸟衔虫喂大的。不忠不孝不仁义,枉在世间披人皮……"

此时此刻,鼓楼前的坪坝上安坐着一圈黑衣老者。老者表情平静,抽着长长的烟杆儿。他们是"寨老",是整个村寨的管理群体。一个村民,上了年纪,又德高望重,就有资格被选为寨老。遇到村寨安全、社会秩序、村民纠纷、节日祭祀等方面的事情,鼓楼的鼓就会被击响,寨老们就会聚集在这里进行商议。寨老中又有一位召集人,商议由他主持。寨老们做的决定就是最后决定,以示权威性。

寨老们议事也有既定规范。由于没有文字,这些规范成为寨老们必须熟记的"鼓词"——鼓楼下的协调规则。根据这些规则,寨老们还要宣讲,又叫"讲款"。不过他们的讲款是与时俱进的,且引几句:"改革开放又安稳,文明和谐有钱挣。宝石采茶走致富,吃肉喝酒顿顿余。今天过上幸福日,不忘为国牺牲人……"

近些年来，讲款从内容和形式上都有很大的创新，打破了以往只局限于宣讲一些简单的村规民约，而是从"歌颂共产党的领导、号召创建和谐文明社会、宣传法律法规、歌颂为人美德和道德修养、奉劝勤俭持家脱贫致富"等方面来体现款词的内容。

侗族自古以来都没有警察，没有监狱，更没有军队。寨老不是官员，没有任何特权。他们平日与村民一样耕种，养家糊口，犯错也一样受到处罚。他们不享受钱物方面的补贴，却要承担不小的义务。例如外面来了一些客人，他们就要分头接到家里招待。如果每个寨老都接待了，还有剩余的客人，一般就由那位寨老召集人负责了。因此，一位长者要出任寨老召集人，首先要征得家里儿女们的同意，需要他们愿意共同来承担这些义务性开支。

又是一个月明星稀的夜晚，我站在三十层高楼中，看这个城市的夜色，灯火辉煌。可我的眼前总是浮现出家乡新晃的吊脚楼，那个宁静得连梦都没有的村寨，一支芦笙，一阵鼓声，可唤来全村男女老幼的号角……

新晃啊，我的胞衣地。何时何地，你都在我的心中！

## 花 鞋 垫

  进入冬天,家乡人都喜欢蹲火铺。十多年了,我还清楚地记得九十岁高龄的奶奶常挂在嘴边的一句话"娘亲爷亲不如火亲",说的就是家乡人冬天对火铺的依赖。屋外雪花飘飘,屋内暖意融融。一家人围坐在火铺上,一边做着针线活,一边东家长西家短地拉着家常。姑娘们一般不掺和这些议论,自顾纳她们的花鞋垫,一会儿用白线,一会儿用绿线……一朵朵花儿就在那细长的鞋垫上盛开了。那时,我们不知道有苏州的刺绣,夜郎自大地对人家说:"谁能绣得如此精致和细腻呢!"现在想来有些可笑,但却另有一番质朴和纯情的意味。

  在我看来,纳花鞋垫也不是什么复杂的手艺,因为我们村子里大姑娘小媳妇或大嫂大婶个个都会,但她们的文化水平都不一样。有的只读过小学,有的上过高中,有的一个字不识,但绣出来的鞋垫则一样漂亮。这需要的就是耐心。先是比着脚印画出大小,找来厚实的白布,贴上几层,中间夹层厚实的"布壳",按照画好的尺寸,剪裁成鞋底样,再一针一线地绣出山山水水。

  故乡的小山村很穷,但穷并没有影响大家的爱美之心。无论是男女老幼,鞋子里都垫着花鞋垫。就连单身佬谋金谋银两兄弟的解放鞋里也垫着花鞋垫。

那是他们用一担柴和姑娘们换的。纳花鞋垫是大姑娘小媳妇们攒暗劲儿的一项活儿。白天与男子汉们一道下地劳作，到了傍晚时，急急赶回家，烧水煮饭。吃过晚饭，收拾停当，端着小板凳来到院子里，将那盏挂在树梢上的四十瓦灯泡拉亮，便一边绣着花垫底，一边看月亮慢慢从山梁滑过。看自家的媳妇坐在那儿，男子汉们便也拢来凑热闹：打二百四或者是拱猪。每次输赢几块钱，寻找一点儿刺激。遇上有争论的时候，便向坐在旁边绣花鞋垫的媳妇求证。媳妇们只顾及手中的花鞋垫，没有关心男人们手中的牌，便和着稀泥："没错没错，都没错！"男人们也没有那么计较，把手中的牌往桌上一丢："算了，不打了，搂着老婆睡觉去！"

如果是大姑娘绣给意中人的，图案花色是尤为讲究的。精心设计图案后，不惜步行几十里花阶路，到城里买合适的彩线，花绣成什么样子、花叶的大小、哪根枝条从哪儿穿过，都要认真地思考。如果是两人的关系挑明了，还给绣上几个字，一般是"天长地久"或"知心朋友"，一双鞋垫一只两个字。这样的鞋垫是飘在故乡天空最艳丽的云彩，每一眼都是百转千回。那密密麻麻的针眼，针针扎在彪悍的侗家人的心窝里。

我十六岁那年收到姑娘送的两双绣花鞋垫。那是一幅水墨山水，盛开在脚底大小的空间。除了养眼，更养心，拿在手上，手指轻轻地抚摸，那一花一叶的凹凸起伏精细变化，全藏在针眼里，淌出的是浓浓的情意。垫到鞋里，脚轻轻地滑过，脚趾、脚掌传来阵阵细微的酥痒，此刻，暖暖的爱意涌上心头。无论你走到天涯海角，你的心都会被撩拨得痒痒的。

春暖花开的时候，大姑娘们随意坐在草丛中凸出的石头上，一边绣着花鞋垫，一边不紧不慢地唱着山歌：

　　　　划得来哟划得来，

　　　　爹妈打我只能挨；

　　　　不是女儿不听话，

　　　　哪有萝卜不冲苔。

　　　　……

　　不需创意，不需雕琢，这一幅村姑的图画永远地刻在我的心中，时时使我心中碧波荡漾、春意盎然！

## 眼前全是父老乡亲的影像

舒维秀编著的《侗人言语》，我是一口气读完的。他端出的是一碗侗家乡下人家酿的酽酽的"苞谷烧"，我强烈地感到一股热流从心头涌起，并向全身流布。凉风沿山谷吹来，心头升腾起不可言说的快感。我将它放置在床头，每晚睡觉前细细地品味一两句，然后慢慢地咀嚼着睡去。于是，那位讲着侗家土话的大爷大妈会从梦中走来……书不厚，但每一句都经典，每一句都有故事，每一句都有鲜活的人物。

《侗人言语》通过语言的还原，为我们展示了侗族地区的历史风貌和人物特性，也给我们描绘了一幅幅侗族乡村生活图景。渗透了传统文化的要义。透过语言，眼前全是父老乡亲的影像，看到了侗人的生存状态和生存文化，表达了作者对侗文化的关注与反思，看出作者那寻根的思想。文化语言学者认为，民间话语是一种语言中民族文化符号的聚集。像这种因独特的地缘特征而形成的独特的文化属性，学术上给了它一个特殊的称谓："文化飞地。"就是说在一个文化区域之内，有一块文化形态相对封闭的地区，相对完整地保存着一种外来的、异质的声口和非物质文化形态。文化飞地里的民间话语，作为一种与生活相生相伴的"野生"语言，复活了被日益逼仄、挤压和机械复制的

"生活"。

特定的社会人生内容的传达，依靠的是与之相适应的语言环境而获得的韵味和美感。我认为《侗人言语》有如下三个方面的内涵。首先，展现了侗族人的淳朴厚道、重情尚义。如"不结是两家，结了是一家"，指结亲戚。"有钱钱打发，无钱话打发"，指侗家人从不藏着掖着。"添筷不添菜"，在侗家山寨，遇上哪家正在吃饭，都会喊你喝一杯，都会说上这句话，让你感觉到自在真实。"抠鼻腻旮"指那些斤斤计较蝇头小利的人，这是侗族人所不齿的。"屙痢屙血，屙痢爆肚子"指吃白食，被吃人家冤枉，也是侗族人看不起的。其次，反映了侗族人的豁达乐观。如："人是三节草，不知哪节好""要死面朝天，不死又过年"。"烂板凳"，比喻这人不忙，走到哪儿，都要坐上半天、聊上半天。"舍财准灾"这是安慰人的话，丢失了钱财，就会免受灾难。"有米一顿胀，饿来烧火向""早不忙，夜慌张，半夜起来补裤裆"均指没计划，不会安排。再次，语言生动形象，如"炮火子，抛皮涝"是指做事不稳重，轻浮之人，也是侗家人讨厌的。"万恶朝天，五马六道，伦睛爆眼，赊牙爆齿，赖报母鸡"都是比喻人比较凶恶。"摸马无角，搞不到骚"表示束手无策。"乌焦巴公"表示脏。"屙屎不屙尿""屎到屁股边了才找茅厕"表示做事缺少统筹，做事没有准备。最后，诙谐幽默风趣。如"闷卵"比喻不讲话。"捞卵轻"表示很轻。"狗扯棒"表示两人做事不协调。"屁眼客"表示讲话不算数。"面面客"表示好面子，要劝才吃东西。"肚才"指文化。"莫胀我眼睛"指看不惯某些事情。"莫嘈我耳朵"意为说话不中听，莫在我耳朵边啰唆。"开花开朵"一般指衣服破烂。"一锄挖出个金狗崽"是侗家人批评人的话，表示想不劳而获，一夜暴富。

方言作为一种特殊的话语形式和文学语言资源，是对汉语写作特定性和普遍性的消解。它以语言的自由态势对逻辑语法权威及各种语言定规的冲击，为我们带来耳目一新的审美感觉；同时，它作为人类最鲜活最本真的声音，是对遮蔽存在本真的所谓"文明之音"的解蔽。以方言为语言形式，无疑是文学回到本原的一条便捷之径。因此说，《侗人言语》还是侗人作者创作的宝典。著名哲学家路德维希·维特根斯坦说："想象一种语言，就意味着想象一种生活方式。"《侗人言语》同时还是每一位侗族写作者必须学习和走进的生活。

## 吊脚楼里的音符

月光将瓦面的颜色稀释后淡了许多,感觉夜色也淡了。脚下磨得玉石样光滑白亮的花阶路很清晰,缝隙像墨勾的线。吊脚楼上的板壁如中国画堆起来的焦墨,花阶路的留白斜着通往吊脚木楼。屋后的山石是那样的凝重沉着,那是经过千万次的勾、皴、擦、点、染才形成的。中国画讲究墨分浓、淡、干、湿、焦,用墨要灵、活、清、明、厚。其实,我不是画家,只是借用中国画技法描绘眼前的景象罢了。

月光下,沿着村前的花阶路散步,月亮一会儿在山的这边,一会儿又跑到了山的那边,像是在与我捉迷藏。弯弯的月亮一会儿就落在村前的那棵古枫上,我总担心那古枫会被弯月压断。就是压断一枝丫,全村人去背来烧火煮饭,半个月也会烧不完,因为那棵古枫已立在村前三百多年了。

月光隐去,山峦的轮廓已不再明显。薄雾从山间滑了进来。此时,村民正忙着家务活,没时间搭理。雾可能是嫌村民不热情,待上一会儿,便跑了。薄雾走的时候,把村子托起,仿佛仙境般。可惜停留的时间太短,留意的人不多。晚上十点了,村民的夜生活才刚开始,他们三三两两赶往村头的鼓楼。这栋与村前古枫一样高大的鼓楼,要年轻得多。二十多年前的一场大火将鼓楼烧毁后，村民下了多次决心，都修建不起。直到去年，村子里外出务工的年轻人出资三十万元才得以重建。鼓楼的外形像杉树，因楼上置鼓而得名，是侗民遇到重大事件击鼓聚众、议事的会堂，平时是村民社交娱乐和节日聚会的场所。侗族的文化与鼓楼密不可分，重大的活动都在鼓楼里举行，鼓楼是侗族文化的载体，因此，侗族文化又叫鼓楼文化。鼓楼始建于何时？由于侗族无文字记载，无从考究。不过，侗乡世代相传，从有侗族村寨的时候起，就有鼓楼了。据清代雍正年间有关资料记载，侗人"以巨木埋地作楼高数丈，歌者夜则缘宿其上……"

到鼓楼去的大都是妇女和老人，这个村寨和中国所有村庄一样失去了年轻人。他们离开土地，去了水泥地，遭长途颠簸和出租房的罪，赚现金。要不然，村里的鼓楼还建不起。庭院寥落，农舍寂寞，只有到了鼓楼，村民的心才活了。最先扯开歌喉的是留在村子里奶半岁小孩的新媳妇张娜：

> 吃苞要吃三月苞，
> 连郎要连一样高。
> 高我三寸我不要，
> 矮我三寸动脚刨。
> ……

这是她当姑娘时唱的，一时想不起新的歌词，便随口唱了出来。刚刚拢场，外出务工两年多，这次回来办事的小伙子程刚顺口就接上了：

> 一对鸳鸯半天飞,
>
> 一个高来一个低。
>
> 不怕两头长点点,
>
> 只要中间对得齐。
>
> ……

听得懂山歌调的只有妇女和老人,他们笑了,笑得有些夸张。那些跟着凑热闹的小孩子,见大人笑了,不知为什么笑,便扯着大人的衣服问个究竟。大人不好回答,吼道:"一边玩去!"

小孩子看出了大人的心思,便拾起往日大人教的歌谣,一路跑一路唱。

夜色浓重,看山不是山,是深浅不同的墨色。唯恐群山听不到,歌声更大了。生活是一壶老酒,摇一摇才能闻到它的醇香。我问村民朋友:"是不是每晚都到鼓楼里来?"他们告诉我,只有天气晴朗的时候,在月明星稀的夜晚才来。

雄浑的大山和错落有致的吊脚楼已构成了美丽的村居图,这些跳动的音符才更让人感受到青春的活力。

每当夜深人静,我一个人独处高楼的时候,这画面时时浮现在眼前,那跳动的音符常常盘旋在我的脑海。这就是我的故乡那立着吊脚楼的地方。

## 班　辈

　　在我们村子里，是很讲究班辈的，因为整个村子都是江姓，且辈分没有乱。我虽然年纪大，但辈分低，对那些还背在背上的孩子都叫叔或爷。辈分小了，说话做事都得小心，否则就会犯了"上"，坏了江家的规矩。比如，我在我们这个家族里排第六，比我小的叫我哥六卫，是按整个家族来算，不是按我一家人出生的先后次序排。先叫称谓，后面再区分排第几，最后才到名字。就是两家人发生了矛盾，吵架时这种称呼也不会变。特别是有小名的，长期这么称呼小名后，以至于很多人的名字都不记得。

　　在片区上小学的时候，与寨上伙伴一同上学，七八岁的孩子在一起，难免有争执发生。吵到关键处，"长辈"说："我是你爷爷咧，你怎么能这么说我呢？"或者说："翻天了，竟敢骂你太公？"我只好忍气吞声，心里直怨父母太憨，为什么班辈定得这么低，天天受窝囊气。

　　在一次放学回家的路上，"小二爷"无缘无故要我替他背书包，我不从，他硬要压我，我俩便打了起来，打得他鼻子嘴巴出血。回到家，他妈找上屋来，说我是他孙辈，要晓得尊重老人。我说他又不老。他妈说："他不老，辈分大咧！"

我嘴巴都气歪了：这长辈也太没道理了，难道晚辈就该为他们服务不成？于是我二话不说，就去找族长"太臣"评理。族长年纪不大，但村子里的白胡子老人都很尊敬他，村子里发生了什么事，都由他来决断。

族长"太臣"刚好收工回家，还没等我说完"小二爷"是如何霸道的，他就摆手说："他班辈比你大，要你给背一下书包，有什么好说的？"

我一听便跳了起来，争辩道："晚辈就该为长辈做事？那你为什么不把我家的班辈往上提一提？我爹年纪比你大，班辈还没你大，这也太不公平了，今天你不把我家班辈提两级，我就不走！"说完，我一屁股坐在族长"太臣"家门口的阶沿上。后来，是我爹扯着我的耳朵把我"牵"回家的。

## 路怎么走

### （代后记）

二爷得的是青光眼，好好一双眼睛，却看不见了。儿子带他到省城去治眼疾。这天，他在病房里坐了半晌，便想到外面走走。可儿子不知跑到哪儿去了，二爷只得一个人出去了。好在他已适应摸黑，盲人的方向感一般都比较强。往前走走再折回来就是，反正省城的公路宽！可二爷越走越觉得不对劲儿，走偏了吗？

二爷急得在路上叫起来："有人吗？有人吗？还说是省城，怎么一个人也没有，不可能是半夜吧！"

二爷用拐杖往路边探了探，确定是站在公路上。他往中心地带走了几步，估计是在公路中间了，站在那儿一动不动，像一截树桩。

果然有汽车过来了，二爷急忙招手，可是车没有停，鸣了两声喇叭就擦身而过，巨大的气流差点把二爷卷倒。一辆又一辆车，都是擦身而过，没有人理他。二爷在老家，威信可高了，只要看到二爷一个人在屋外散步，大人小孩都会牵着他，生怕他摔倒。真的是"身在异乡为异客"啊！

终于有一位司机停了下来，可还没等二爷开口，那司机把喇叭声摁成了连珠炮，还骂了一串二爷听不大懂的脏话。二爷用手中的拐杖往汽车打去，可汽车早已跑了。

总算来了一位好人，司机应该是个大个子，因为他的声音粗声大气的："老人家，你在这干什么？"

二爷说："我要到医院去，你能告诉我，哪边是东哪边是西吗？"

大嗓门说："我自己也是个过路客，也不知道哪边是东哪边是西。你还是打个的去吧！"

二爷说："我钱不够，打不了的。"

大嗓门说："我给你二十块，应该够了。"

二爷接过钱后，大嗓门说："你往边上退几步，让我的车过去。"

二爷就把二十块钱拿在手上挥舞着，嘴里还不停地喊："打的，打的，我有钱！"

有辆出租车放慢了车速，看清二爷是位盲人后，加大油门走了，嘴里还骂道："真晦气，出门就遇到一个瞎子。"

二爷气得吐了一口痰。正恼火之际，二爷听到了说话声："喂！老人家，危险！快过来！到路边来！"

二爷心里一热，差点流泪。"危险"两个字，二爷听过很多次，每次听到，都让他激动不已。

二爷乖乖来到路边，说："我是来省城治眼睛的，出门走迷了路，也打不到车。"

那人问："你有亲人的电话吗？"

二爷忙说："有有有，我儿子有手机，号码是……，他这会儿找不到我，可能急死了。"

那人用自己的手机拨了二爷儿子的电话，可是一直占线。

那人告诉二爷："你一直沿着这个方向往前走，就能走到你住院的那个医院。我用我的手机给你儿子发个短信，要他到这条路上来接你。因为我还有事，我不能送你。"

二爷不停地点头致谢，夜色中，拄着拐杖，摸索着往前……

我相信，只要方向没有错，二爷就一定会走到目的地。

但愿我的写作也是这样。